[美] 罗伯特·达恩顿
（Robert Darnton）——著

The Literary
Underground
of the
Old Regime

法国旧制度
时期的
地下文学

熊颖哲 — 译

社会科学文献出版社
SOCIAL SCIENCES ACADEMIC PRESS (CHINA)

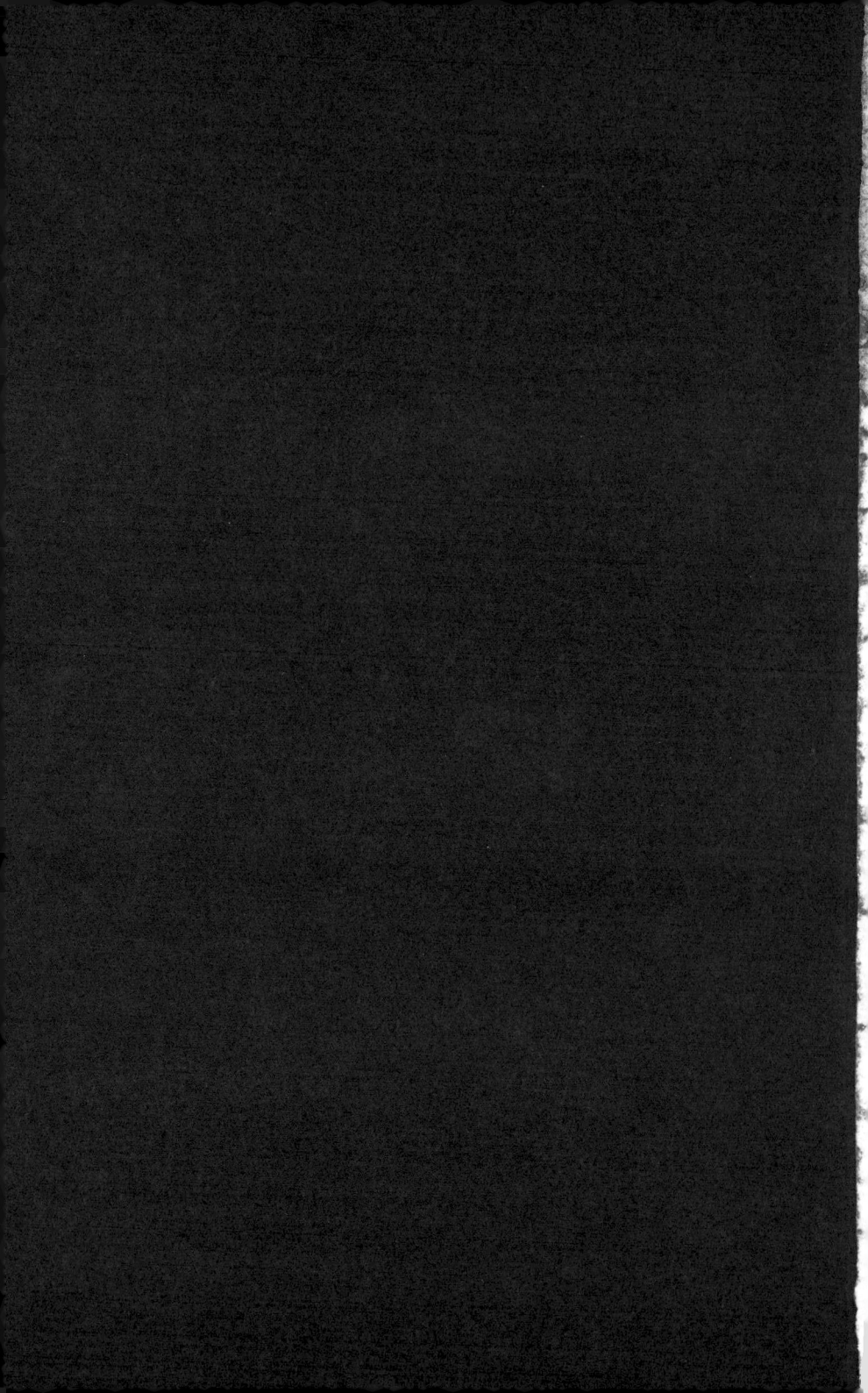

中文版自序

听闻《法国旧制度时期的地下文学》即将与中国读者见面，我感到既高兴又荣幸。自我用英语创作本书以来，这38年间世界上发生了很多事情。中美两国人民相互之间的了解更深了，而书籍翻译极大地促进了这种了解。如果我的这本书能进一步加深相互之间的了解，那我就再开心不过了。

为防上述听起来像是陈腐的客套之词，我补充说明一下，我热切地关注书籍打破文化障碍的力量。《法国旧制度时期的地下文学》一书实际上就是为了理解这种力量而作，它挑战了关于启蒙运动的传统观点，后者只专注于经典作品；还挑战了文学史研究的标准方法，后者仅限于研究大作家的著作。我一翻开警方和18世纪出版商纳沙泰尔印刷公司的档案就发现，大革命前夕的畅销书当中有很多内容粗俗的非法文学，其作者都是我从未耳闻之人。

这些作者的名字出现在巴士底狱的卷宗当中，因为他们经常被那些紧盯着文人群体的警方稽查官逮捕。这些书在书商的通信里都被归入一个业内人人熟知的类别之下——"哲学书籍"。"哲学书籍"包括著名哲学家的作品，但也指代色情小册子和政治诽谤作品。这些书全都被打包在一起,藏在书堆的隐秘角落。书商在管理存货的时候将这些书分类列出,分别附上如何不被稽查官发现的说明。这些书的文本内容往往有一些难以觉察的相似之处。在一部很流行的色情作品——《哲学家特蕾莎》中,情人们会在纵情寻欢的间歇,在枕边讨论像认识论和伦理学这样的哲学主题。我意识到,存在着一个有关文学表达和经验的世界有待探索。

本书的出版代表了我研究的一个转折点,在这之后我还继续探索这个地下文学世界。其他学者也开始研究这些主题,挑战它们、进一步拓展它们,现已出现规模相当可观的一批历史著作。尽管我人老了,但《法国旧制度时期的地下文学》并未过时。它仍能在西方激起争论,我希望它也能引起中国读者的兴趣,而且不仅仅是对其中关于18世纪法国的内容感兴趣。一个文学的地下世界、格拉布街、边缘作家、被遗忘的书商,这些概念适用于很多其他时代和地方。我直到最近才第一次去中国,我学着去倾听中国学者和学生的声音。希望这本书能为我们继续交流提供一个途径,也能在整体上促进跨文化对话。

2020 年 4 月 20 日

目　录

前　言

本书要拼凑起一个 18 世纪分崩离析的世界。这个世界——或者说暗界——是由在大革命前的法国创作和流传的非法文学构成，在当时除却内行之士，不为世人所察，之后又经历史尘封，掩埋之深似乎难以钩沉。既如此，又何必要重现其貌？

首先，重构过往世界是历史学家最重要的一项使命。这并不是突发奇想，想要挖掘档案、翻翻故纸堆，而是出于想要与逝者对话的愿望。带着问题翻阅档案、寻找答案，历史学者得以探询已故的灵魂，丈量他们所处的社会百态。倘若我们与过往的世界彻底失联，我们所处的当下就会沦为一个被时间所限的二维世界而趋于扁平。

此回应作为本书的引子未免显得过于宏大，毕竟本书讲述的是格拉布街的雇佣文人、盗版商、暗中售卖禁书的小贩的故事。但实际上这个主题非常重要，因为在历史进程中大量文学作品遭禁，现今亦是如此，只消看看东欧的地下出版物和"地下流动大学"[①] 是

---

① flying university，历史上在波兰华沙存在的地下教育机构，教授主流官方教育禁止的内容，最早出现在 1905 年沙俄控制时期，在二战、冷战期间重新出现。——译者注

如何与集中营抗争的就知道了。18 世纪的地下活动尤为重要，当时审查制度、警察队伍、书商行会的垄断力量都竭力将印刷品内容限定于官方权威的规定之内，若要传达异见，则必须通过地下运作。这一切是如何操作的？在旧制度时期，非法文学作品是如何被创作、印刷、销售、阅读的？历史学者对此所知甚少，关于禁书的信息则更是寥寥。然而，现今所谓的 18 世纪法国文学却恰恰是当时在法律的灯影之下悄悄流传的作品，本书就将对这些作品的流转进行探秘。

我之所以能发现这些秘密，多亏 17 年前的偶遇，那简直是历史学者的美梦成真。我在瑞士纳沙泰尔（Neuchatel）市立图书馆发现了纳沙泰尔印刷公司（societe typographique de neuchatel）的档案，卷帙浩繁，未见于世。该出版社属当时法国边境上涌现的众多出版社当中规模最大的一家，这些出版社满足了法兰西王国境内对盗版书和禁书的需求。档案涵盖的内容之丰富可算现存关于任何一家出版社的资料之最。我在研读它们之后决定再参照一些法国的材料——警方档案、巴士底狱资料，还有书商行会资料以为补充，之后就书籍在 18 世纪的欧洲发挥的影响力写就了系列研究成果，第一部是 1979 年问世的《启蒙运动的生意：〈百科全书〉出版史，1775~1800》，本书是第二部。

在尽力探究地下文学世界的全貌之后，我认识到要想将其呈现出来，与其绘制一幅宏大的场景画不如创作一套素描。素描式的历史书写方式能够捕捉行动中的人物，将研究主题置于全新的视角，从不同角度观察其复杂的情态，同时还能传递这样一种认识：在研究的过程当中会遇到人性出乎意料的不同表现。在翻阅一卷卷档案、一封封书信的过程中，能看到一个个小人物写书、印书抑或沿街兜售的经历，其形象从模糊到清晰，渐渐展现出其个体的生动轮廓。每每翻开包含五十多封甚至上百封信件的卷宗，想到自18世纪以后就再无人读过它们，我都会无比激动。这些信会不会是在巴黎的一个小阁楼上写的？一个年轻人奋笔疾书，一边诗兴正浓、灵感泛滥，一边还要为楼下房东太太的淫威而提心吊胆。这些信会不会讲到一位远在山脚下的造纸工？他一边辛勤劳作一边诅咒着糟糕的天气毁了他准备浆纸的糨糊，抱怨收废品的人没能准时运货。也许他们草草写就的那些不太合法的作品必须大声朗读出来，那些字句看起来太过刺眼，也许听上去会更容易接受，而走私活动的概貌也能逐渐明朗起来。在这些信件的带领下，你走进一家出版工厂，看到里面的工人正费力搬起重重的出版物，或是俯身瞥见柜台下面堆着内容极具煽动性的书籍，又或是见证流转过程中商贩从马背上传播启蒙思想，再或是沿河而下来到像阿姆斯特丹、马赛这样的贸易中心，还有那些散落各地的文学市场：里斯本、那不勒斯、法兰克福、莱比锡、华沙、布达佩斯、莫斯科。

这些信从哪儿寄来，揭示了哪些秘密，往往出乎你的意料。有时你以为写信的人就要诱获一份嫁妆，他却突然因一纸密令（lettre de cachet）不得不仓皇出逃。另一封信里写到一箱书将要入港，转头就被私掠船抢去。你读到的商人可能后来是个骗子，而某位哲学家则成了警方的密探。你看着出版商的投机买卖上演，一辆辆载着书的车隆隆驶过整个欧洲大陆，你目睹到的是人性百态。印刷启动了一个世界，上演了一出独特的"人间喜剧"，情节如此丰富复杂，一本书根本无法尽述。因此我决定挑选其中最为有趣的部分进行描摹，把系统的探究留到之后的作品。

在探究这个文学的地下世界当中那些浮华绮靡的人物时，我面对的是一些历史学研究的经典问题。启蒙运动对法国社会的渗透程度有多深？旧制度的毁灭在多大程度上是由激进思想促成的？在法国，启蒙运动与大革命有什么关联？从出版商的档案这一角度再来审视这些问题，就不像教科书当中的理论那样抽象了，而是更为具体实际。尽管依然不能从根本上解答这些问题，但总归能够将其缩小到可以把握的范围，通过叙述的形式来进行一系列个案研究。本书就是将这些个案呈现出来。

如此一来，本书希望能够拓展思想史的研究，证明使用多样的体例以及对思想进行社会史研究都能够带来对启蒙时代的全新评价。历史学者、文学研究者通过反复阅读18世纪的伟大作品，已经建立了启蒙运动作为西方文明史上的一个特殊时期的图景。我无意反对他们研究的价值，只是希望人们能够重视书本之外的世界来回应一些新问题：当时的作家在文学界（Republic of Letters）是如何追求其事业的？他们的经济状况、社会地位会对创作产生很大影响吗？出版社和书商是如何运作的？他们的生意运作模式是否会影响读者所能读到的文学内容？这是怎样的一种文学？谁是读者？他们又如何阅读？

这些问题在任何一个历史时期都有意义，但对于理解旧制度时期的法国尤为重要。正是在 18 世纪，法国的阅读大众群体成长了起来，公共舆论越发具有影响力，意识形态上的不满情绪日益高涨，与其他多股力量共同造就了现代史上第一次大革命。书籍在这场动荡中发挥了重要的作用，但若仅研究其文本则无法充分了解其所扮演的角色。我们需要更多地了解书籍背后的世界，以格拉布街为起点，在那儿海量的文本被书写，通过出版社出版，经由走私线路抵达文学的地下世界，然后被秘密交易。本书仅仅是对这个世界进行初步的侦察，但已足以打开这个被我们忽略的世界的大门，帮助我们窥见一些遁入过往时光的生命。

第一章

高贵的启蒙，低等的文学[*]

是谁激起了这一场疯狂的骚动？是一群小职员、律师，是一些不知名的作家，还有常常上顿不接下顿的蹩脚文人，他们游走于俱乐部和咖啡馆，煽动大众的情绪。这些地方是滋生暴乱的温床，大众造反的武器就是在这里铸成的。

——P. J. B. 热尔比耶（P. J. B. Gerbier），1789 年 6 月

我们国家的奖赏应当颁发给那些受之无愧的人。赶走前朝暴政作恶多端的廷臣之后，我们应当去寻找那些蜗居于地下室和七层阁楼上的美德之士，这些无套裤汉（sans-culotte）往往才是真正的良才。

——亨利·格雷瓜尔（Henri Grégoire），1793 年 3 月

---

* 达恩顿将启蒙运动分为 High Enlightenment 与 Low Enlightenment，这里的"高"与"低"包含一种社会文化纬度上的区分，前者指获得了政治、经济、社会地位和掌握了权力的启蒙思想家，其思想作品为主流、官方所吸收；而后者则是处于社会底层，甚至游走在法律边缘的贫穷文人群体，依靠创作、出版、兜售非法作品和充当写手为生，达恩顿认为他们是启蒙运动同样重要的组成部分。——译者注

站在制高点上俯察 18 世纪思想史的研究已相当充分和完备，现在或许需要换个视角，试着潜入启蒙运动的深底，甚至是穿透至其地下暗界，像最近研究法国大革命那样，自下而上地审视启蒙运动。

这种向下挖掘的思想史研究需要使用新方法、发现新史料，需要埋头挖掘档案，而不是空想哲学命题。这样一种挖掘会有怎样的新发现，只消看看一位普瓦捷（Poitiers）的书商寄给他在瑞士的供应商的一封信就能知晓。信是这么写的："我这儿列了一小张需要购入的哲学书（**philosophical books**）清单，请先寄货：《修道院的维纳斯，又名穿睡衣的修女》（*Venus in the Cloister or the Nun in a Nightgown*）、《揭示基督教的真相》（*Christianity Unveiled*）、《蓬巴杜侯爵夫人回忆录》（*Memoirs of Mme la marquise de Pompadour*）、《探究东方专政的起源》（*Inquiry on the Origin of Oriental Despotism*）、《自然的体系》（*The System of Nature*）、《哲学家特蕾莎》（*Theresa the Philosopher*）、《军妓玛戈》（*Margot the Campfollower*）。"[1] 这里用到了一个 18 世纪书籍贸易圈里特有的用语，表达了一种关于何谓"哲学"的概念，为当时以迎合法国民众阅读兴趣为营生的书商所共有。若是将这种概念与教科书上正经流传下来

---

[1] Chevrier to the Société typographique de Neuchâtel, Dec. 10, 1772, Papers of the Société typographique, bibliothèque de la ville de Neuchâtel, Switzerland. （这张书单所列书籍大多是当时坊间有名的情色文学，当中夹杂着几本离经叛道的思想类书籍。——译者注）

的关于启蒙哲学运动的观点相对照，就难免会令人不安。我们对这些书名大多很陌生，似乎在 18 世纪关于哲学的认识当中掺杂了不少乌七八糟的东西。也许启蒙运动本身就不是教科书里所描述的那种精英气质的思想，而是更加朴实接地气的运动，而我们关于 18 世纪思想活动过于高雅、过于形而上的认识值得商榷。要让启蒙运动重接地气，一个办法是通过 18 世纪作家的视角来审视它。毕竟，他们是有血有肉的人，有饱腹的需求，有家庭需要安顿，还有在世上打拼一番事业的抱负。当然，研究作家不能解答一切关于思想研究的问题，但确能揭示一些关于思想的社会语境的信息，从传统文学史当中获取的资料足以让我们斗胆做出一些假设。①

　　18 世纪法国作家的地位有显著提升是文学史的一个流行的假设。至启蒙运动的高潮，即旧制度时期的最后 25 年间，法国作家的声名大大提升，令来访的一位英国人感慨"作家享有与贵族相当的地位"，② 而这正是启蒙运动早期伏尔泰对当时英国文人的感叹。伏尔泰本人的职业生涯就印证了法国社会上层价值观的转变：他于 1726 年被横行霸道的罗昂家族打

---

① 这些历史著作当中以下几部非常有用：Maurice Pellison, *Les Hommes de lettres au XVIIIe siècle* (Paris, 1911); Jules Bertaut, *la Vie littéraire au XVIIIe siècle* (Paris, 1954); and John Lough, *An Introduction to Eighteenth-Century France* (London, 1960), chaps. 7 and 8.

② 引自 Marcel Reinhard, "Elite et noblesse dans la seconde moitié du XVIIVe siècle," *Revue d'histoire moderne et contemporaine*, 3 (Jan. -March 1956), 21. 伏尔泰的观点参见其《哲学书信》(*Lettres philosophiques*, London, 1734).

压入狱，巴黎人为之拍手叫好；而到了 1778 年他功成名就回归巴黎后，巴黎人则热烈簇拥，将其奉为圣人。伏尔泰利用其受到的褒扬和追捧来提高全体同人的地位，文人因共同的价值、利益和敌人结成了一个新的职业群体，或可称为一个"社会阶层"。伏尔泰人生最后 20 年的书信读起来就像是一场持续的运动，用他自己的话说是为其"教会"招揽信众，并保护组织里的"手足"和"信徒"。有多少 18 世纪的年轻人梦想着能够加入这个群体，从而可以谏言君王，拯救惨遭践踏的无辜，在法兰西学院（Académie française）或费尔奈庄园（Château Ferney）① 统领一个文人世界。奋斗中的年轻人争相努力有朝一日能够成为伏尔泰、达朗贝尔（d'Alembert）这样的人物，那该是无上荣光。那么究竟如何才能成为一位启蒙思想家？

可以参考让·叙阿尔（Jean Baptiste Antonie Suard）的职业生涯，他是一位典型的启蒙运动高潮时期的思想家。除此之外还有马蒙泰尔（Marmontel）、莫雷莱（Morellet）、拉哈珀（La Harpe）、托马（Thomas）、阿尔诺（Arnaud）、德利耶（Delille）、尚福（Chamfort）、罗歇（Roucher）、加拉（Garat）、塔尔热（Target）、莫里（Maury）、多拉（Dorat）、库比埃尔（Cubieres）、鲁西埃（Rulhiere）、凯立阿瓦（Calihava）等人的经历亦可参考。以叙阿尔为例的好处在于他的经历是由其妻子

---

① 伏尔泰的住所。——译者注

撰写的。一位启蒙思想家的成名之路以其妻子的视角来观察就会被展示得淋漓尽致，尤其是叙阿尔夫人又是一位非常注重家庭生活细节、深谙平衡家庭收支之道的人。①

叙阿尔在 20 岁那年从外省来到巴黎，其时恰逢 1750 年代《百科全书》刮起之风正劲。他有三个得天独厚的优势：外形俊朗、风度翩翩，有一位叔父是巴黎人，此外他还手握多封朋友的介绍信引荐他给他们的熟人。这些社会关系帮他在巴黎顺利度过了数月，其间他学会了英文，水平足以让他以翻译为生。后来他结识了雷纳尔神父（Abbé Raynal），后者被他深深吸引。雷纳尔神父正为当时被称作"上流社会"（Le Monde）②的法国社会文化精英圈物色新人，他介绍叙阿尔给富贵人家的子弟做家庭教师，鼓励他写些关于当时大人物的短文，例如伏尔泰、孟德斯鸠、布丰等，指导他如何在各大沙龙表现。叙阿尔参评了一些外省学院（provincial academies）所设的散文奖，在《法国信使》（Mercure de France）上发表了几篇文学豆腐

---

① 以下内容基于叙阿尔夫人的回忆录 Essais de Mémoires sur M. Suard（Paris，1820），还有内容同样有趣的加拉的回忆录作为补充。D. J. Garat, Mémoires historiques sur la vie de M. Suard, sur ses ecrits, et sur le XVIIIe siècle, 2 vols.（Paris, 1820）. 尽管叙阿尔在现今是个很容易被忽略的人物，但他是上层启蒙运动最重要的作家之一。他从未创作一部大作，但他因报刊文章、学院演讲、译作而奠定了声名。他那矫揉造作的鉴赏品味可见于 Mélange de littéraire, 5 vols.（Paris, 1803–1805）.

② 加拉对雷纳尔神父有如下描述（Mémoires historiques, I, p.107）：在巴黎哲学之都，他在各大庆典场合扮演大总管的角色，将有才情的新人介绍给才干名流，将文人介绍给工厂主、商人、包税人和政府官员。

块文章，在格弗林夫人（Mme. Geoffrin）的沙龙上顺利亮相，之后就频频露脸于"上流社会"——这个词在所有提到叙阿尔的文字当中频频出现，成了一个主题词。① 随着奥尔巴克（d'Holbach）、乌德托夫人（Mme. d'Houdetot）、德·莱斯皮纳斯小姐（Mlle. De Lespinasse）、内克尔夫人（Mme. Necker）、索兰夫人（Mme. Saurin）等名流的沙龙向叙阿尔敞开大门，他成功地在《法兰西公报》（Gazette de France）谋得了一个职位，报社提供住所，有暖气，照明充足，每年有 2500 里弗赫（livres）② 的收入，工作内容就是对每周外交部送来的材料进行润色。

就在这时，叙阿尔做出了其职业生涯当中第一个不合常规的举动：他结婚了。启蒙思想家大多不婚。启蒙运动早期的重要人物丰特内勒（Fontenelle）、杜克洛（Duclos）、伏尔泰、达朗贝尔都终身未婚；即使像狄德罗和卢梭那样一不留心结了婚，也都是跟与自己社会地位相同的对象——店员或女仆。③

---

① 加拉笔下的叙阿尔是有才干、对社会等级心怀敬意的典型代表，这些特质让其成为上流社会的一员。特别参考 *Mémoires historiques*，I，pp. 133 - 136. 加拉将上流社会定义为这样一个环境，"里面的人因地位、财富、文学才气和出身而显赫……这三四个条件是社会权力的真正来源"。*Mémoires historiques*，I，p. 263.

② 里弗赫，法国旧时流通的货币名，当时价值相当于 1 磅白银。——译者注

③ 当然，像孟德斯鸠、奥尔巴克和爱尔维修这样出身好、家庭富裕的思想家不属此类。出身较为卑微的作家一般会在获得一定财富之后找情妇或结婚。莫佩屠斯（Maupertuis）、马蒙泰尔、庞永（Piron）和塞代纳（Sedaine）都是在 50 多岁出了名之后才结的婚。

但到了叙阿尔的时代，思想家的地位大大提升，结婚也就更容易实现了。叙阿尔选中了一位与他一样出身于良好的中产阶级家庭的姑娘。他一方面克服了其兄长、出版商庞库克（Panckoucke）的阻挠，另一方面也抵挡住了格弗林夫人的反对，她还是老思想，认为职业写作与家庭生活无法相融。叙阿尔就在《法兰西公报》提供的公寓内建立起了小家庭。婚后叙阿尔夫人穿着节俭，精打细算地过日子。每周，叙阿尔的朋友，像博沃亲王（the Prince de Beauvau）和沙特吕侯爵（the Marquis de Chastellux）都会送来他们打猎的收获。还有王公贵族作为赞助人，派马车接送这对夫妇出入晚宴，新婚不久的太太惊叹于"席间宾客都如此功高权重"①。这对于她而言是全新的体验，这是她首次陪伴丈夫造访上流社会。之后叙阿尔夫人常伴丈夫左右四处参加活动，甚至也慢慢举办起了自己的沙龙，一开始是为文学界的朋友们组织简单的晚餐聚会，得到了友人和赞助人们的热烈响应，很快这对小夫妇就成为人们趋之若鹜的对象，索兰还在一首诗中赞其盛况。思想家之前只是一个边缘人物，各大沙龙召来以娱乐宾客，稍有闪失随时会被扫地出门，甚至身陷囹圄；而现如今他已为世上最为保守的制度——家庭所接纳，成为一个受人尊重、安于家庭生活的人了。

成功打入上流社会后，叙阿尔的财运也开始亨通。他和合伙人阿尔诺神父接手了《法兰西公报》的所有管理事务，二

---

① Mme. Suard, *Essais de Mémoires*, p. 59.

人的收入各自都从 2500 里弗赫涨到 10000 里弗赫。他们成功越过了外交部的一位官员——此人"对文人认为 2500 里弗赫的年收入还不够多而感到震惊"① ——直接向外交大臣舒瓦瑟尔公爵（Duc de Choiseul）要求提高收入。这位公爵的妹妹格拉蒙公爵夫人（Duchesse de Grammont）与博沃公主（Princesse de Beauvau）过从甚密，而公主又是叙阿尔夫妇和泰塞夫人（Madame de Tessé）的朋友，泰塞夫人又是阿尔诺神父的保护人。然而，贵族的慷慨却抵不过朝廷政治的变幻无常，之后德艾吉永（d'Aiguillon）取代了舒瓦瑟尔公爵的位子，叙阿尔夫妇就被驱逐出了《法兰西公报》提供的住所。在此关头，上流社会又一次联合起来给予这对小夫妇支持。最终叙阿尔从德艾吉永那儿得到了一笔 2500 里弗赫的补偿金，这多亏德·莫勒帕夫人（Mme. de Maurepas）对德艾吉永的劝说，而她又是被尼维奈公爵（Duc de Nivernais）所说动，公爵则目睹叙阿尔夫人在法兰西学院声泪俱下的哭诉，很是怜悯，一边又有达朗贝尔和拉哈珀为其吹风。随后，叙阿尔夫妇二人又得到了内克尔夫妇赠予的一笔 800 里弗赫的永久年金（rentes perpétuelles）。二人在路易大王街（rue Louis-le-Grand）租了一套房子。叙阿尔成功获得了一份肥差，为拜罗伊特侯爵（the Margrave of Bayreuth）做文学通讯。朋友们又助他获得了一份来自《皇家年鉴》（the Almanach Royal）的 1200 里弗赫

---

① Mme. Suard, *Essais de Mémoires*, p. 94.

的年金收入。他把自己的英文书私藏卖给了夸尼公爵（Duc de Coigny），又获得了12000里弗赫，购入了一座乡下的宅子。叙阿尔先是当上了皇室的审查员，之后成了法兰西学院成员，这为他带来了以代用银币（jeton）① 形式支付的高达900里弗赫的年收入（在1786年又翻了一番）。他还获得了很多其他名目的直接收益，例如担任所有戏剧和演出的审查员分别带来了2400里弗赫和3700里弗赫的年收入。某日，《巴黎日报》（*Journal de Paris*）上发表了一首对某位外国王公不恭的诗作，因此遭停刊，大法官②召见了叙阿尔，后者同意对刊物未来所有发行本进行内容清理，如此又能分享其利润，就可以有1200里弗赫入账。叙阿尔夫人回忆道："他一般乘一辆有篷双座马车，完成了工作上的任务之后就回到他送我的漂亮房子里来。"③ 夫妇俩已跃居社会上层，拥有10000里弗赫——另有估计可能是20000里弗赫的年收入，享尽旧制度时期最后的乐事。叙阿尔夫妇已功成名就。

叙阿尔的成功经历最突出的一点在于依靠他人的"庇护"达成，但不是像过去那样由朝廷赐予"庇护"，而是一

---

① jeton，早期半手工银币。法国路易十五、路易十六时期，由于工业革命带来技术革新，商贸迅猛发展，政府发行的货币在市面上流通出现不足，就由地方政府、王公贵族、半官方的行业协会、大型贸易公司等发行代用币。——译者注

② Keeper of the Seals，法语为 Garde des Sceaux，指法国掌玺大法官的职位，掌握法国国玺（the Great Seal of France）。——译者注

③ Mme. Suard, *Essais de Mémoires*, p. 137.

种全新的模式，要去主动结识对自己有帮助的人，巧妙地动
用关系进行操纵。用 18 世纪的话说，就是要"培养"起一
种庇护关系。已有名望的资深作家、富有的资产阶级、贵族
都出了一份力，将那些气质符合、腔调时髦的年轻人吸纳进
沙龙、学会、有影响力的报刊，担任荣誉职位。这里完全没
有市场的因素：叙阿尔依靠薪水和年金生活，而不是卖书赚
钱。实际上他的作品寥寥，也没什么东西可言，更不会写出
什么忤逆政权的内容来。他乖乖遵守思想家的游戏规则，从
中捞到好处。

　　类似的好处究竟有多少？叙阿尔这样的所谓"典型案例"
究竟有多少代表性？法国国家档案馆的一箱资料当中有一张列
有 147 位"申请年金的文人"的名单，还有 10 卷资料记满了
作家和他们的资助来源，从中可见一斑。① 名单类似于一个

---

① Archives Nationales，F17a，1212. 第一卷当中一些未署名、没标日期的开
　　场白（observations préliminaires）说明了名单的来由，它是对 1785 年 9 月 3
　　日发布的敕令的补充，该敕令宣布政府决定对文人进行更为系统的资助。
　　这些说明的作者［有可能是高亚尔（Gojard），时任王室财政大臣一等秘
　　书］显然认为拟发的补助过多："皇家财政支付给文人的费用高达 256300
　　里弗赫，除此之外还有期刊和《皇家年鉴》所需的年金；而且很有可能令
　　天递交申请的几位作家还没有申报（其他收入），但这些钱还是付给了他
　　们，尽管根据敕令第一条的规定他们应该申报。"市面上拍卖了一份法国
　　国家档案里主名单的不完整版本（少了 21 个名字），之后在莫里斯·图尔
　　纳克斯（Maurice Tourneux）所著的《法国文学史评论》［*Revue d'histoire
　　littéraire de la France*，8（1901），pp. 281 – 311］上出版。由于缺少补充信
　　息——图尔纳克斯在档案的 O 序列寻找无果，无法对年金方案的详细情况
　　进行说明，而且错误地将其与布雷特伊男爵（baron de Breteuil）联系起来。
　　F17a，1212 当中的大多数材料还涵盖了 1786～1788 年的情况。

"名人录"，记录着谁又被王室财政大臣的手下召集去指导卡洛纳（Calonne）了。① 早在1785年，卡洛纳就决定增加文学年金、报偿和酬劳的授予，并进行系统安排。卡洛纳身边还有一个指导委员会，其中包括前警察总监勒努瓦（Lenior），图书业负责人维道·德·拉图尔（Vidaud de Latour），两位廷臣院士——博沃元帅（Marechal de Beauvau）和尼维奈公爵。这个团体可算不上有什么革新精神，按照卡洛纳手下的建议制定出来的年金名单，还有卡洛纳本人在空白处写下的笔记都显示出这一点，名单明显偏向那些成名作家，尤其是院士们。名单上显示莫雷莱每年在商业银行有6000里弗赫入账，马蒙泰尔作为法国史学家有3000里弗赫的年收入，作为法兰西学会的终身秘书又有一份2000里弗赫的年俸。拉哈珀抱怨自己从《法国信使》得到的报酬仅有600里弗赫，博沃元帅就帮他争取涨到1500里弗赫。尽管一位下级官员注意到拉哈珀同时还在学校②教书，有3000里弗赫的收入，但这笔年金最终还是给了他。如此，启蒙运动全盛时期的人物一个接一个出现在名单上：尚福（除了在法国王室有1200里弗赫的收入外，还有2000里弗赫的年金），圣·兰伯特（Saint-Lambert，要求1053里弗赫

---

① 卡洛纳（Charles de Calonne），路易十六的财政大臣，当时法国由于插手美国独立革命而债台高筑，几近无法承受，卡洛纳对于法国的财政进行了一些改革，文人的年金也在改革的事项当中。——译者注

② 现代职业教育的前身，拿破仑时代之后逐渐转为基础教育、技术教育的学校。——译者注

的年金，被搁置了），伯纳德·德·圣皮埃尔（Bernardin de Saint-Pierre，1000 里弗赫），凯拉瓦（Cailhava，1000 里弗赫），凯拉里奥（Keralio），加拉，皮尔斯（Piis），库比埃尔，德·塞萨尔特（Des Essarts），奥伯特（Aubert），还有勒米埃尔（Lemierre）。

布林·德·塞恩莫尔（Blin de Sainmore）是这个文人世界里处于较低地位的一位纯粹的公民，他的经历体现了得到年金所需具备的条件。他是一位皇家审查员，还是研究圣灵骑士团的史官（historiographe de l'Ordre du Saint-Esprit），同时是罗切福特公主（princesse de Rochefort）的门客。"我要补充一点，阁下，我是一家之主，出生时没有什么财产继承，除了担任研究国王骑士团的史官，没有其他收入来源供养家人、教育小孩，而史官的收入仅能勉强支撑我一人过上体面的生活。"①由此可见，年金不仅用来奖赏成绩，也会用以接济困难户。索兰的遗孀也申请了年金，因为索兰生前全靠"政府的馈赠为生"，去世之后剩下他夫人生活困窘。②索兰夫人还专门列出了具体项目：

法兰西学院年金　　　　　　　　　　　　2000

---

① Blin de Sainmore to the Contrôleur général, June 22, 1788, Archives Nationales, F17a, 1212, dossier 10.

② Archives Nationales, F17a, 1212, dossier 6.

年固定包出税额收入①	3000
担任审查员收入	400
作为皈依（新教）牧师之子的收入	800
担任巴黎路政财务官（tresorier du pave de paris）	
	2400
总计	8600

　　总体而言，政府的馈赠都给了那些态度认真、受之无愧的作家，但也仅限于与上流社会有关系的人。占据政府资助名单头部的是各位院士——其比重之大让一位大臣助理在空白处写下如此几笔："恐怕不久院士的头衔就要等同于国王的年金领取人了。"②迪西（Ducis）申请一年1000弗里尔的生活费，其理由是"我们在法兰西学术会和法兰西文学院的同僚大多获得了年金，这类似一种永久的恩惠"。③ 这种偏宠的做法触怒了卡拉乔利（Caraccioli），他怒气冲冲地写道：

　　尽管这听起来有点自命不凡，但我相信您一定已经听

---

① general farms，法语是 ferme générale，法国旧制度时期的外包税收制度，间接征税的一种方式。收税人代表国王征税，另收额外的费用供他们自己所有，每六年重新签订外包合同。——译者注。

② Blin de Sainmore to the Contrôle général, June 22, 1788, Archives Nationales, F17a, 1212, dossier 10.

③ Ducis to Loménie de Brienne, Nov. 27, 1787, Archives Nationales, F17a, 1212, dossier 6. 另见 A. M. Lemierre 1788 年 3 月 8 日的一封类似信件，Archives Nationales, F17a, 1212, dossier 10.

说过我的作品。它们都是论述宗教和良好道德的。这个题材我已经写了35年，尽管这个时代浮躁得很，但我的作品还是广为流传，被译成多种语言。然而，在您之前的官员们都只知道说漂亮话，给我一些空头支票，却从未兑现。尽管我生活朴素节制，算得上兢兢业业，但我还是一分钱没得到。年金、酬赏都滚滚流进别人的口袋。①

卡拉乔利所言反映出一个事实："正确"的观点是获得年金的一个必要条件。一些时候，政府会补贴作家为自己写政治宣传，例如索拉维神父（Abbe Soulavie）就得到偏爱，因为"他向财政大臣阁下提交了一些有关财政事务的文稿"。② 相反，对于那些忠诚度存疑的作家，政府绝不支付酬劳。一位研究法学的小作家J. 圣－克鲁瓦（J. -C. -N. Dumont de Sainte-Croix）就遭到了拒绝，因为——据写在他名字旁边空白处的记录显示——"这个题材提出的所有新体系都值得奖励，但其前提条件是仅供政府参阅而不公之于众，因大众更容易被其煽动起来反对现有的法律制度，而不是受其启蒙，找到改良法律制度的途径"。旁边另一处写着："不予年金。"③ 里瓦罗尔（Rivarol）也一分钱没得到，但他的原

---

① Caraccioli to the Directeur général des finances, Aug. 13, 1788, Archives Nationales, F17a, 1212, dossier 6. 另见卡拉乔利1785年4月8日的信，Archives Nationales, F17a, 1212, dossier 10. 信中写道："我是上了年纪的作家当中仅有的一位从未享受过年金或拨款的。"

② Archives Nationales, F17a, 1212, note in dossier 3.

③ Archives Nationales, F17a, 1212, dossier 1.

因是已经暗暗享受着一笔4000里弗赫的年金了。"他是个非常聪明的人，如果能一直坚持良好的原则，那么每年可以付给他一笔奖励，这样能避免他滑向那些危险的思想。"①

因此，决定作家能否获得政府资助的考量有多项。就如法国国家科学研究中心（French Centre National de la Recherche Scientifique）这样的现代机构一样，当时的君主也会支持进行严肃研究的学者，也许还怀着吸收年轻知识精英为己所用的目的。② 除了奖赏，政府的年金还有接济的作用，还会用来鼓励美化政权形象的写作，但这些资助补贴往往仅限于那些在文人圈已有一定地位的作家。一些边缘小角色如德利尔·德·萨莱斯（Delisle de Sales）、梅西埃（Mercier）、卡拉等人擅自申请年金，最终无果。勒努瓦后来透露，他和同僚们拒绝了卡拉、高尔萨（Gorsas）和法布尔·德·埃格朗蒂纳（Fabre d'Eglantine），是因为"院士们把他们说成是文学的糟粕"。③ 当形形色色的文学小人物伸出双手向政府讨要一杯羹时，政府却只将酬赏施予那些稳立于上流圈的作家。

政府的资助数目庞大。一位副官的笔记显示，每年政府在这方面的支出高达256300里弗赫，1786年又在此基础上增加了83153里弗赫。这个数目只是皇家财政直接发放的，此外还

---

① Archives Nationales, F17a, 1212, dossier 1.

② 法国国家档案里的资料因此支持了马赛尔·莱因哈德（Marcel Reinhard）在《精英与贵族》（Elite et noblesse）一文中提出的论点。

③ Lenoir papers, bibliothèque municipale d'Orléans, MS. 1422.

有更多资金是作为政府任命职务的收入流入了那些"见解正确的"作家囊中。例如，报刊是少数拥有特权的作家（这里是指实实在在的特权）最重要的收入来源，皇室特惠专为一些半官方的报刊所保留，比如《法国信使》、《法兰西公报》、《学者报》（*Journal des savants*）。这些报刊有恃无恐，完全不用担心别家来竞争它们的资源（政府有时也会准许一些言辞谨慎的国外报刊在法国发行，只要它们能够通过审查，而且愿意给某家法国本土特权报刊支付赔偿金），还会从中分一杯羹给那些政府钦定作家。例如，1762 年《法国信使》付给 20 位来自上层启蒙运动界"有点儿名气的人"共计 30400 里弗赫的报酬。① 此外还有很多钱多事少的闲职，国王除了需要正式的史官之外，还会资助诸如海洋史家（historiographes de le marine）、皇家建筑史家（des Bâtiments royaux）、王室欢庆娱乐研究史家（des menus-plaisirs）②、圣灵骑士团研究史家等。皇室各分支中设满了各种职位，如审稿人、秘书、图书管理员——这些差不多是荣誉职位，需要努力争取，但一旦获得就可清闲度日。要想获得这些职位需要在前厅候见室耐心等待，能做到称颂之词信手拈来，要在沙龙活动中培养关系，认识能帮上忙的人。当然，法兰西学院成员的身份总是大有裨益的。

---

① Pellisson, *Les Hommes de lettres*, p. 59.
② Menus-Plaisirs du Roi, 法国旧制度时期王室的一个专门机构，负责"国王的休闲娱乐"，实际内容就是负责王室的典礼、节庆等活动的准备工作。——译者注

几十卷有关 18 世纪法兰西学院的历史和逸事①——不论其态度是爱是恨——揭示了一个突出的主题：启蒙运动积极活动，成功赢得了法国社会精英的支持。随着 1760 年伏尔泰炮轰蓬皮尼昂（chasse aux Pompignans），② 1763 年马蒙泰尔当选法兰西学院院士，1772 年达朗贝尔升任学院终身秘书，学院渐渐落入了启蒙思想家的掌控，几乎成为他们的俱乐部，一个攻击"一切卑鄙无耻的东西"③ 的绝佳平台。在这里他们颂扬理性的到来，等学院那些老腐朽一个个离世就立刻推举新的思想家补充进来。最后这一项实际上完全受控于各大哲学沙龙，确保只有那些忠诚的成员才能上位。因为如此，伏尔泰的门前围满了想要归入其门下的信徒，看着年青一代接过思想的火把，年迈的伏尔泰感到内心一阵温暖。伏尔泰在恭喜叙阿尔当选法兰西学院成员的贺词当中欢呼："看看，感谢上帝，一个全新的职业生涯由此奠定……我终于亲眼见到哲思结出硕果，我开始相信我终将死而无憾了。"④ 叙阿尔及其同人这些启蒙运动上层的泰斗，在 18 世纪中期老一辈思想家日渐衰微、退出历史舞台之后占领了文学

① 其中内容最丰富的是 Lucien Brunel, *Les Philosophes et l'Académie française au dix-huitièmesiècle*（Paris, 1884）.
② 1760 年，小诗人蓬皮尼昂进入法兰西学院，在就职演说中对启蒙哲学家进行攻击，尤其抨击伏尔泰，批评法兰西学院纵容其危险学说。伏尔泰发表了系列文章进行反击，炮轰蓬皮尼昂。——译者注
③ l'infâme，是伏尔泰作品尤其是其书信中经常出现的一个词，通常用于固定搭配 écrasez l'infâme，直译为"消灭耻辱"。该词指代王权、教会对人性的压制和虐待，具体内容包括迷信、不容异己等非理性行为。——译者注
④ Garat, *Mémoires historiques*, p. 342.

界的顶峰。新生代中包括托马斯、马蒙泰尔、加亚尔（Gaillard）、拉哈珀，德利耶、阿尔诺、勒米耶尔、尚福和鲁希埃这样的作家，还有富有哲思的大人物、手握权力的廷臣和牧师，例如沙特吕侯爵、杜拉斯元帅（Maréchal de Duras）、艾克斯（Aix）大主教波瓦斯格林（Boisgelin），还有桑斯（Sens）大主教罗梅尼·德·布鲁尼（Lomenie de Brienne）。

自 18 世纪中叶以后，写作与名望的挂钩成为哲学作品最热衷的主题。杜克洛在《论本世纪的习俗》一书中宣告文人即显贵。他进一步阐释：写作已成为一项新的"职业"，赋予那些才智卓越但出身平凡的人一个较高的"地位"。这一类作家开始与廷臣和富有的赞助人为伍，在这个过程中人人都获益：上流人士获得愉悦和教导，文人获得名誉和地位。毋庸置疑，上升至上流社会让文人开始支持社会等级制度，杜克洛就对地位和等级非常敏感，尽管他颇为文人仅凭真才实学就能获得社会地位而自豪，但同样尊重上流社会人士的特质："出身和地位决定了一个人是上流社会之士。"①

作为人间现世②发展历程的专家，伏尔泰也持有相同的观点。他发表在《百科全书》上的一篇题为《文人》的文章强调

① Charles Pinot-Duclos, *Considerations sur les moeurs de ce siècle*, ed. F. C. Green（Cambridge, 1939; 1st ed. 1750）, p. 140, and in general, chaps. 11 and 12.
② 《现世之人》（Le Mondain），伏尔泰写于 1736 年的一首哲学诗，诗中讽刺了基督教的意象，包括亚当、夏娃的故事等，主张人们应当专注于现世生活的幸福而非宗教所承诺的来世福报。

了18世纪的"时代精神决定了文人不仅适合书斋也适合上流社会的场合。在巴尔扎克和瓦蒂尔（Voiture）之前，他们都被社交圈排除在外，从这之后他们逐渐成为社交圈必不可少的一部分"。伏尔泰的《哲学辞典》（*Dictionnaire Philosophique*）一书中有一篇题为《论品味》（Gout）的文章，体现了他的文化观当中的精英主义倾向："品味类似哲学，是极少数优越之人的专属品……资产阶级家庭不知其为何物，因为他们总是专注于个人财富。"伏尔泰不断结交朝廷大臣，自己也想位列其中，希望至少能花钱打点进入贵族圈。他认为启蒙运动应始于达官显贵：一旦占领了社会的高地，接下来才能关怀底层大众，但是，要当心，不能让大众学会阅读。

达朗贝尔也坚持基本相同的策略，但他并无他的"导师"对朝廷的偏好。① 达朗贝尔入选法兰西学院两年前出版了《论文人与显贵》（*Essai sur la société des gens de lettres et des grands*，1752）一书，堪称作家以及写作作为一项令人引以为豪的新职业的独立宣言（注意这里"职业"一词不是现代社会学意义上的含义，而是杜克洛使用的含义）。然而，尽管达朗贝尔言辞激动地主张建立一个"民主的"文人共和国，摒弃赞助制度充满羞辱的做法，但他仍强调社会本身是也理应是等级分明的，而达官贵族属于分级

---

① 伏尔泰与达朗贝尔在整体策略上一致但具体技巧上有所差异，二人又都与奥尔巴克一派存在分歧（如此一来，狄德罗显然介于二者之间），参见John N. Pappas, *Voltaire and d'Alembert*, Indiana University Humanities Series, no. 50（Bloomington，1962）.

的上层。① 当他写作《法兰西学院成员传》（*Histoire des membres de l'Académie française*，1787）时，他已接替杜克洛任终身秘书，掌管整个学院。他以一种保守的风格将杜克洛的思想主题进行了重新组织。他怒斥"那伙文学叛逆分子"（即他笔下的反叛文人），指责他们攻击学院只是为了发泄自己郁郁不得志的愤懑。他坚决捍卫由达官显贵和作家共同构成的学院，强调在一种精英主义的启蒙运动当中，廷臣官员作为审美品味和语言的专家所发挥的作用——这是一个知识循序渐进、自上而下传播的过程，社会平等的原则在这里无处容身。

在社会上，尤其是庞大的国家，分明的等级划分是必不可少的，美德和才能本身当然需要我们诚心的崇拜，但高贵的出身和地位同样值得我们尊重，这一点难道需要什么高深的哲思才能理解吗？文人怎能嫉妒、曲解别的等级的合法特权呢？②

杜克洛、伏尔泰和达朗贝尔为作家新阶层奔走呼号（但不是为狄德罗和奥尔巴克所代表的那一派哲学家），呼吁作家"同人"

① D'Alembert, Essai sur la Société des gens de lettres et des grands, sur la réputation, sur les mécène, et sur les récompenses *littéraires*, in *Mélanges de littérature*, *d'histoire et de philosophie* (Amsterdam, 1773; 1st ed. 1752), especially pp. 403, 367.

② D'Alembert, *Histoire des membres de l'Académie française morts depuis 1700 jusqu'en 1771* (Paris, 1787), I, pp. XXiv, XXVii.

要充分利用现有社会地位上升的机会来跻身社会精英之列。他们并无挑战社会秩序的意思，相反倒是为其多加了一层支持。

这个过程意味着什么？究竟是权势集团得到了启蒙还是启蒙为权贵所接受吸纳？也许二者皆有，但我们最好慎用"权势集团"（establishment）① 这个被滥用的词，而是回到前文已经援用的18世纪的概念——上流社会。这些启蒙思想家在18世纪中叶为他们的思想主张斗争，在路易十五治下最后几年巩固了胜利的成果。这时他们面临一个困扰所有取得胜利的思想体系的问题：他们需要在年青一代中找到能担当重任的接班人。当然，所谓"代际划分"是个非常模糊的概念。② 也许并没有什么所谓的不同年代的人，只有人口学意义上的"门类"

---

① 参见 Henry Fairlie，"Evolution of a Term," *The New Yorker*，Oct. 19，1968，pp. 173 – 206.

② 尽管出生和死亡日期太多重叠以致无法进行明确的分类，但代际划分也许可以依循人们对时间的经历。无论是30岁还是15岁，那些没有经历过二战的人与那些参加其中或是当时在报纸上读到其信息的人之间就在经历上存在时间鸿沟。也许经历的差别也可以将那些18世纪中期创作启蒙运动伟大作品的人以及在其刚刚问世就传阅这些作品的人与那些之后当这些作品已经成为"经典"时才阅读它们的人区别开来。叙阿尔回忆道："我进入上流社会的时候，正逢哲思之精神喷涌而出，之后的半个世纪都是如此。我19岁的时候读了《论法的精神》（是在1753年，该书问世五年之后）。我当时还在外省，阅读该书给我带来了极大的愉悦。"布丰的《自然史》（*L'Histoire naturelle*）和孔狄亚克（Condillac）的作品不久后问世，1752年是《百科全书》，还有哈勒（Haller）的《关于应激性的发现》（*Découverte de l'irritabilité*）（引自 Garat，*Mémoires historiques*，Ⅱ，p. 445）。关于代际划分和分期问题的研究文献梳理，参见 Clifton Cherpack，"The Literary Periodization of Eighteenth – Century France," *Publications of the Modern Language Association of America*，84（March 1969），pp. 321 – 328.

之分。尽管如此，这些伟大的哲学家已然自成一个鲜明的群体：孟德斯鸠（1689~1755）、伏尔泰（1694~1778）；之后是布丰（1707~1788）、马布里（Mably，1709~1785）、卢梭（1712~1778）、狄德罗（1713~1784）、孔狄亚克（1715~1780），还有达朗贝尔（1717~1783）。诚然，伟大人物的离世而不是出生会更让人触动，伏尔泰、卢梭、狄德罗、孔狄亚克、达朗贝尔和马布里都是在1778~1785年离世，身后留下重要的空位亟待年青一代填补，这些后来者大多出生于18世纪二三十年代。

随着年事渐高，这些大思想家开始在沙龙中逡巡，物色继任者。他们想觅得另一个达朗贝尔——结果就发掘了马蒙泰尔这位格鲁克主义①的捍卫者。他们试着说服自己，托马斯气势不凡能媲美狄德罗，拉哈珀言辞犀利能比肩伏尔泰，但终究期待落空。当老一辈"革命者"退出历史舞台，启蒙运动的火把传到了叙阿尔这种平庸之辈手中，失去了其熊熊火焰的热烈，只剩下柔和的光亮，变成不痛不痒的进步主张。从一场充满英雄主义色彩的运动转变为功成名就的上层思想，启蒙运动

---

① 克里斯托弗·冯·格鲁克（Christoph Willibald von Gluck），德国作曲家，启蒙运动时期赴巴黎发展，其剧作获得很大成功，奠定了他在巴黎文艺界的地位。他的作品风格在推崇皮钦尼的保守派看来是一种挑战，如此展开了以格鲁克为代表的法国歌剧与以皮钦尼为代表的意大利歌剧风格之间的一场论争，在历史上又被称为格鲁克歌剧改革。马蒙泰尔于1777年发表了一篇重要的文章《论法国音乐革命》（Essai sur les révolutions de la musique en France），就两种歌剧风格进行了评价。——译者注

被驯服、与上流社会融为一体，尽情沐浴在行将就木的旧制度最后和煦、平静的光景里。正如叙阿尔夫人在收到最后一笔年金之后所写的："我没有什么特别的事件可回忆，生活一直都是安逸而丰富多彩的，然后突然，可怖的灾难（法国大革命）就降临了。"① 她的丈夫当时已是审查员，拒绝通过博马舍（Beaumarchais）的剧作《费加罗的婚礼》（*le Mariage de Figaro*），尽管它并不算革命。后来博马舍忙于投机，最终建起了巴黎最恢宏的宅子——"一座为人们津津乐道的豪宅"——实现了发迹的梦想。②

然而，尽管启蒙运动的地位得到确立，但其激进的锋芒并未被消磨殆尽，正如这些功成名就的启蒙思想家与其革命前辈之间存在代沟，他们与当时文学界的下层也存在深深的鸿沟，他们的这些同代人没能跻身上流，重又坠入格拉布街的世界。

---

① Mme. Suard, *Essais de mémoires*, p. 155.

② 引自 Louis de Loménie, *Beaumarchais et son temps*（Paris, 1856），II, p. 424. 叙阿尔反对《费加罗的婚礼》上演并不是觉得其内容激进，而是认为其中对性的处理不适合搬上舞台。Mme. Suard, *Essais de mémoires*, p. 133. 同时代还有不少评论持有相同的态度。即便是勒努瓦这位当时法国最热衷于嗅出煽动性内容的人也是这样汇报博马舍的情况的："这位作家的所有剧作之所以被禁演，基本上是因为有伤道德风化，但他总能施些伎俩设法通过审查。我不止一次收到命令为他那些很长时间都无法获得必要准许的作品放行。"bibliothèque municipale d'Orléans, MS. 1423.《费加罗的婚礼》当中若有什么"革命性"思想的话，也没能在大革命前的法国被人察觉。这部剧的克制做法难道不是政治噤声的一种典型模式吗？"万事都在欢唱中结局。"博马舍当时与伏尔泰一样，是个富有、地位渐高的人，正向着功成名就进发，他把自己的一大笔财富投入伏尔泰作品的编辑工作里。

也许文学世界一直都是等级森严的，一头是知识界名流，另一头就是格拉布街，17 世纪的环境是这样，现今亦如此。但启蒙运动上层阶级的社会经济条件使得旧制度最后 25 年文人世界的等级两端之间鸿沟尤其深。若深入考察，这道隔阂可以为一个关于大革命前夕的典型疑问提供一些解释：启蒙运动与大革命之间有何种联系？

乍一看，到路易十六统治时期，作家的境遇理应显著改善，所有相关数据尽管不多，但都反映了一个相同的趋势：社会对出版物的需求大大增加。[①] 经过 18 世纪，法国的识字率几近翻番，经济整体呈增长态势，加之教育体系多有改善，这一切都造就了一个更大规模、更富裕也更有闲的阅读群

---

① 有关 18 世纪法国的识字率、教育和书籍生产的信息，可参见 Michel Fleury and Pierre Valmary, "Les progrès de l'instruction élémentaire de Louis XIV à Napoléon III," *Population*, 12（March 1957）, pp. 71 - 92；Pierre Gontard, *L'Enseignement primaire en France de la Révolution à la loi Guzot, 1789 - 1833*（Lyons, 1959）；Robert Estivals, *La Statistique bibliographique de la France sous la monarche au XVIIe siècle*（Paris and Hague, 1965）；François Furet, "La 'librarie' du royaume de France au dix-huitième *siècle*," in *Livre et Société dans la France du XVIIIème siècle*, I（Paris and the Hague, 1965）, pp. 3 - 32. 1781 年的《图书年鉴》（*Almanach de la librairie*）列出了 1057 位书商和出版商，其中大约有 1/5 是在巴黎开展生意。由于没有 1778 年前的《图书年鉴》，因此无法与 18 世纪初的情况进行比对。但 1750 年的《皇家年鉴》列出了 79 位皇家审查员，1789 年的则列出了 181 位，这一增长表明了图书生产的增长，而不是图书审查的收紧。要想估算 18 世纪的作家人数是不太可能的，不仅是因为缺少相关数据，而且对作家的定义也存在问题。罗伯特·埃斯卡皮特做了勇敢的尝试但并不成功。Robert Escarpit, *La Socialoge de la littérature*（Paris, 1958）.

体。图书产业自然迅猛增长，无论是从对图书专利和法定
默认许可证的申请量来衡量，还是从审查员、书商和印刷
商的数量来间接衡量，都是如此。然而，鲜有证据表明作
家从出版业的繁荣当中有所获利。相反，种种迹象表明，
当知识名流依靠年金赚得盆满钵满时，大多数作家却沦为
文学无产阶级。

　　诚然，有关格拉布街的发展状况都来自坊间逸事而非严肃
的统计数据。马莱·杜·潘（Mallet du Pan）称有三百位作
家——其中相当一部分是代笔写手——申请了卡洛纳的年金。
潘总结道："巴黎到处都是小有才气就当自己是天才的年轻
人，还有小职员、会计、律师、士兵全都要当作家，结果活活
饿死，要么乞讨过活，写着一些小册子。"[①] 小克雷比永
（Crébillon fils）记载每年要为四五万首小册子诗歌颁发警方的许
可证，被从外省涌进巴黎的"大批作诗的人和未来的作家"围
堵;[②] 梅西埃发现到处都是那些"面黄肌瘦的写手、可怜的雇
佣文人"（écrivailleurs affamés, ces pauvres barbouilleurs）[③]；伏
尔泰也常常用到"乌合之众"（peuple crotté）这个概念，指
代那些困在文学世界底层的人们。在伏尔泰看来，这些"以

---

① *Mémoires et correspondance de Mallet du Pan pour servir à l'histoire de la Révolution française, recueillis et mis en ordre par A. Sayous* (Paris, 1851), I, p. 130. 勒努瓦估计申请年金的人数在 4000 人（也许是 400 人，笔误）。 Bibliothèque municipale d'Orléans, MS. 1422.

② L. S. Mercier, *Tableau de Paris* (1789), X, pp. 26–27.

③ L. S. Mercier, *Tableau de Paris*, X, p. 29.

写作为生的可怜人"——"人类的渣滓"（lie du genre humain）、"文学的乌合之众"（canaille de la littérature），其社会地位甚至在妓女之下。① 怀着相同的态度，里瓦洛尔和夏姆塞内兹（Champcenetz）发布了一个恶搞普查，调查那些蜗居在巴黎的小阁楼和贫民窟但未被发掘的"伏尔泰"和"达朗贝尔"。他们写就了关于五百多位贫穷雇佣文人的文章，这些写手默默无名地写作了一段时间，然后就销声匿迹，一如他们的光辉梦想，仅有少数留名，如卡拉、高尔萨、梅西埃、雷斯蒂夫·德·拉·布雷顿（Restif de la Bretonne）、曼努埃尔（Manuel）、德慕兰（Desmoulins）、考洛·戴尔伯瓦（Collot d'Herbois）和法布尔·德·埃格朗蒂纳。里瓦洛尔所列的这些未来的革命者的名字看起来很怪异，他们是消失在"低等文学"群体当中的"五六百名诗人"，但里瓦洛尔把他们放到了恰当的地方。②

　　这个地方就是格拉布街。这里的人一点就着，在旧制度最后25年逐渐爆发。当然，这个解读也许仅仅是关于这群人的一个假想，只是建立在主观的文学材料之上，但这些材料看起

---

① 参见他的诗作《可怜鬼》（Le Pauvre Diable），还有《哲学辞典》中的文章，引用都出自"Auteaurs"，"Charlatan"，"Gueux"，"Philosophe"，"Quisquis"。

② *Le Petit Almanach de nos grands hommes*（1778），pp. 5，vi. 里瓦洛尔在序言当中说明，他将把那些功成名就的作家排除在研究范围之外。"我很高兴把关注点从这些高高在上的大人物向下转至最卑小的蜉蝣……那些隐藏在一片叶子背面的无数家庭、族群、民族、共和国还有王国。"

来似乎足以说明问题，让这个假想主导人们的认识。这些文学材料一直强调这样一个主题：一个外省的小伙儿，读过一点伏尔泰，胸中燃起鸿鹄之志想要成为一位哲学家，于是背井离乡，结果在巴黎郁郁不得志，生命在愤懑中消磨殆尽。[1] 即便杜克洛也为这种对他的成功模式的推断感到担忧。[2] 伏尔泰为巴黎过剩的青年作家感到困扰（"古埃及的蝗虫都不及这么多"），称其抨击格拉布街就是为了警告年轻人离它远点儿。[3] "被这种（对文学生涯的）热情冲昏了头脑的年轻人不计其数，他们因此完全无法去做任何实际有用的工作，他们靠作诗和做梦过活，在穷困潦倒中死去。"[4] 伏尔泰的抨击让梅西埃很受伤，他奋起为"可怜鬼"辩护，反对那些被学院和沙龙纵容、供养的文学骄子。梅西埃抗议称，圣日耳曼区（Faubourg Saint-Germain）那些创作"低俗文学"（*basse littérature*）的"穷作家"要比圣奥诺雷区（Faubourg Saint-Honoré）创作"高雅文学"（*haute littérature*）的"富文豪"更有才情，品格更正直。即

---

① 这一主题特别典型的例子，参见 J. -P. Brissot, *Mémoires*, ed. Claude Perroud (Paris, 1910). 梅西埃常常谈及从外省涌进来的作家，甚至还为此写了一篇寓言小故事。他称这群人中有一些成群结伙地在首都游荡，害得巴黎本地作家"不得不与这些诺曼作家抗争。他们都聚成一伙一伙，尤其是加斯科涅帮四处引用孟德斯鸠，认为自己是他思想的传人"。J. -P. Brissot, *Mémoires*, pp. XI, 103.

② *Considérations sur les moeurs*, p. 141.

③ Voltaire, "Le Pauvre Diable," in *Qeuvres complètes de Voltaire* (n. p., 1785), XIV, p. 162. 当然，伏尔泰用这一主题是为了攻击其对手，但也可以看作一项社会评论。

④ Voltaire, "Le Pauvre Diable," in *Qeuvres complètes de Voltaire*, XIV, p. 164.

便如此，梅西埃不无悲观地总结道："唉，若是不想受贫穷和屈辱之苦，你还是远离这个行业吧。"① 另一位伏尔泰的反对者兰盖（Linguet）专门写就一本书讨论同样的主题。作为那些想当作家的年轻人常常寻求庇护和帮助的对象，他自然会感慨"中学已经变成少年作家的培育地，他们急不可待地创作悲剧、小说、历史等各种题材的作品"，结果"在贫困和绝望中终其一生"。②

外省青年涌向巴黎追求功名利禄和社会地位，以为只要才华足够就能成功。他们不一定有早期启蒙思想家的写作动机，后者通常是贵族、神职人员，有充分的闲暇时光供其在有灵感的时候进行创作，而且当时写作还没有成为一项职业（métier），对此变化梅斯特（Meister）颇为反感。③ 卡尼尔（J. J. Garnier）是一位对职业精神有成熟见解的人，他注意到至 1764 年，很多文人为着"获得名望、影响力和财富等目的

① *Tableau de Paris*, XI, p. 187. 尤其是以下几章："Auteurs", "Des demi-auteurs, quarts d'auteurs, enfin métis, quarterons", "Misère des auteurs", "La littérature du Faubourg Saint-Germain et celle du Faubourg Saint-Honoré", Les Grands Comédiens contre les petits", "Le Musée de Paris".

② S. -N. -H. Linguet, *L'Aveu sincère, ou lettre à une mère sur les dangers que court la jeunesse en se livrant à un gout trop vif pour la littérature* (London, 1763), pp. v, vii, iv. 兰盖补充道："我关注那些才情横溢但未经世事的人，他们很容易被那些大作家周围笼罩的光环迷了眼。"

③ "自此文学变成了一个职业，甚至是一个操作简单而普通的工作，这都是因为有很多可供模仿的范式，而且其技巧都很简单。" *Correspondance littéraire, philosophique et critique par Grimm, Diderot, Raynal, Meister, etc.*, ed. Maurice Tourneux (Paris, 1880), XII, p. 402.

而写作。他们因出身卑微、没有什么财产而缺乏上升空间，这时他们观察到写作这个职业对所有人开放，不失为一个实现抱负的途径"。① 梅西埃也同意，那些来到巴黎的外省青年可以寄希望于在此摆脱卑微的出身，爬到社会的上层。② 然而巴黎的上层乃至整个巴黎对于想要有所成就的年轻人而言空间都极为有限，其中一个原因也许就像社会学家说的，那些地位处于上升期的群体会变得日益排外。另一个可能的原因是，马尔萨斯的人口危机理论在文学界也适用，抑或是因为法国不得不忍受发展中国家所具有的通病——文人和律师过剩，受过好的教育却找不到工作。不论原因如何，为杜克洛所称赞的这个新职业、伏尔泰宣扬的这个新团体都造就了人数空前的潜在思想家，大大超出了旧有文人赞助体系的吸收能力。当然，由于缺乏数据，且大革命前的法国社会门类区分不清（如何定义"文人"，是出版过书就算，还是指那些以笔为生的人），这些假设都无法验证。但是，无须对 18 世纪的作家来个彻底的人口统计，就能理解大革命前夕格拉布街的文人与上流社会的文人之间的紧张关系。那一时期文学世界的情况不言自明。

---

① J. -J. Garnier, *L'Homme de lettres* (Paris, 1764), pp. 134 – 135.

② "外省来的文人在巴黎体验到一种家乡小镇所没有的平等：在这儿他的出身无人提及。若他是一个酒馆老板的儿子，他可以自称为伯爵，没有人会对此表示非议。"梅西埃写下这几句很有可能是指里瓦洛尔。Mercier, *Tableau de Paris*, XI, pp. 104 – 105.

其中最突出的一个情况是，此时市场无法支撑比普雷沃（Prévost）和勒萨热（Le Sage）时代数量更多的文人的生活，此二人当时证明作家能够靠创作为生而不是靠领年金过活——但也只是能勉强维持罢了。尽管此时出版社给出的条件已经要比 18 世纪初优渥，但作家们仍然是在夹缝中求生存，一边是出版-销售行会，所支付的文稿费用少得可怜；另一边是盗版出版商，压根一分钱不付。[1] 18 世纪的思想家当中除了狄德罗，很少有作家是靠作品销量为生，而狄德罗从未完全摆脱过格拉布街这个环境。据梅西埃称，他的时代只有 30 位中坚"专业文人"能够以写作为生。[2] 法国出现开放、"民主"的文学市场，养活大批雄心勃勃的作家，是进入 19 世纪以后的事情了。在蒸气印刷机和大众阅读的时代到来之前，作家在通往财富的道路上靠拾人牙慧过活——叙阿尔就很擅长于此，否则只能落得中途栽进路边阴沟的下场。

---

[1] 作家与出版商之间的财务关系，请参照 Pellisson, *Les Hommes de lettres*, chap. 3; Lough, *An Introduction to Eighteenth-Century France*, chap. 7; G. d'Avenel, *Les Revenues d'un intellectuel de 1200 à 1913* (Paris, 1922). 阿维内尔的研究存在一个缺陷，他试图把当时所有的财务交易都换算成 1913 年的法郎。当时有关作家与出版商之间交易的生动记述，可见于 P. J. Blondel, *Mémoires sur les vexations qu'exercent les libraires et imprimeurs de Pairs*, ed. Lucien Faucou (Paris, 1879). 猛烈抨击出版商，还可参考狄德罗的 "Lettre sur le commerce de la librairie," in *Oeuvres complètes*, ed. J. Asségzat and M. Tourneux (Paris, 1876), p. xviii. 狄德罗也对出版商进行了一些批评，尽管他显然收了出版商的好处为其宣传。

[2] L. -S. Mercier, *De le littérature et des littérateurs* (Yverdon, 1778), pp. 38–39.

一旦堕入格拉布街，这些梦想着有朝一日风靡文坛的外省青年就很难再脱身。正如梅西埃所说："他倒在一道不可逾越的障碍前哭泣……不得不放弃自己长久以来渴求的荣耀，停在向他关闭的职业大门前瑟瑟发抖。"① 拉莫（Rameau）的侄儿和侄孙实际上面临着社会和经济的双重障碍，格拉布街的经历给他们留下了污点，阻碍他们进入上流社会分享其中的好处，他们因此咒骂这个封闭的文化界。他们靠从事社会肮脏的勾当存活下来——当警察的线人密探，或是贩卖色情小说；他们的作品当中充斥着对那个羞辱他们、让他们堕落的上流社会的诅咒。马拉（Marat）、布里索（Brissot）、卡拉等人在大革命前的作品当中表达的"反权势集团"的情绪可一点儿也不含蓄，他们对文学"贵族"的痛恨汹涌澎湃，痛斥他们占据了原本平等的"文人共和国"，将其变成了一种"专政"。② 正是在知识世界的底层，这些作家变成了革命者，萌生了要消灭那些思想贵族的雅各宾式的决心。

要理解格拉布街为何出口难寻，困在其中的人们为何会对社会上层的大人物如此憎恨，我们需要谈谈 18 世纪末文化生产的模式，还要看看但凡谈及旧制度就绕不开的一个词——

---

① Mercier, *Tableau de Paris*, Ⅷ, p. 59.

② 大革命前法国流行的这种科学家与伪科学家的亚文化，参见 Robert Darnton, *Mesmerism and the End of the Enlightenment in France*（Cambridge, MA, 1968）, chap. 3.

"特权"。① 书籍本身就带着国王赐予的特许。特许行会的组织体现了科尔贝（Colbert）② 的影响，垄断了出版物的生产和销售。特许刊物则将皇家特赐的垄断权极尽其用。法兰西剧院（Comédie-Française）、皇家音乐学院（Académie Royale de Musique）和皇家绘画雕塑学院（Académie royale de peinture et de sculpture）都享有特权，合法地垄断了舞台表演、歌剧演出和雕塑艺术。法兰西学院所颁发的文学终身成就奖仅限于 40 位特权人士可以获得，像科学院（Académie des Sciences）和皇家医学协会（Société royale de médecine）这样的特权机构则支配了科学界。凌驾于所有上述机构之上的是享有超级特权的文化精英，他们牢牢地将上流社会把控在自己手中。

也许一个社会以团体的形式来组织其文化生活本无可厚非，但其老旧的组织形式阻碍了文化发展的力量，而这些力量

---

① 17 世纪末的一场贸易战使得出版业落入巴黎行会的控制。整个 18 世纪巴黎的行会都牢牢把控着这个行业，尽管政府在 1777 年试着实行一些改革政策，但并未改变整体状况。书籍贸易这种陈旧的、科尔贝式的状况可以从其规范法令的文本当中读出。参见 *Recueil général des anciennes lois Françaises*, ed. F. A. Isambert, Decrusy, and A. H. Taillandier（Paris, 1822 - 1833）, XVI, pp. 217 - 251; XXV, pp. 108 - 128. 对 17 世纪到 18 世纪过渡状况的研究，可见 Henri-Jean Martin, *Livre, pouvoirs et société à Paris au XVIIe siècle（1598 - 1701）*, 2vols.（Geneva, 1969）. 有关戏剧界垄断更甚的状况，参见 Jules Bonnassies, *Les dramatiques et la comédie Française aux XVIIe et XVIIIe siècle*（Paris, 1874）.

② Jean-Baptiste Colbert, 法国政治家，曾在路易十四执政期间的 1661～1683 年任财政大臣，科尔贝主义（Colbertism）指科尔贝的财政政策原则，是 17 世纪流行的一种重商主义政治经济学主张。——译者注

本可以开启文化产业，为过剩的底层文人提供支持。事实上，在打压未授权书籍方面，书商行会要比警方更高效，像布里索这样未享特权的年轻作家，生活困苦的原因并非他们早期作品有多么激进，而是因为垄断力量禁止他们的作品进入市场。①因此，作家要想养家糊口，要么去争取只有少数上流社会成员才能获得的年金或领薪闲职，要么就只能去捡拾遗弃在格拉布街的残羹剩饭。

文化的团体组织形式不仅仅是一个经济问题，还因其违背了18世纪七八十年代年轻作家涌入巴黎的基本前提。这些年轻人来时坚信，那些大思想家笔下所描绘的文学共和国的确存在——是重农主义理论所提倡的"原子化"个人主义的文学界版本，这个社会由独立、友爱的个体构成，尽管是最优秀的人获得成功，但每个人都能通过为共同的事业付出而获得体面的生活。但现实经历告诉他们，真实的文人世界和旧制度的其他方面别无二致：个人只能在复杂的体制迷宫当中想尽一切办法出人头地。无论是要在《法国信使》上发表一篇文章，让自己的剧作获得法兰西剧院的认可，让著作得到书业管理局（Direction de la Librairie）的通过，还是争取成为学会的成员，加入一场沙龙，谋得一份领取干薪的闲职，都需要依靠老旧的特权和庇护传统才能实现，仅靠展露才能是远远不够的。

---

① 见本书第二章。

当然，的确有人依靠才能青云直上。莫里出生于维奈桑地区（Venaissain）某村的一户穷鞋匠家庭，马蒙泰尔则来自利穆赞（Limousin）一个穷裁缝之家，莫雷莱家是里昂的一个小纸商，里瓦洛尔（他自称伯爵）是朗格多的一个旅店老板之子，拉哈珀和托马斯则都是孤儿。他们都依靠技艺和学识功成名就，而同样实现社会地位快速提升的人远远不止这么几个例子。但正如托克维尔所述，社会关系紧张的原因并非社会缺少流动性，而恰恰是社会流动突然开放，这一普遍现象在文人世界尤为突出，因为写作作为一种新职业太具吸引力，造成作家过剩，超出了上流社会乃至整个社会的吸收能力。在圈外人看来，这个过程腐败不堪，他们不会将自己的失败归结为能力不足，而是认为自己是伏尔泰的传人。他们叩响伏尔泰文学门派的大门，却始终没有回应。他们的社会地位不仅未能如预期般迅速上升反而直线跌落，被拖入一个充满对立和矛盾的世界，秩序颠倒、等级根本无法界定、在贫困中尊严扫地。从格拉布街的状况来看，所谓文人共和国就是一个谎言。

若说已奠定社会地位的文学界的现实体制与其准则相违背——至少在那些未能出人头地的人看来如此，那么处于底层的文人的现实生活又是怎样的呢？格拉布街没有任何准则可言，亦无正规意义上的制度，而是一个充斥着不受约束的个体的世界——但他们可不是洛克笔下的绅士君子，而是霍布斯理论当中为生存苦苦挣扎的野蛮人，与上流社会的距离就是小咖啡馆与上层沙龙的差距。①

在沙龙里，尽管普通人依靠施展才智也能成功，但它依然是一个非常正式的场合，若无人引荐根本无法入席上桌。旧制度最后几十年间，沙龙日益为高级思想家所独占，小咖啡馆则被他们唾弃，成为文学界底层人士的聚会场所，与上层沙龙形成鲜明对比。小咖啡馆向所有人开放，与街道仅一步之遥，但与市井生活的距离各不相同。像普罗考普（Procope）、拉雷让斯（La Régence）这样的，都聚集着名声响亮的人物，没什么名气的就混在臭名昭著的"皇宫的地窖"咖啡馆（Caveau of the Palais-Royal），最底层的写手常去的是大道边的咖啡馆，融入一个充斥着"骗子、掮客、密探和小偷"的下流社会，这里只能遇到"皮条客、鸡奸犯和性怪癖者（bardaches）"。②

格拉布街也许缺乏像已享有一定社会地位的文人那样的团

---

① 由于格拉布街仍是一片未经勘察的街区（我希望下一部作品当中至少能绘其面貌），没有关于它的二手研究资料。关于格拉布街如何束缚住一位未来的革命者，见本书第二章。还可参见一本有趣的传记，Paul Robiquet, *Théveneau de Morande：étude sur le XVIIIe siècle*（Paris, 1882）. 莫兰德俨然是这些诽谤作家的头头，与一众下层人物共同生活，他们的作品让《拉莫的侄儿》（*Le Neveu de Rameau*）里的一些过分言论都黯然失色。

② Charles Théveneau de Morande, *La Gazette noire par un homme qui n'eset pas blanc*（1784, "impriméà cent lieues de la Bastille"）, p. 212. 关于沙龙和咖啡馆的文献集中于莫里斯·佩利森（Maurice Pellisson）和朱尔斯·伯托（Jules Bertaut）的作品，以上有引用。还可参见卡尔·曼海姆（Karl Manheim）颇具启发的评述，*Essays on the Sociology of Culture*, ed. by Ernest Manheim（London, 1956）, pp. 91–170.

体组织架构，但它也并非完全没有秩序，而是有自成一体的一套制度。例如，1780 年代大量涌现的研究室（Musées）① 和学校就是呼应了那些无名作家的需求，他们想要有一个地方能够一展才华，宣读他们的著作并且能结交一些关系。这些俱乐部会所相当于小咖啡馆的官方正式版本，热伯兰伯爵（Court de Gébelin）和拉布朗谢利（P. C. de La Blancherie）的研究室在某种程度上成了那些在别处惨遭轻视的思想家"反学院""反沙龙"的场所。拉布朗切利出版了一本名为《新文艺共和国》（les Nouvelles de la république des lettres et des arts）的期刊，研究室里面的文人们抨击学院院士，评论一些被《巴黎日报》和《法国信使》忽略的作品，以此发泄愤懑不满。② 大革命前的法国最犀利的"大炮"、最有影响力的"圈外人"堪属西蒙－亨利·兰盖。兰盖对国王和教会充满敬意，但他猛烈抨击法国那些最享盛名的制度，尤其是巴黎律师界和法兰西学院。他出色的辩才让他写的小册子、司法

① Musées 直译是博物馆，但在启蒙运动时期远未达到现代博物馆的标准，其功能更多的是供文人、思想家进行讨论活动，相当于博物馆的前身。——译者注

② 我能找到的 Les Nouvelles de la République des lettres et des arts，7 vols.（Paris，1777－1787）内容不全。Bibliothèque Nationale，Réserve Z 1149 = 1154. 还可参见 La Blancherie，Correspondance générale sur les sciences et les arts（Paris，1779），Rz. 3037 and 3392. 在《手写新闻报》（nouvelles à la main）上不时出现有关 1780 年代研究室和公立中学的信息，出版于 Mémoires secrets pour servir à l'histoire de la République des lettres en France，通常被称作 Mémoires secrets。

记录和报刊文章都很畅销，他对贵族和团体的专制作风所做的抨击性发言响彻整个格拉布街，为大革命的一些反精英宣传奠定了基调。①

如此看来，格拉布街有一些自己的发声机构和组织，也许甚至还有自己的一套未成熟的分层体系，因为底层世界也是有好几个等级之分的。有些作家成功成为被社会承认的思想家或是在《诗歌年鉴》（*Almanach des Muses*）上发表了几首诗作，如此就能居于仅次于上流社会的等级。米拉波（Mirabeau）即便在身陷囹圄、负债累累之时也还保持着名流风范的生活，他一直有一批写手（他们直接称他为公爵），以他之名创作、出版作品。② 没什么名气的小人物编撰百科全书、词典、文摘还有文集，这些作品在 18 世纪后半叶广为流传。即使更低级的代写工作在某种程度上也有值得尊重的地方——或为官员大臣代笔，或为股票交易市场的熊市牛市大战撰文，或是生产一些手写新闻③；当然也有可能是非常低

---

① 特别参考广为流传的兰盖的 *Annales politiques*, *civiles et littéraires du dix-huitiéme siècle*，其对文化精英的猛烈抨击如下（Ⅵ, p. 386）："法国没什么逃得了他们的控制。行政、司法、科学、文学机构，处处都被其插手：（那些有权有势的思想家派）控制一切，甚至是人们的声名，独自把守通往荣誉和财富的大门。他们在每个职位上都安插了所谓的思想新贵。学院和法院都被其牢牢控制，媒体、审查官、报刊都听任其指挥。"

② 参见 Jean Bouchary, *Les MManieurs d' argent à la fin du XVIIIe siècle*（Paris, 1939 - 1943），Ⅰ; Jean Bénétruy, *L'Atelier de Mirabeau: quatre proscrits genevois dans la tourmente révolutionnaire*（Geneva, 1962）.

③ 《手写新闻报》是在报纸出现前秘密流传的手写报纸，之后继续在地下传播一些为政府所禁的内容。——译者注

劣的勾当——写一些淫秽作品、兜售禁书、充当警察的密探。
许多作家靠类似法务的工作为生，自称为律师或法务职员，捡
一些司法宫法律助理行会（basoche）①里的小差事做。一些处
于文学世界最底层的人会堕落至犯罪。夏尔·特维努·德·莫
兰德（Charles Théveneau de Morande）是格拉布街最暴力、最
凶残的写手，生活在一个充斥着妓女、皮条客、勒索犯、扒
手、骗子和谋杀犯的"风流社会"（demimonde）。这些勾当不
少他都有所染指，撇去周遭环境的浮渣为自己的写作寻找素
材。如此一来，他的作品诋毁一切，无论好坏，其中充斥着彻
底的堕落和疏离感，这让伏尔泰不无恐惧地惊呼："刚刚出现
了那种魔鬼般邪恶的作品［莫兰德的《装甲录》（*Gazetier
Cuirassé*）]②，上至君王下至老百姓都被其疯狂羞辱，书中那
些最邪恶、最匪夷所思的中伤在一切人们尊重和热爱的事
物上涂抹了可怖的毒药。"③

　　格拉布街是一个扼杀尊重与爱意的地方。这里残酷的生存
之战激起了人性最低劣的情感，下面几段文字足以为证，摘选

---

① 大革命前巴黎法院系统的法务职员行会，会从这些职员当中录取未来的法
　务代表（procureurs）——译者注
② 又名《法国王室丑闻逸事录》（*Anecdotes scandaleuses de la Cour de France
　is a libel published anonymously by Charles Théveneau de Morande*），其内容是
　一件件逸闻趣事，背后有很明确的政治目的——要抹黑路易十五的政
　权。通过曝黑幕、私隐，编造下流故事来抨击当权者。其中故事都隐
　去了真实的人物姓名，引发当时的读者竞相猜测，颇为畅销。——译
　者注
③ *Dictionnaire philosophique*，文章题为"Quisquis."

自巴黎警方手下的线人和密探提交的报告，这些人本身就是底层作家，在警方还留有案底。

　　高尔萨（GORSAS）：此人适合各种卑劣的行当。他逃离了凡尔赛，之后被投入比赛特（Bicêtre）监狱（专门关押那些臭名昭著的罪犯），是国王亲自下令批捕他，因其诱骗儿童借住家中并教坏他们，现如今他隐居在迪克托尼街（Tictone）的一间位于五层的阁楼里。高尔萨写造谣中伤的文章，他和压铸版印刷厂（Imprimerie Polytype）的一位学徒印刷工勾结在一起，这位学徒之前被其他印刷厂开除了。他（高尔萨）有在这家印刷厂偷印淫秽作品的嫌疑，还贩卖禁书。

　　奥都（AUDOUIN）：自称律师，写手，写新闻，禁书贩子；他和普鲁德霍姆（prudhomme）、曼努埃尔等声名狼藉的作家和书贩有来往。他什么行当都干，只要有人找他，他就会当线人。

　　迪波尔·杜·泰特雷（DUPORT DU TERTRE）：正在谋求警局的一个职位；他是位律师，在司法宫常常没活干，尽管他才能还不错。他之前想在贵族大庄园里谋职但失败了。他住在一间四楼的简陋公寓里，看起来没什么钱。他总体上口碑不错，但写一些恶语中伤的文字。

　　德拉克罗瓦（DELACROIX）：律师，作家，被驱逐出律师界。他给一些见不得人的案子写（司法）记录；不写记录的时候就是在写诽谤的文章。

梅西埃（MERCIER）：律师，暴脾气，怪人；他既不上庭也不做法务咨询。他压根没进律师界，但还是自称律师。他写了《巴黎图景》（*Tableau de Paris*），四卷本，还有一些其他作品。他之前害怕被投入巴士底狱，逃离了法国，之后又回来，现在想为警察做事。

马拉（MARAT）：一个胆大包天的江湖医生。维克·达齐尔先生（M. Vicq d'Azir）以皇家医学协会的名义要求将其逐出巴黎。他是瑞士纳沙泰尔人。他手里死了好几位病人，但他还有医学学位，是买来的。

谢尼埃（CHENIER）：一个傲慢暴力的诗人。他与歌剧演员波梅妮（Beaumenil）同居，她日渐过气，与他坠入爱河。他虐待她、打她——情况严重到邻居都报告称，要不是他们解救，她会被活活打死。她控告他拿走了她的珠宝；把他描述成一个无恶不作的人，对于自己曾被这样的人迷住，她从不掩饰自己的懊悔。

弗雷隆（FRERON）：和他父亲相比既没头脑也没文采，为人所鄙夷。尽管他享有期刊《文学年鉴》（*Année littéraire*）的特许权，但上面的文章并没有他写的。他雇用失业的年轻律师。他是一个自大的胆小鬼，就在最近，他活该从演员德塞萨尔（Desessarts）那儿吃到了苦头——他倒是没有到处炫耀这一点，之前他在一期《文学年鉴》上称德塞萨尔是一个"口技卖艺的"。^①他和穆维尔（mouvel）有来往，后者因犯鸡奸罪被剧院开除。

帕尼（PANIS）：司法宫的一位年轻律师，因父母的关系得到院长德奥梅森先生（M. le President d'Ormensson）的庇护，他的父母是（德奥梅森的）佃农；帕尼受雇于弗雷隆为《文学年鉴》工作，他有一位情妇，她之前跟刽子手在一起。^②

格拉布街的生活实属艰难，会给人造成心理阴影，因为"文学界的渣滓"面对的不仅是失败和屈辱，而且不得不独自面对这一切。失败造成孤独感，而格拉布街的环境又尤其容易

---

① 《文学年鉴》上刊载了一篇对英伯特的戏剧《无爱之炉》的批评文章，德塞萨尔是该剧的主演，文章嘲讽他只不过是个"体型臃肿的口技演员而已"。德塞萨尔背后有大人物撑腰，对此颇为不满，于是状告杂志。尽管弗雷隆本人并非这篇文章的作者，但他还是被巴黎警方传唤，遭到了警长的羞辱。弗雷隆当时大怒，拔出剑来刺进墙里，警察迅速将其制服，弗雷隆差点就要遭受牢狱之灾，最后结果是杂志的特许权被撤销。——译者注

② "Extraits de divers rapports secrets faits à la police de Paris dans les années 1781 et suivantes, jusques et compris 1785, concernant des personnes de tout état et condition〔ayant〕donné dans la Révolution," Lenoir papers, bibliothèque municipale d'Orléans, MS. 1423. 这些报告的口吻颇为八卦，因此其准确性不足为信，但它们的确透露了底层文学世界生活的大致风格。勒努瓦在报告结尾的一处注脚中写道，他删去了可能败坏那些受人尊敬人物名声的内容，但剩下的摘文并无改动，其真实性可以和其他警局记录进行比照（但他写完这些报告之后其他的警局档案都被销毁了）。总体而言，勒努瓦的报告看起来比较可信。以曼努埃尔为例，勒努瓦的报告当中有关于曼努埃尔在文学底层社会生活经历的评述，这与曼努埃尔在国家档案 W295 卷的内容一致，也与一部匿名作品 Vie secrète de pierre Manuel（n. p.，1793）相吻合。

使其居民与世隔绝。讽刺的是，在文学的底层世界，生活的基本单元是阁楼（在18世纪的巴黎，社会阶级是沿楼层而不是街区分层）。这些默默无闻的思想家蜗居在四五层上的小阁楼里——在巴尔扎克给他们的境况涂上一层浪漫化的色彩之前，听说自己就是伏尔泰所说的"文学的乌合之众"。那么他们又是如何与外界这样的认识自洽呢？

法布尔·德·埃格朗蒂纳就是一个例子。一介游民，失去了社会地位，却自视为莫里哀的接班人。他在警局里留下的案底这么写着："一个穷酸诗人，在屈辱和穷困潦倒中度日，处处遭人白眼；在文人圈子里被看作一个可恶的人。"① 法布尔在大革命前曾写过一部戏剧，读起来就是一位困在格拉布街的作家逃离现实的幻想。该剧的主人公是位来自外省的28岁青年，才能未被赏识，在巴黎的一间小阁楼里悲愤地写作。他饱受那些控制法国文学界的恶劣精英的嘲讽和盘剥，包括那些唯利是图的出版商、冷酷无情的报刊编辑，还有掌控着沙龙、背信弃义的所谓文人雅士。就在他快要被贫病击垮之时，突然时来运转，一位品德高尚的资产阶级富商发现了他，对他的才华和高尚品格颇为赞赏，将他带回外省，从此以后他就在那儿幸福地创作了一部又一部杰作。整部剧作表达了对文化精英的憎恨以及一种强烈的平等主义思想，这符合拉哈珀对大革命前的

---

① 法文原文是：poete mediocre qui traine sa bonte et sa misere；il est partout honni；il passe pami les gens de lettres pour un execrable sujet. Bibliothèque municipale d'Orléans，MS. 1423.

法布尔的评价——一位心怀怨恨的失败者，"怨气冲天，恨意不绝，他这种人都一个样，憎恨所有自诩为上流社会的人，反对有一定社会地位的一切——只要他没有这个地位且也不配有"。[①]

也许还有其他人沉溺在类似的幻想中以逃避现实。马拉梦想着能一飞冲天去主持马德里科学院。[②] 他和卡拉两人都自我安慰，认为自己的才能盖过牛顿，尽管不为社会所赏识。但无论怎么幻想，也不能掩盖文学世界顶层与底层的生活状况之差，以及底层人物的理想与现实之差。那些被社会认可的作家享有较高的社会地位，从既定的文化制度当中获取荣耀和财富，但文化无产者在社会中没有一席之地。那些衣衫褴褛的写手可算不上文人，他们只是"乌合之众"，沦落在贫民窟和阁楼中，在孤独、贫穷、屈辱中写作，因此很容易遭受失败带来的心理创伤——对体制和自身双重憎恨的有害情绪。

在旧制度最后几年里，格拉布街这种心理的表达尤为强烈。表达的渠道就是诽谤文章，这是代笔写手生活的支柱也是他们的特长，是他们最偏爱的文体。这种为历史学者所忽略的文体现在应当被重视起来，因为这些文章传达了一种格拉布街

---

① J. F. de La Harpe, *Lycée ou cours delittérature ancienne et moderne* (Paris, Year Ⅶ to Year Ⅻ), Ⅺ, pt. 2, p. 488. 法布尔的这部剧作在其身后收入 *Mléanges littéraires par une société de gens de lettres* (Paris, 1827).

② 参见 Marat to Roume de Saint Laurent, *Correspondance de Marat, recueillie et annotée par Charles Vellay* (Paris, 1908).

视角的世界观：这是恶棍无赖和莽汉笨蛋眼中的世界，他们相互出卖，总是成为大人物的牺牲品。上流社会是诽谤文章的攻击对象，它们中伤皇室、教会、贵族、学院、沙龙等一切地位显赫、受人尊崇的人和事，甚至包括国王，其粗鄙下流之程度在今天超乎想象，尽管这在地下文学当中存在了相当长的一段时间，因为在阿雷蒂诺（Aretino）① 之前小册子写手就靠诽谤文章过活了。他们抓住法国历史上每次大的危机做文章，例如宗教战争时期天主教联盟的宣传材料，还有投石党运动时期② 抨击马萨林的文章。但旧制度最后的危机给了他们一个前所未有的机会，他们立刻火力全开，极尽反社会的污言秽语之能事。③

　　虽然本书无暇对 1770～1789 年发表的诽谤文章进行详细研究，④ 但通过其中一个例子可以把握其整体的风格。诽谤文章

---

① 与达·芬奇同时代的一位社会批评家，他散布有关达·芬奇创作蒙娜丽莎的流言，捏造画家与主人公之间的花边新闻，被看作八卦新闻的鼻祖，其编造的流言反而炒红了画作。——译者注

② 投石党运动，又名福隆德（Fronde）运动。福隆德是一种投石器，源于 17 世纪时得宠的红衣主教马萨林（Mazarin）的支持者被巴黎市民用这种投石器砸坏窗户。投石党运动源于马萨林任首相期间推行的财政政策，其政策遭到贵族及民众的不满，继而引发了起义。——译者注

③ 这一解读认为旧制度末年诽谤文章在数量和重要性上都有所增长，其依据仅仅是对法国国家图书馆及大英博物馆所收藏的政治宣传册进行大量阅读之后的印象，这一观点也得到路易十六时期警察总长的印象的佐证，参见 Lenior, " De l'administration de l'ancienne police concernant les libelles, les mauvaises satires et chansons, leurs auteurs coupables, délinquants, complices ou adhérents," Bibliothèque municipale d'Orléans, MS. 1422.

④ 有关诽谤文章更为详细的讨论请见本书第六章。

当中最露骨的——这是一本广为流传、内容耸人听闻的小册子，几乎是诽谤文章这一文体的典型案例——当属夏尔·德·莫兰德的《铠甲录》，它让伏尔泰特别震惊。在莫兰德笔下短小精悍的段落里，细致具体的污蔑之词与宽泛的慷慨陈词相结合，奠定了现代八卦小报专栏作家的写作风格。就像《丑闻录》①（chronique scandaleuse）的传统做法一样，他在文中发誓要揭露"幕后秘密"②。但莫兰德写的不仅仅是丑闻。

> 某位法国将军的妻子为人真诚（将军总怀疑自己得了某种肺病，饱受折磨），发觉她丈夫这类人身子太娇弱，觉得自己有神圣的义务免除丈夫的麻烦，于是转而委身于丈夫男管家粗糙的怀抱。若不是向这位妻子证明了自己精壮有力，这位管家现在还只是一个普通男仆呢。③

这段追求轰动效应的性描述传达了一条社会信息：贵族已

---

① *The Scandalous Chronicle*（1502），是路易十一时期巴黎一部有名的编年史，其内容全部由作者手绘而成，其间插有让·德·罗伊（Jean de Roye）的评注。该书完成于1502年，是为达马丁（Dammartin）家族的一位成员而作。全书共536页，用的是上好的犊皮纸，嵌有12幅彩饰和贵族纹章。——译者注

② Charles Théveneau de Morande（anonymously），*Le Gazetier cuirassé: ou Anecdotes scandaleuses de la cour de France*（1771，"imprimé à cent lieues de la Bastille, à l'enseigne de la liberté"），p. 128.

③ *Le Gazetier cuirassé*, pp. 167–168.

退化至失去繁殖能力的地步，① 大贵族要么不举，要么性变态，② 他们的太太不得不从仆从那里寻求满足，这些仆人代表了更为精壮的底层阶级；而在大人物中间到处都是乱伦、性病，泯灭了人性最后的光亮。③ 生动的细节要比抽象的理论更有效地传达了信息，尽管读者一开始有可能为某件事感到震惊。

> 诺亚尔伯爵和他的一个男仆厮混出了桃色丑闻，据说这个乡下佬儿猛捆伯爵，害得伯爵八天都没能下床……这个男仆……是个地道的皮卡第大区人，还没受过训练该如何服侍大人物，诸如什么西班牙的大公，皇家骑士团成员，中将，弗斯（vers）的总督，p 王子，阿尔帕勋爵（lord of arpa），马耳他的大十字勋章获得者，金羊毛勋章骑士，耶稣会世俗成员，等等，等等。④

但当读者一旦从震惊中回过神儿来，就明白这些故事要导出何种结论。莫兰德堆砌出丰富的逸闻趣事，所有故事都导向一个方向——反对上流社会，如此他将读者引向共通的结论。

---

① *Le Gazetier cuirassé*, pp. 169 – 170.
② 莫兰德特别强调性无能和鸡奸，例子可见 *Le Gazetier cuirassé*, pp. 51 – 52, 61.
③ *Le Gazetier cuirassé*, pp. 79 – 80.
④ *Le Gazetier cuirassé*, pp. 182 – 183.

他就是要表明，社会的顶层已腐化堕落至无可救药的地步，无论是在道德层面还是在生理层面。

> 公众收到警告，剧院的女孩子中正疯狂流传着一种疾病，已经波及皇室的夫人小姐们，甚至也染给了她们的男仆。这种疾病会导致面部拉长，气色全无，体重减轻，一旦发病会给身体造成可怕的破坏。染病的女性要么掉光了牙齿，要么落光了眉毛，有些甚至完全瘫痪。①

莫兰德记录下的上层阶级都是戴绿帽子的、鸡奸的、乱伦的，还有不举的，读上去简直就是对社会秩序的控诉。关于社会腐化的问题，他不仅仅给读者留下了一个空泛的印象，而且把贵族的堕落联系到他们在军事、宗教、政治治理方面的失能。

> 在法国步兵团、骑兵队和龙骑兵团的两百位上校当中，近180人知道如何跳舞、唱小曲；差不多同样多的人衣着饰有花边、脚踏红跟鞋；能读写自己名字的至少有一半吧；另外仅有不到四人了解军人的最基本技能。②

---

① *Le Gazetier cuirassé*, pp. 131 – 132.

② *Le Gazetier cuirassé*, pp. 80 – 81.

国王的告解神父被发现跟几位男侍从有染，声誉扫地。现在公开竞争这个职位，国王意在选择品行最让人放心的教士。有人提议选 R 大主教但遭否决，因其与手下的一位牧师长期保持不正当的关系。只好指派盖夫——还有鲁伊——的两位红衣主教半年轮岗，可惜第一位根本大字不识几个，第二位还没从掌掴中缓过劲来（暗指一场同性恋丑闻——引者），因此国王最后要怎么决断还是个未知数。[①]

莫兰德一直强调性堕落与政治腐化之间的关联，如下几条快讯就是例子："瓦克森男爵（Baron of Vaxen）有位漂亮的太太，他看她看得很紧，结果他不幸被一纸密令送进监狱去学习上流社会的礼俗，这期间公爵（指维利里艾公爵，路易十五最喜欢的大臣之一——引者）就睡了他老婆。"[②] 王权堕落为专政——这是通篇最突出的信息：大臣们专门聘请一批秘书来签署密令；巴士底狱和文森监狱人满为患，屋内都支起了帐篷供狱警住宿；一支按照路易十四龙骑兵的模式新设的精英警察部队在外省实行恐怖治理，政府还在实验一项新刑具，可以一次吊死十个人，公开行刑的刽子手辞去了工作，不是出于对机械自动化的担忧，而是因为新任的莫普（Maupeou）及其幕僚

---

① *Le Gazetier cuirassé*, p. 53.

② *Le Gazetier cuirassé*, pp. 36–37.

的做法违背了他的正义感。以防读者抓不到关键，莫兰德直截
了当地写道："据司法大臣莫普所言，王权国家里君主就应当
掌握对所有臣民的生杀大权，王国之内所有财富都应为君主所
有，荣誉和权益的标准都是君主说了算，必须保证符合君主的
利益。"①

在这样一个政治体制当中国王处于什么地位？"莫普大臣
和德艾吉永公爵完全控制了国王，只留给他与情妇睡觉、逗弄
家犬和签署婚姻协定的自由。"② 莫兰德嘲讽所谓皇权神授的
观念，③ 将国王贬低成愚昧无知、狂饮暴食的形象。在他笔
下路易十五荒唐可笑，即便独断专行也依然是个不足挂齿的
人物。"一张公告张贴了出来，希望能找到欧洲一位最伟大
君主的权杖。一番寻寻觅觅之后，结果发现它在一位被称为
公爵夫人的漂亮女士的化妆间里，这位女士用它来逗猫。"④
在莫兰德的书中，一群恶棍法国真正的统治者包括杜巴里公
爵夫人（Countess DuBarry）以及朝臣三巨头——莫普、戴哈
（Terray）和德艾吉永。莫兰德牢牢抓住杜巴里公爵夫人这个

---

① *Le Gazetier cuirassé*, p. 80. 这段评论引出了关于莫普的同僚德艾吉永公爵的
内容（80）："过去法国贵族的头衔容不得一丁点儿污渍，但现如今一位贵
族（指德艾吉永——引者）可以作威作福给整个省带来灾难，恐吓证人，
只要他深谙权术之道就可平安无事。"

② *Le Gazetier cuirassé*, p. 31.

③ *Le Gazetier cuirassé*, p. 109. "一本新书刚刚问世，向法国的国王发起挑战，
要求他提供上帝与他签订的协定，以此来证明他的神圣权力；该书作者向
他叫板。"

④ *Le Gazetier cuirassé*, pp. 157 – 158.

形象，将其看作政权的象征，要么自行杜撰，要么从小咖啡馆的八卦中提炼有关她的每一个细节：据传她是一位女仆被僧侣引诱之后诞下的私生女，曾经是坊间有名的妓女，利用国王的权力帮助她之前的那帮姐妹，不让警察插足妓院，她与自己的女仆有同性关系，等等诸如此类。同样的，莫兰德揭露大臣们利用自己的权威中饱私囊、包养情妇，或者单纯地以作恶为乐。

莫兰德版的政治新闻尽管怪诞荒唐、不确实、过分简单化，但也不能当作凭空捏造而完全摒弃。因为事实证明，编造谣言也好、澄清事实也罢，都是在一个政权末期施加强大影响力的途径。政权尽管在理论上是专制的，在实际中却越来越容易受到变化无常的公众舆论的影响。诚然，18世纪尚不存在任何形式一致的法国"公众"，即便存在也被排除在直接参政的范围。正是因为被排除在外，才会造成一种政治上的幼稚状态，这让公众更容易受到莫兰德式报道的左右。《铠甲录》不是探讨问题，而是污蔑人格。莫兰德猛烈的恶语中伤掩盖了莫普改革的真实状况——改革意在消解一些正在吞噬政权的既得利益集团，也许这本是政权能够存续的唯一希望。莫普的改革方案本能惠及普通大众，但莫兰德并不在意这一点，因为他和其他写手对改革全无兴趣。他们就是憎恨这个制度本身，并且充分表达自己的憎恶之情：剥去其象征标志的神圣外衣，破解那些在公众眼中赋予其合法性的神话，同时构建出一个与之截然相反的虚构认识——这个政权是个堕落的专政。

这些主题绝不仅出现在莫兰德的作品当中，在旧制度行将就木之时，它们在诽谤文学当中占据越来越重要的位置。《铠甲录》只是为之后涌现的反政府政治宣传小册子奠定了基调，这股风潮从 1770 年代早期的莫普改革一直延续到 1780 年代末期的卡洛纳改革。卡洛纳时期最高产的诽谤文学作家当属让-路易·卡拉（Jean-Louis Carra），一个被封闭的主流科学圈排除在外的弃儿，他对自己谴责政府的动因直言不讳——都是申请一项卡洛纳年金未果造成的。[1] 莫兰德的动机也高尚不到哪里去，他意在利用轰动性新闻的市场需求或是勒索那些他诽谤的对象来发横财。

抛开低劣的动机不论，如此大规模的诽谤中伤是否就是对大革命的召唤呢？不尽然，因为这些诽谤文学缺少一个纲领方案。它们不仅未能灌输给读者该由怎样的社会来取代旧制度的理念，

---

[1] 参见卡拉在他翻译的 John Gillie's *Histoire de l'ancienne Grèce* 当中加入的注脚（Paris, 1787, Ⅰ, pp. 4, 11；Ⅱ, pp. 387 – 389；Ⅴ, p. 387；Ⅵ, p. 98）。1787 年贵族议会开会前卡拉写就了一部颇有影响力的《回忆录》抨击卡洛纳（Carra, *Un Petit mot de réponse à M. de Calonne sur sa Requête au Roi*, Amsterdam, reprint 1787）。之后在诸如 *M. de Calonne tout entier*（Brussels, 1788）的诽谤文章当中继续对其穷追猛打。卡拉还把炮口对准了勒努瓦（L'an *1787：Précis de l'administration de la Bibliothèque du Roi sous M. Lenoir*, 2nd ed., Liège, 1788），因其不仅建议卡洛纳不给予自己年金，还在几位院士的帮助下试图罢免卡拉在皇家图书馆的一个小职位，这可是卡拉微薄收入的唯一来源。参见 Lenoir's papers, Bibliothèque municipale d'Orléans, MSS. 1421 and 1423. 难怪卡拉写在大革命前的政治小册子里燃着对那些享有年金、肥差闲职，还有学院职位的文人贵族的仇恨之火，恨他们把资源随意差遣。

而且几乎没有任何抽象理念可言。莫兰德通过谴责专政来呼吁自由，他痛斥贵族的堕落，似乎意在树立资产阶级的道德标准，如果是用前者反衬的话，[①] 但他没能捍卫任何清晰的原则。他自称是一名犬儒哲学家，[②] 诋毁一切，甚至包括哲学家本身。[③] 其他诽谤文章的写作大多也为同样的态度所驱使，这是一种虚无主义的态度，没有确定的思想理念。

奇妙的是，诽谤作品却喜好道德说教，即便是当中的色情内容亦是如此。莫兰德一部关于朝中大臣和宫廷交际花的淫秽小册子，故事高潮部分有一段关于杜巴里夫人的描写，可谓义愤填膺。

> 她从妓院一飞冲天到了朝廷，让权力最大、最受人敬畏的大臣下台，颠覆君主体制，她那穷奢极欲的做派、傲慢的谈吐让皇室蒙羞，让皇位继承人选和他高洁的夫人受辱。（也损害了）整个民族，民族正忍饥挨饿、气息奄奄，她却虚荣无度，周围的浪荡子也都出了名的作恶劫掠，拜倒在她石榴裙下的不仅有显赫之士和朝廷大臣，还有有皇家血脉的王公贵族、外国使节，甚至还有教会人

---

① 他对资产阶级与贵族阶级的道德观念之间以及英法之间含蓄的对照，参见 *Le Gazetier cuirassé*, pp. 83 – 86, 171, 173.

② *Le Gazetier cuirassé*, p. 131.

③ 遭到他攻击的包括伏尔泰、达朗贝尔及格弗林夫人沙龙上的其他成员，参见 *Le Gazetier cuirassé*, pp. 178, 181.

士，这还给她的放荡丑行添加了神圣的色彩。①

　　这其中的道德义愤在诽谤作品当中颇为典型，似乎不仅仅是一种修辞的情态，而是表达了对彻底腐化了的精英的一种全然的鄙夷。因此，尽管诽谤文学或许缺少连贯成体系的思想理念，但传递了一个革命意味的观点：它们表明，自上而下，社会腐化正吞噬着法国社会，那些色情的细节能顺利地让公众明白道理，他们也许无法消化《社会契约论》，但很快他们就开始读《杜歇老爹》②了。

　　这种底层卢梭主义——自然适用于"阴沟里的卢梭"③ 的一个词——也许本来就和卢梭对法国上层阶级文化道德的驳斥相关，因为格拉布街的人们认为让-雅克是他们的同类。他们追随卢梭的脚步，不仅能够想象着有朝一日实现梦想，而且能为失败寻找慰藉。与布里索、曼努埃尔等典型的诽谤作家一样，卢梭也不是资产阶级出身，但他从他们的阶级跃入上流社会，

---

① Charles Théveneau de Morande（annoymously），*La Gazette noire par un homme qui n'eset pas blanc*；*ou oeuvres posthumes du Gazetier cuirassé*，pp. 194 – 195. 极为相似的内容还出现在 *Vie privée de Louis XV*，*ou principaux événements*，*particularités et anecdotes de son règne*（London，1781），Ⅳ，pp. 139 – 140.

② 《杜歇老爹》（*Le Père Duchesne*）由极端激进派领袖雅克·勒内·埃贝尔主办，因埃贝尔的笔名"杜歇老爹"而得名。这是法国大革命时期一份极端激进的报刊，自 1790 年 9 月直至主编埃贝尔走上断头台（1794 年 3 月 24 日）共发行了 385 期。——译者注

③ "阴沟里的卢梭"这个词指称 18 世纪的雷斯蒂夫·德·拉布雷顿，该称呼与格拉布街上雷斯蒂夫的同伴极为相符。

看清其真面目，揭露精英文化就是社会腐化的动因，之后带着工人阶级出身、不识几个大字的妻子回到格拉布街，过着简陋的生活，离世时纯粹、不染纤尘。这些雇佣文人尊敬卢梭，鄙视伏尔泰——伏尔泰这个上流人，污蔑卢梭是个"可怜鬼"，他和卢梭同年离世，却是在上流社会的怀抱里。①

那么，被伏尔泰鄙视为"文学乌合之众"的这群作家，他们笔下的政治色情文学竟然像卢梭的作品一样进行道德教化，这是不是很令人意外？对于这些作家而言，旧制度就是不道德的。他们被迫成为密探、淫秽作品贩子，这违背了他们的道德本质，践踏了他们想要在伏尔泰麾下为人性光辉贡献力量的年轻梦想。于是他们彻底失去了信仰和敬畏之心，不遗余力地咒骂这个社会将他们逼入由罪犯和怪胎构成的地下世界。他们作品当中的淫秽成分——例如他们常常提到的性病，在钻石项链事件里从罗昂大主教传染给王后还有宫廷里的其他几位大人物——传达了对精英群体的彻底对抗，这些精英如此腐化应该全被消灭。难怪政府存有淫秽文学作家的秘密档案，并将淫秽作品视作最严重的违法行为；也难怪淫秽作品目录只能秘密流传，都是手写记录，就如前文所列的"哲学书籍"那样。诽谤文学作家是在为一个"次等知识阶层"发声，他们不仅未能融入社会主流，而且逾越其纲常，不愿以伏尔泰的方式平

---

① 当时流行以反对伏尔泰的卢梭自比，其例子可见 *Le Tableau de Paris*, XI, p. 186.

和有礼、自由地改革这个社会，而是要彻底推翻它。

我们使用"革命"这个字眼有时过于随意，还会夸大旧制度时期文学世界顶层与底层之间的思想差距。第一批启蒙思想家的革命性有其鲜明的特点：他们阐明并大力宣传自己的一套价值体系或是思想理念，来摧毁法国人从天主教、王权传统中继承的传统价值体系。格拉布街的人们同样怀有启蒙思想家所传递的思想理念，只不过他们是想自己也成为思想家而已。正是因为他们想要实现这一抱负，才会用一种不同的眼光来审视启蒙哲学思想，不仅用其来参照普遍意义上的社会现实，也用它来看待文化世界的现实。同样，那些伟大的思想家也有对现实的敏锐观察，他们的后继一代同那些饱经风霜的写手一样具有现实意识，没有证据表明上层的视角要比下层的视角更失真。但视角的不同是一个关键因素——视角不同而不是原则不同，心境不同而不是理念不同，不是思想内容的不同，而更多的是感情色彩上的不同。格拉布街文学迸发出的情绪是革命性的，尽管它没有连贯的纲领体系，甚至没有什么明确、独到的思想。不论是思想家还是诽谤文学作家都是煽动性的，只是方式不同：启蒙运动通过获得社会认可动摇了精英对于社会秩序合法性的信念，诽谤文学作家则通过攻击、诋毁精英群体将不满的情绪扎得更深、传得更广。这两个对立阵营都在大革命的思想源头上占有一席之地。

一旦革命降临，文学的上层与底层之间的对立关系就势必会消解。格拉布街的地位上升，推翻上流社会，征用了权贵的地位。这是一场文化革命，创生出一批新的精英，给他们新的工作。一边叙阿尔、马蒙泰尔和莫雷莱发现自己的收入被剥夺，另一边布里索、卡拉、高尔萨、曼努埃尔、梅西埃、德穆兰、普鲁德霍姆、卢斯塔洛（Loustalot）、卢韦（Louvet）、埃贝尔（Hébert）、马雷（Maret）、马拉等更多过去的文学无产者成了报人、官员，开启了新生活。① 革命让文化界颠倒过来，学院被毁，沙龙解散，年金被撤，特权取消，1789 年前扼住书籍贸易咽喉的势力和特权阶层都被消灭。报纸和剧院如雨后春笋般涌现，堪称一场文化革命当中的工业革命。② 新精

---

① 有关依靠年金和闲职收入勤勤恳恳积累下的财富一夜之间被大革命摧毁的惊人记述，参见 *Mémoires de l'abb Morellet sur le dix-huitième siècle et sur la Révolution*，2 vols.（Paris，1921）. 第二卷第五章至第七章写到一个有趣的场景：一位资深的启蒙思想家试图和年轻的无套裤汉沟通，但后者对其在 18 世纪中期试图论证其思想的正确性所写的著述毫无兴趣，只是想知道这些问题的答案："为何你在 8 月 10 号前喜气洋洋而从那之后就黯然神伤?"（Ⅱ，p. 124）莫雷莱无法理解无套裤汉，他们同样无法理解他，一场文化革命拉开了二者的距离。

② 法兰西剧院的垄断地位被打破之后，巴黎涌现了 45 家新剧院；1789 ~ 1799 年共出产了 1500 部剧作，1792 ~ 1794 有 750 部，这与大革命前每年仅有寥寥数部剧作形成了鲜明对比。这些新剧更多是由大众集市（foire）剧院出品和粗俗剧（drames poissards）出品而并非法兰西剧院，后者仅迎合贵族观众的口味甚至直接给国王演出，因其董事会的操作，其中都是国王的近侍。也许随着巴黎民众夺取了权力，格拉布街的文风（诽谤文章类的小册子还有《杜歇老爹》类的报刊）也流行起来，这些人显然知道如何说普通大众能听懂的话。最引人注目的是大革命在新闻业掀起革命。1780 年代的巴黎仅有少数几十家期刊，也没什么新闻内容；而在 1789 年后半年的时间里就新成立了至少 250 家货真价实的报纸，而到了 1790 年至少有 350 份报纸流通。有关剧院的情况，参见 John Lough，*Paris Theatre Audiences in the Seventeenth and Eighteenth Centuries*（London，1957）；Jules Bonnassies，

英摧毁了旧制度，由此传播一种粗糙的革命正义：曼努埃尔接管了之前秘密雇佣他来查禁诽谤文学的警局，以诽谤文学的形式出版了当年的档案（仔细剔除了涉及他本人和布里索做警察密探的内容）；马拉在大革命前饱受学院的迫害之苦，他领导了最终摧毁各大学院的运动；法布尔和考洛（Collot）在旧制度时期是郁郁不得志的演员兼编剧，摧毁了皇家剧院演员的垄断地位，甚至差点儿就砍了他们的头。里瓦洛尔给其在大革命前做的普查写了一篇后记，其中将大革命解读成那些渴望地位却无法在旧制度中实现的过剩文人的杰作。①

当然，这场文化革命并不完全符合里瓦洛尔的反革命宣传调调，就像它也与泰纳的反革命历史书写并不相符一样。许多老牌精英，甚至是像孔多塞、巴伊（Bailly）、尚福、拉哈珀这样的院士都不反对推倒现有制度，尽管他们都是依此获得成功的。而雇佣文人的倾向各不相同，极为分散，在革命冲突的不同时期支持不同的派别。他们当中有些人表现出的目的恰恰只

Les Auteurs dramatiques；Beatrice Hyslop, "The Theatre During a Crisis: The Parisian Theatre During the Reign of Terror," *Journal of Modern History*, 17 (1945), pp. 332 – 355. 有关新闻媒体的研究，参见 Eugène Hatin, *Bibliographie historique et critique de la presse périodique française* (Paris 1866)；Eugène Hatin, *Histoire politique et littéraire de la presse en France* (Paris, 1859), especially chapters 2 – 8；Gérad Walter, *Hébert et le Père Duchesne* (Paris, 1946).

① A. Rivarol and L. de Champcenetz, *Petit Dictionnaire des grands hommes de la Révolution* (1790). 类似的典型评论可见该书第 vii 页："做官遭拒的人与发财不得的人完美地勾结在一起，才造成了我们今天人人受穷的局面，这就是我们的平等。"

有复兴上流社会而已，这在吉伦特派时期和督政府时期尤为明显。至少在 1789～1791 年，大革命实现了许多上层启蒙运动所宣传的理念。但大革命最极端的成分表达了格拉布街的反精英情绪。把这些情绪简单理解为对工作的渴求以及对大人物的憎恨则有失偏颇，这些雅各宾文人对自己的宣传内容是持有信念的。他们奋力想要摆脱旧我，脱胎换骨，希望能够融入德性的世界。作为文化革命者，他们想要打破"思想的贵族阶级"，在一个平等的政治共和国域内创建一个平等的文人共和国。郎瑞奈（Lanjuinais）在呼吁废除学院时的言论就是一个极好的例证："学院及其他所有文学团体理应是自由而非特权的；其形成若受到任何形式的庇护赞助的影响，其实质就会沦为行会。享有特权的学院往往是滋生文学贵族阶级的温床。"①这与格雷瓜尔的呼吁极为相近："我们应当去寻找那些蜗居于地下室和七层阁楼上的美德之士。……这些无套裤汉往往才是真正的良才。"② 也许这些阁楼里的宣传员发挥了思想传播的

---

① *Réimpression de l'ancien Moniteur*（Paris，1861），Ⅴ，p. 439.

② Henri Grégoire，*Rapport et projet de décret*，*présenté au nom du Comité de l'instruction publique*，*à la séance du 8 août*（Paris，1793）. 另见于同一期大会时写就的 *Discours du citoyen David*，*député de Paris*，*sur la nécessité de supprimer les académies*（Paris，1793）. 莫雷莱与尚福之间的论战，可见 S. R. N. Chamfort，"Des académies，Paris，1791，" abbé André Morellet，*De l'Académie français*（Paris，1791）. 有关大革命文化隐义的讨论，见于 *Moniteur*，Ⅶ，pp. 115 – 120，218 – 219；ⅩⅦ，p. 176；ⅩⅫ，pp. 181 – 184，191 – 193；ⅩⅩⅢ，pp. 127 – 128，130 – 131. 革命者对旧制度文化精英痛恨之情的经典表述，特见于 Marat，*Les Charlatans modernes*，*ou lettres sur le charlatanisme académique*（Paris，1791）.

作用，为巴黎的激进主义运动注入了一种粗陋、雅各宾式的卢梭主义思想。[①] 埃贝尔显然就扮演了这样的角色——大革命前，他在寂寂无闻中日益憔悴，某次试图说服联合演出剧院（Variétés）能够上演他的一部剧作，结果只谋得了一份包厢查票员的工作。[②]

因此有必要探寻启蒙运动与大革命之间的关联，考察旧制度治下文化世界的结构，从形而上的上层世界走下来，深入格拉布街。从低处的分析视角来看，上层的启蒙运动相对温驯。伏尔泰的《哲学书信》在 1734 年也许像是一声惊雷，[③] 但到了 1778 年伏尔泰已贵为圣贤，当年造成的冲击早已被法国社会消化。伏尔泰后继者的作品则全无冲击性可言，因已被上流社会吸收，完全融入其中。当然我们应当承认确有像孔多塞这样的例外，但叙阿尔一代的思想家都乏善可陈。他们为格鲁克（Gluck）和皮钦尼（Piccini）而争论，涉猎前浪漫主义风格，重复着"法律改革"和"人类一切卑鄙无耻的东西"这样的

① Albert Soboul 在 *Les Sans - culottes parisiens en l'an Ⅱ* (Paris，1958，pp. 670 – 673) 当中触及该主题，另见 "Classes populaires et rousseauisme," *Paysans, sans-culottes et Jacobins* (Paris，1966)，pp. 203 – 223.

② Walter，*Hébert*，chaps. 1 – 2. 另见 R. -N. -D. Desgenettes (1789 年前他就认识埃贝尔，当时后者是一个忍饥挨饿的代笔作家)，*Souvenirs de la fin du XVIIIe siècle et du commencement du XIXe siècle* (Paris，1836)，Ⅱ，pp. 237 – 254. 有关大革命前埃贝尔的记述出现在一篇攻击他的诽谤作品当中，是罗伯斯庇尔式的激进风格，如 "没穿衬衫也没穿鞋，他离开其租在七层阁楼上的小房间就是为了去跟朋友们借几个钱或是从他们那儿揩点儿油"。*Vie privée et politique de J. R. Hébert* (Paris，Year Ⅱ)，p. 13.

③ Gustave Lanson，*Voltaire*，trans. by R. A. Wagoner (New York，1966)，p. 48.

陈词滥调，并且吃着捐税。他们在伏尔泰创设的体系里吃得脑满肠肥，革命的精神就传到了格拉布街瘦骨嶙峋、饥肠辘辘的人们那里，传到了文化贱民当中，他们在贫穷和屈辱的刺激下创造了雅各宾激进版本的卢梭主义思想。格拉布街粗俗的文学创作不仅在内容上，更在情感上具有革命性，表达了痛恨旧制度的人们内心深处的情绪，这些情绪给他们带来了切身之痛。正是从这种深恶痛绝的情绪之中，而非从文化精英精心构造的抽象理论当中，迸发出了极端的雅各宾革命最真切的声音。

第二章

格拉布街的密探

　　雅克－皮埃尔·布里索（Jacques-Pierre Brissot）的一生就像是那个时代的一则寓言故事，由于是他自己亲笔所写，所以确保其内容读起来如此。他在自己的回忆录当中以革命精神之化身示人，刚正不阿、坚定不移，从一个思想家到一个行动派，童年浸淫在启蒙思想之中，青年拒绝屈服于教会和国家的权威，成年则策划了大革命。为布里索立传的人以及大多数法国大革命的权威专家公认其回忆录是对法国大革命前的典型人物的准确写照。正如丹尼尔·莫而奈（Daniel Mornet）所说："自打其青年时代起，他就是他那一代人所有雄心抱负的典型写照。"① 然而，从生意书信和警局报告当中读到的他的形象与他本人回忆录呈现的形象大有不同。基于新史料对布里索生涯的新考察会给他的传统形象增添一些明暗色调，其目的不是要揭露回忆录背后所谓人物的本真，而是为了理解一位革命者的养成，以及在人们看来由他所代表的那个时代。

---

① Daniel Mornet, *Les origines intellectuelles de la Révolution Française*, *1715 - 1787*, 5th ed.（Paris, 1954）, p. 410.

布里索在大革命前的生涯最常被研究的一个关键时刻就是
1784 年夏天在巴士底狱度过的两个月。他本人在狱中进行了
深刻的思考，认为旧制度就是一场阴谋，想要掐灭像他这样的
自由精神之火。布里索出生于沙特尔的一个酒馆老板之家，在
家里的儿子当中排行十三，1777 年就在以巴黎为首都的文人
共和国里赢得了一席之地，成为其中受人尊敬的一员。他就一
些恰当的主题发表了数千页的作品，如圣保罗的谬误、法国法
律体系的荒诞、英国宪政体制的优越与不足。他的观点是百科
全书式的，这从其作品的标题可以看出来，如《关于人与社
会的幸福的通信全集》（ *Correnspondance universelle sur ce qui
intéresse le bonheur de l'hoome et de la société*)，还有《关于获得
人类全部真知途径的思考与真相》（ *De la vérité ou méditations
sur les moyens de parvenir à la vérité dans toutes les connaissances
humaines*)。他还按照通常的做法进行了哲学朝圣之旅，去了
卢梭笔下的瑞士，伏尔泰、孟德斯鸠笔下的英国。他向伏尔
泰、达朗贝尔寻求支持，参加了多个学院举办的征文比赛还获
了两次奖，甚至还得到了两封国王敕令。然而，尽管他做了一
位年轻作家所能做的全部努力，巴黎还是未能给他思想家的
名分。

布里索并未气馁，他前往伦敦，倾尽全力，抵上其雄心壮
志，还有 1779 年他父亲去世时留给他的 4000 ~ 5000 里弗赫的
遗产，计划建立一所学校，一个思想家的世界中心，其中包括
一份报刊、一套通信体系，还有一家俱乐部。然而，世间的思

想家却没能聚在布里索在纽曼大街 26 号的陋室，仅有极少数几位和他保持联系或是订阅他的这份报刊。以至于他的合伙人德福尔热·杜雷库尔（Desforges d'Hurecourt）1784 年抵达时发现这就是个仅有一人、没有盈利的组织而已，甚至连之前承诺的俱乐部都建不起来，他认定自己被布里索骗了，要求退还据他所称为这项事业已经砸入的 13000 里弗赫的资金。就在这当口，房东和收税人都开始争相催款，布里索的出版商也因债务纠纷将其告进了监狱。布里索想方设法勉强凑够钱赎回了自由身，但不得不放弃所有，才有望在巴黎的投机商中找一位来代替德福尔热。正当布里索挣扎着想要从资本损失当中恢复过来时，他的报刊又失去了最主要的市场，因外交大臣韦尔热纳（Vergennes）撤销了其在法国发行的准许令。接着，在 7 月 12 日凌晨一点，布里索遭到了最后的一记重击：他因涉嫌写讽刺法国官员的政治小册子被投入巴士底狱。①

　　布里索的青年时代是在失败和不得志中度过的，最终沦落入巴士底狱。当他在 30 岁这年思考未来时，发现前路似乎比来路更加黑暗。他的第一个孩子菲利克斯在 1784 年 4 月 29 日出生，不久之后布里索就离家前往巴黎，母子二人都体弱多病。他的学校已毁，报刊亦无力回天，德福尔热为了收回他的 13000 里弗赫想要定布里索诈骗罪，由此开始了一场漫长而耗

---

① 有关布里索早年的详细记述，可见 Eloise Ellery, *Brissot de Warville: A Study in the History of the French Revolution* (Boston and New York, 1915).

钱的官司，但最终未果。布里索在学校上的投资都打了水漂，还欠着出版商、纸张供应商及其他人的大额款项。他没剩什么财产来抵债，因为德福尔热甚至连纽曼大街房子里的家具都变卖了。身陷囹圄还被剥夺了几乎所有财产，布里索要去哪儿筹得这 13335 里弗赫？他后来坚称，他当时需要这个数目才能避免伦敦的事业破产。① 他该去哪儿找份工作、给家人找个住处、逃离巴士底狱？他没能成为一位思想家，那他又会成为什么呢？

　　这些问题当中有些还有办法得到暂时解决。布里索的岳母将其妻儿接到了自己在滨海布洛涅（Boulogne-sur-Mer）的家中小住了数月；他妻子之前在王宫（Palias Royal）的雇主德·冉丽夫人（Mme. De Genlis）帮他交涉，让他在 9 月 10 日从巴士底狱被释放出来。但另一个问题让他几乎陷入绝望。自打 1779 年 8 月 31 日起，布里索就一直与纳沙泰尔印刷公司保持着书信往来，这些书信现存于纳沙泰尔市立图书馆，详细记录了布里索作为一个政治小册子作家的演变以及他在 1784 年后半年的绝望境地。布里索刚开始的信件充满了立志要成为一位思想家的年轻人的热情，但到了 1784 年，这种热情在财务问题的重压之下消失殆尽。他做了一件蠢事，自掏腰包出版作品（但是又有谁愿意出资，赞助一位外省酒馆老板没什么名

---

① J.-P. Brissot, *Réplique de J. P. Brissot à Charles Théveneau Morande* (Paris, 1791), pp. 20–21. 据布里索自己估算，他办学校的总损失在 18000 里弗赫。

气的儿子走上思想家的道路呢），而且给这家印刷公司写的都是一些委托授意之作。结果产生了一连串失败的作品，其中包括《法律哲学藏书》（*Bibliothèque philosophique du législateur*）、《刑法理论》（*Théorie des lois criminelles*）、《论真理》（*De la vérité*）、《英格兰政治圣约》（*Testament politique de l'Angleterre*），还有《通信全集》第 1 卷。布里索放手一搏，以为这些作品卖出之后就能支付出版的成本，还能建立起他"年轻伏尔泰"或是"年轻达朗贝尔"的声名。结果他只赢得了一个直率敢言的小政治宣传册作家的名声，却因此背上了欠公司12310.90 里弗赫的债务。[①] 此外，他在伦敦还有数千里弗赫的欠债。

纳沙泰尔印刷公司一听说布里索从巴士底狱被释放的消息，就开始向他追讨出版费用的欠债。布里索让公司拿走了一堆未卖出的书才算是抵挡住了追讨，这在当时是那些不名一文作家的惯用手法，该公司也在其他人身上吃过同样的亏。但布里索除此之外没有什么可以用来偿债，他的《法律哲学藏书》尚有一线希望可以卖出，这部十卷本的法律哲学文集似乎要比他自己所写的专著更有可能引起读者大众的兴趣。但在实现这最后的一线希望之前，布里索要想恢复元气还需扫除一项障碍：巴黎警方之前没收了一批《法律哲学藏书》的第 5 卷，

---

① 这是纳沙泰尔印刷公司对布里索债务的估算，来自其保存的一封 1784 年 10 月 12 日该公司寄给布里索的信。Papers of the Société typographique, Bibliothèque de la ville de Neuchâtel，后文提及均简称 STN。

没有第 5 卷，整套十卷的《法律哲学藏书》变得一文不值。无论布里索怎么转向，旧制度的权力似乎都能挡住他的路。他的绝望境地可以从下面这封信中读出，该信是他在出狱六周之后写给纳沙泰尔的印刷商的。

　　　　　　　　　　写于滨海布洛涅，1784 年 10 月 22 日
先生们：

　　我抓住这刚刚获得的自由时光——我终于能在布洛涅自由生活了——来理一理我们的账。我格外细致地梳理了一遍，发现它们与我在 1784 年 2 月 3 日的信中提到的几点并不吻合……但我决定抛开这些还有其他事项不论。我想来个了结，我想与我在出版业的生意来个郑重的告别，放弃我过于莽撞而开展的事业。我对世事所知甚少，尤其是我这个行业的状况。我被人欺骗，处处被占便宜。还好现在为时不晚，我决定适时回头。您这笔账是我最后一笔需要了结的大数目，我将竭尽全力尽快偿还。您之前认为我无力支撑这项事业［在伦敦的学校］，这可谓对我的情况了如指掌。我本以为这项事业开始之后的运作足以支持到最后，结果人人都想立刻满足其利益，我就被压垮了，现在即将被清算变卖。我可以因此实现债务自由，甚至还能获得一小笔利润，我希望您肯考虑一下我在信后附的备忘录当中列出的提议。在您阅读它之前，请特别审慎地考量以下两点。第一是我的诚信。我保证，无论如何，直到

生命最后一刻都会努力偿还所有债务。第二是我现在的状况。您知道我的不幸，但您不了解这其中最痛苦的地方，因为它一直影响着我的未来。巴士底狱的日子彻底毁了我，我不得不放弃了我的事业［学校］。这给我造成了2000里弗赫的损失，让我卷入了一场大官司。事实上，要不是一位朋友在我垮掉的时候出手相助，我就彻底完蛋了。我欠这位特别慷慨的朋友10000多里弗赫，当时这笔钱拯救了我，还让我保住了我的报纸，这份报纸是我从这场可悲的失败中唯一抢救出来的成果了。您可以想象，在这样一种朝不保夕的状况下，我是不敢再欠下什么人情债的。首先，我不想欠我无力偿还的债。其次，现在是时候收手，不再辜负朋友们的慷慨善意，他们一次次为我倾尽所有，结果我自己只是越发不幸。我知道，这一切都不能给您带来安慰，您此时需要收到偿金而不是听我诉说我的不幸。但我没有钱又能怎么办？我只能把我的所有全交给您，确保它们能为您所用，甚至能给您带来一些收益。本着这样一种心情我写下了这里所列的提议。① 您可以对其进行更改，可增可减。请您相信，只要合您利益，能够促成问题的解决，任何方案我都接受。若您还有其他提议，请发送给我。您的善解人意我心知肚明，我不会怀疑您的举动的善意。对那种铁石心肠的债主我会说：即便使尽世

---

① 所附的书籍和价格单在此略去。

上全部力量也不会有丝毫帮助，甚至会造成损失。但对您我会说：您的宽厚仁慈与让步合作将会得到回报，您甚至还能为您所尊重的这位不幸的朋友留下一些财产。我相信，仅凭您的这一善意您就定能给我一个满意的答复。我祈祷您能准时回应我，因我现在正努力让我的《法律哲学藏书》在法国解禁，我很有信心当局会给我这个面子。考虑到这个，请您即刻通过贝桑松的公共马车把两套装订起来的第六卷到第九卷寄给巴黎警察总监勒努瓦先生，如果第十卷已经印好也一并寄去，要是还没印好，请您印好之后抓紧寄出。我想着您已经印了第十卷，这样今年冬天全套就能上架出售了。除了杜雷库尔，您还应当在扉页上加上圣雅克大街（rue St. Jacques）上的书商贝林（Belin）① 的名字。您给勒努瓦的书寄出之后请通知我一下。

先生们，不论出于何种考虑，我都很荣幸能为您服务，谦敬而顺从。

布里索·德·瓦维耶②

这封回应在某些方面令印刷公司比较满意。从中可以读出，布里索能够从警方手中把他的书设法弄出来，还有一位富

---

① 这是一位专门经营地下贸易的巴黎书商，布里索大多数作品由他运作。

② Brissot to STN, Oct. 22, 1784.

有的朋友正在帮助他以让他不至于破产。当然，他给他的书定了个出奇高的价格，为了能够偿还所欠债务，但公司可以跟他砍价，最终也的确砍了下来，只是费了不少口舌。最主要的是从布里索的赞助人那里得到一些保证，确保布里索有偿债的能力和发展前景，这位赞助人就是之后在1792年被布里索提拔为财政大臣的日内瓦投机商艾蒂安·科拉维耶（Etienne Clavière）。1784年科拉维耶把布里索从巴士底狱赎了出来，之后五年都是他帮助布里索维持生活。① 纳沙泰尔印刷商对二人都很熟悉，就致信给科拉维耶希望他能保证布里索能偿还债务。1784年11月15日，他们收到的回复如下。

> 据我对德·瓦维耶先生的了解和我对他未来财力的估计，我相信他给您的提议已经达到当前情况下的极限了……他现已决定待在法国，这类似于加之于身的一种约束，他将竭尽其学识和才能投入既有用又有启发性的写作。有朝一日，他有可能在政府谋得一份肥差。他诚信的品格和工作能力似已得到认可。先生们，你们要相信，德·瓦维耶现在的确岌岌可危，而他那些出手相救的朋友也仅能帮助偿还很小一部分债务，是已出版的作品以及后来可能写出来的作品抵充之后剩下的。他欠缺考虑，以为

---

① 关于科拉维耶提供的资助和布里索回报给他的服务，详细记述见 Robert Darnton, "Trends in Radical Propaganda on the Eve of the French Revolution (1782 – 1788)," Ph. D. diss., Oxford University, 1964, pp. 179 – 195.

自己能成功，结果投入的事业给他造成了超乎预计的损失。他本人决心满满，但了解他状况的朋友们都不禁担心他该如何才能摆脱困境。[①]

这些信件似乎证实了布里索的一贯形象。其中可以看出，布里索为在文人界争得一席之地所做的努力都在旧制度专权的重击之下化为泡影。他的《法律哲学藏书》有一批被扣押，他的刊物被停发特许权，除了财务问题之外还有被投入巴士底狱的经历，这些都毁了他。全靠科拉维耶的帮助，布里索才免于破产，但这些帮助也仅仅是暂缓偿还 20000 ~ 30000 里弗赫的债务——这笔钱要是靠他致力于成为一位思想家之前做法律小职员的工资至少要还 50 年。身处绝境的布里索想必对这个政治体制心怀怨恨，认为是政府的重压摧垮了一个外省中产阶级的远大抱负。一定是在巴士底狱度过的两个月让布里索成为一名革命者——但并非历史书中所称颂的那个革命者，因为上文所引的已出版的书信让人对他与法国政府的关系产生了疑问。一个刚刚从巴士底狱释放出来的人怎能期待得到"照顾"，指望警署头目会将他的一本非法书籍从国家控制思想的体系当中放行？政府后来怎会如此看重一个有犯罪记录，甚至考虑雇用他？让·保罗·马拉可以解答这些问题。

---

① Bibliothèque de la ville de Neuchâtel, MS. 1137.

此刻他又一次流落街头，身无分文，更艰难的是还拖着老婆孩子。在这走投无路的时刻，他决定为警长勒努瓦效力，受其任命成为一名皇家观察员，每月能领50埃居（écus）① 的报酬，这让他之后广被诟病。巴士底狱被攻陷之前布里索还在担任这项"尊贵的"职务，之后他的主子逃跑了，他也不得不离任……巴伊早就委身于新政权，接管了市政府，他要挟布里索要将他在警局密探名单上的事情公之于众，这很快吓住了布里索。之后巴伊又答应照顾布里索，做他的保护人，只要他愿意站在自己这边。②

马拉的谴责从未被当真，因其言辞过于激烈。马拉此番话是为了反击吉伦特派，1792 年他们企图将马拉从藏匿的地方赶出来，并以煽动造反的罪名逮捕他。马拉的这番激烈言论当中存在一些事实错误，例如他称布里索在 1788 年造访美国之后不仅为勒努瓦还为奥尔良公爵工作就是不实的。但马拉也揭露了一些事实——例如，有关布里索与巴黎、伦敦书商的关系——这些事实只有布里索的密友才了解。1792 年，马拉称"没有谁比我更能看清他的内心深处"③ 不是没有依据，因他

① 13 ~ 18 世纪在法国发行的金银币，上面印有盾牌的图样。——译者注
② J. P. Marat, "Traits destinés au portrait du jésuite Brissot," in *L'Ami du peuple*, June 4, 1792. 重印于 *Annales révolutionnaires*, 5 (1912), p. 689.
③ *Annales révolutionnaires*, 5, p. 685.

当时和布里索相识已有 13 年了。1783 年布里索还是他"最亲爱的朋友":"亲爱的朋友，你知道你在我心里的地位。"[1] 因此，马拉的证词似乎值得我们认真考虑，布里索是否为警方做密探的问题也需要进一步考察，这为布里索的回忆录和传记当中呈现的典型革命者形象是否准确提供了关键的检验参照。

三位给布里索立传的人都难逃他本人回忆录的影响，基本未提及他做密探的事情。其中一位压根没有提到;[2] 另一位只是三言两语提及，用来证明布里索受到的攻击;[3] 第三位直接否定这件事，称其是严重的造谣中伤，不能当真。[4] 泰纳主张对布里索的指控可信，以此来显示革命派领导的恶劣。[5] 马迪厄（Mathiez）提及此指控则是为了证明吉伦特派的恶劣，但他是小心翼翼地借布里索的对头们之口说的。[6] 但皮埃尔·加克索特（Pierre Gaxotte）并没有因类似的考虑而缩手缩脚，他再次提及了对布里索的批评，根本不去核实真伪，这与泰纳的

---

[1] Marat to Brissot, in J. -P. Brissot, *Correspondance et papiers*, ed. Claude Perroud（Paris, 1912），p. 78. 另见 Brissot to Marat, June 6, 1782, pp. 33 - 35.

[2] Jean François-Primo, *La jeunesse de Brissot*（Paris, 1939）.

[3] Ellery, *Brissot de Warville*, p. 268.

[4] 克劳德·佩鲁德对布里索生平的记述可能是在法国最具影响力的一个版本，见其所编的布里索书信集 *Correspondance et papiers*, p. xxxv.

[5] Hippolyte Taine, *Les origines de la France contemporaine*：*La Révolution*, 15th ed. （Paris, 1894），Ⅱ, p. 133.

[6] Albert Mathiez, *La Révolution Française*（Paris, 1922），I, p. 186. 马迪厄对布里索充满敌意的刻画与他的老师让·杰里斯的描述很相似，但后者没有提到做密探的指控。Jean Jaurès, *Histoire Socialiste de la Révolution Française*, ed. Albert Mathiez（Paris, 1928），Ⅲ, p. 69.

反革命精神一致。① 革命的捍卫者当中，包括米什莱、勒斯库尔（Lescure）和路易·布朗克（Louis Blanc）都试图为布里索说话，至少隐晦地支持他。② 但捍卫布里索最主要的顾问是阿尔方索·奥拉尔（Alphonse Aulard），他一向喜欢从革命党人身上提炼出道德标准来（"这位政治家毕生既热爱法国也热爱他的母亲，国民公会伟大的爱国者们都是本分尽责的孩子，"③ 他在丹东的传记当中这样向第三共和国的子民们宣传），这让他对泰纳进行了义愤填膺的反驳。在他所写的《当代法国的起源》（Les Origines de la France contemporaine）一书中，奥拉尔特别提到泰纳对布里索的形象刻画："这个无耻之

---

① Pierre Gaxotte, *La Révolution Française* (Paris 1928), p. 233.

② Jules Michelet, *Histoire de la Révolution Française*, Bibliothèque de la Pléiade, ed. Gérard Walter (Paris, 1952), I, pp. 850 – 851, 862; II, p. 47; M. F. A. de Lescure, ed., *Mémoires de Brissot* (Paris, 1877), pp. xl, lvi; Louis Blanc, *Histoire de la Révolution Française* (Paris, 1847 – 1862), VI, pp. 289 – 292; VIII, p. 500. 尽管其他研究大革命的历史学者没有明确提及布里索涉嫌做密探的事情，但他们都评价了他作为吉伦特派领导人的角色。更为晚近一些的评论来自乔治·列斐伏尔、J. M. 汤普森和克莱恩·布灵顿。他们肯定了布里索正直的品格和理想主义，但对他的政治才能持保留态度。奇怪的是，他们所表达出来的对布里索的喜爱要比拉马丁多。拉马丁对"这位复杂的人，一半欺瞒、一半高尚"的品格表示怀疑，至少在他为吉伦特派所写的《辩解书》的开头如此；最后，布里索和他的同人并肩走上断头台，温和派革命理想主义达到了顶峰。参见 Georges Lefebvre, *la Révolution Française*, Peuples et civilizations, XIII (Paris, 1951), p. 226; J. M. Thompson, *Leaders of the French Revolution* (New York and London, 1934), p. 106; Alphonse de Lamartine, *Histoire des Girondins* (Paris, 1847), I, pp. 235 – 241 (quotation p. 241); VII, p. 36.

③ F. A. Aulard, *Danton* (Paris, 1903), p. 8.

徒，出生在面包房，在一个律师的办公室长大，曾任警局的密探，每月挣个 150 法郎，曾是敲诈犯和造谣传播者的帮凶，一个文人投机分子，蹩脚小作家，一个万金油写手。"[1] 奥拉尔在一篇抨击布里索攻击者的文章当中还引用了这一段："在这样一份坦诚的自白［指布里索的回忆录，奥拉尔认为这部回忆录展现了布里索的真实面貌］面前，人们应当谨慎判断，这位慷慨大度的哲学思想宣传家到底是不是仅仅拿着警方一个月 150 法郎报酬的卑鄙密探，某人最近公开发表了这一观点，却根本没有提供任何哪怕是蛛丝马迹的证据。"[2] 但泰纳并不会因缺乏证据而鄙弃任何记述：与大多数关注吉伦特派－山岳派冲突的作家一样，他是从革命议会的辩论以及革命刊物的专栏所充斥的控诉文章和个人攻击当中精心挑选出可用的素材。这样看来，我们最好从历史学者转向革命者本身来考察布里索作为警察密探的名声。

做过密探的指控让布里索在安德烈·阿马尔（André Amar）于 1793 年 10 月 8 日呈给常规安全委员会（Committee of General Security）针对吉伦特派的起诉书上遭受了一系列指责。为得胜的山岳派说话的阿马尔给布里索扣上了"国王治下充当警方密探"的帽子，指出他应当上断头台。阿马尔只

---

[1]　Taine, *les origines*, Ⅱ, p. 133, Fr. 1327. 144. 5, Widener Library, Harvard University.

[2]　F. A. Aulard, *Les orateurs de la Révolution*: *La Législative et la Convention* (Paris, 1906), Ⅰ, pp. 218 - 263, quotation p. 221.

是寥寥几笔写来引出对布里索在大革命当中所扮演角色的分析。这段评论没有出现在圣 - 鞠斯特（Saint-Just）在 7 月 8 日代表公共安全委员会（Committee of Public Safety）向议会提交的抨击布里索和其他吉伦特派的报告当中。① 但布里索很重视，在他的《革命法庭前的辩护纲领》（projet de défense devant le Tribunal Révolutionnaire）中以相当的篇幅对其进行反击。布里索再次入狱，而且这次可谓性命攸关，他努力向革命法庭和后人为自己的生涯正名。正如他在类似境遇下所写的回忆录一样，他将自己塑造成一个不为私利的理想主义者、警方密探的对立面。

就我的表现来看，我一直都是毫不含糊地反对警方无孔不入的监视管理的！我和大臣、警方的唯一交往还是我因支持自由而写作，结果被三封密令迫害，被他们投入巴

---

① André Amar, "Acte d'accusation contre plusieurs membres de la Convention Nationale, présenté au nom du Comité du Sureté Générale, par André Amar, membre de ce Comité," *Réimpression de l'ancien Moniteur* (Paris, 1841), Oct. 25, 1793, XVIII, p. 200. 对布里索的密探指控，还有其他有关布里索在大革命前生涯的内容，都消失在有关吉伦特派阴谋和政策的那些冗长、含混和不确定的证词中了。*Réimpression de l'ancien Moniteur*; *Bulletin du Tribunal criminel révolutionnaire* (Paris, 1793), nos. 34 - 64, pp. 133 - 256. 这些出版物的编辑带有自己的立场偏见，有时会剪掉布里索对密探指控的回应，例如他们有时会用同一句话打断布里索的证词："被告在此为自己的行为做了冗长的辩护。"（ibid., p. 181）圣 - 鞠斯特对布里索在大革命前的生涯鲜有提及，他的记述可见 *Réimpression de l'ancien Moniteur*, July 18 and 19, 1793, XVIII, pp. 146 - 150, 153 - 158.

士底狱，囚禁了两个月，我的所有作品几乎被他们查封、扣押！自 1779 年至 1789 年警方垮台，我每年都发表作品反对政府；警方一直在我身边安插密探，一刻不停地对我步步紧逼！我又怎会充当一位成天迫害我、后来被我揭发的大臣的密探？①

布里索当时可能觉得有必要坚称自己清白，因为他的敌人不断地重复马拉在 1792 年 6 月 4 日对他的控诉，随着吉伦特派与山岳派的斗争日益激烈，针对布里索的指控亦越发频繁。1792 年 11 月 14 日，弗朗索瓦·沙博（François Chabot）将雅各宾俱乐部对布里索的一次猛攻推向高潮，控诉他是个"前警方密探"②。而阿纳卡西斯·克洛茨（Anacharsis Cloots）在 11 月 26 日向雅各宾派所做的一场演讲③中又呼应了沙博的指控。1793 年 6 月至 10 月匿名发表的一份政治宣传册，谴责布里索"曾在警方这些二级暴君手下所扮演的无耻角色"，这让全国上下都认为布里索应当被处以极刑。这本册子在布里索刚抵达巴黎的时候就给他立了这样一个形象，之后又添油加醋地补充了很多细节，让他俨然成了一个隐藏的恶棍。④ 罗伯斯庇尔在

---

① Brissot, *Mémoires*, Ⅱ, p. 277.

② *François Chabot à Jean-Pierre* [sic] *Brissot* (1792).

③ 克洛茨很明显是向布里索发起攻击，但他没有直接点名。讲话收入 F. A. Aulard, *La Société des Jacobins*: *Recueil de documents pour l'histoire du club des Jacobins de Paris* (Paris, 1889 – 1897), Ⅳ, p. 520.

④ *Vie privée et politique de Brissot* (Paris, Year Ⅱ), p. 12.

1793 年 6 月 24 日向国民议会所做的一场演讲当中控诉布里索这个"可鄙的警方密探",这让他的腐化堕落成了公认的事实。①

但在四处传播布里索是密探方面,最卖力的当属卡米耶·德穆兰。1793 年 10 月 31 日革命法庭判处吉伦特派死刑之后,德穆兰据称发出了这样的感叹:"哦天啊,天啊;是我杀了他们。天呐,正是我写的《揭露布里索真面目》(*Brissot dé masqué*)置他们于死地。"② 这本小册子是对布里索最有技巧、最有效的攻击,其中包含了一封据德穆兰称是格里姆男爵(Baron de Grimm)的信:"你跟我说布里索·德·瓦维耶是一位优秀的共和派。没错,但他还是勒努瓦的密探,每月领着 150 里弗赫的薪水。我倒要看看他能不能否认这一点,进一步讲,他被警方开除是因为他被拉法耶特(Lafayette)收买了,后者当时正在暗中谋划收买布里索为自己卖力。"③ 德穆兰当时肯定知道,这封信实际上是里瓦罗尔对沃尔内(Volney)的抨击,题为《格里姆男爵……对夏塞波·德·沃尔内回信》(*Réponse de M. le Baron de Grimm...à la lettre de M. Chasseboeuf de Volney*),落款日期是 1792 年 1 月 1 日。信中关于布里索的

---

① *Oeuvres de Maximilien Robespierre*, ed. Marc Bouloiseau, Georges Lefebvre, Jean Dautry, and Albert Soboul (Paris, 1958), Ⅸ, p. 592.

② Joachim Vilate, *Les mystères de la mère de dieu dèvoilès* (Paris, Year Ⅲ), p. 51.

③ *Jean - Pierre* [sic] *Brissot démasqué* (原出版于 1792 年 2 月), 收入 *Oeuvres de Camille Desmoulins*, ed. Jules Claretie (Paris, 1874), Ⅰ, p. 267. 德穆兰在其出版于 1793 年 5 月的作品 *Histoire des Brissotins* 中并未再次提及此指控。

评价与信的主题基本无关。这一段显然是里瓦罗尔在信末附了一笔，是一种个人恩怨的宣泄，或是为了支撑自己的一个观点：法国大革命的领袖都是些野心勃勃的庸才，在旧制度时期没能出人头地，自己跟他们可不一样。[①]

里瓦罗尔只是从大革命早期开始出现的布里索对头中的一位，为山岳派在 1792 年和 1793 年发起的攻击提供了炮弹。布里索在《辩护纲领》中反驳针对自己做过密探的指控时，也回应了一些来自山岳派其他人的攻击："这个恶劣的造谣一开始是一些贵族凭空想象出来的，之后被古伊·达西（Gouy d'Arsy）和泰奥多尔·拉梅特（Théodore Lameth）四处传播，我在所有的报刊上都予以了否认。我正式向他发起过挑战，请他拿出证据来，这些恶毒的造谣者根本不敢回应我。这些人就是现如今共和派模仿的对象，来中伤共和主义最热忱的一位捍卫者！"[②]

---

① 里瓦罗尔的信，重印于 *Ecrits et pamphlets de Rivarol，recueillis pour la première fois et annotés par A. - P. Malassis*（Paris，1877），其中出现了这段话，正如德穆兰在第 115 页所写。继莫里斯·图尔纳在 *L'intermédiaire des chercheurs et des curieux*，24（Jan. 25，1891）第 62 页上所写的文章之后。埃勒里（*Brissot de Warville*，pp. 243 - 244）将里瓦罗尔的信追溯至 *Les Actes des Apotres*，no. 261. 但这份刊物上仅有一些不相关的"格里姆男爵与俄国最高长官间秘密通信的片段"。图尔纳在他编辑的 *Correspondance littéraire，philosophique et critique par Grimm，Diderot，Raynal，Meister，etc.*（Paris，1880，XVI，p. 265）当中将里瓦罗尔的信归于另一期 *Les Actes des Apotres*，但笔者未能找到原版。里瓦罗尔和尚瑟讷茨在 *Petit dictionnaire des grands hommes de la Révolution*（1790）中表达了他们对各位大革命领袖的观点，其中有一篇是讽刺布里索的。

② Brissot，*Mémoires*，II，p. 277.

古伊·达西侯爵是个贵族奴隶主，以激进派的身份安全度过了 1789 年，在 1791 年初开始攻击布里索，因当时布里索作为激进运动的发言人、黑人之友协会（Société des Amis des Noirs）的领袖，正领导一场运动推动制宪议会废除奴隶贸易。由于将沿海城镇的贸易利益与当时大革命自由、平等的原则和博爱的精神对立起来，奴隶贸易的问题引得一些人纷纷撰文进行恶意攻击。古伊·达西在一篇攻击布里索的典型文章中批评称，这位"黑人的朋友"根本不是为人类做贡献，而是为巴黎警方效力而已。布里索以一篇同样直言不讳的文章予以回应，强势声明自己的清白，之后在自己的《法兰西爱国者报》（Le Patriote Français）1791 年 2 月 3 日上再刊印："你说我跟前警察总监勒努瓦有往来，把我说成是他的心腹密探。是他把我投入了巴士底狱，这就是他给我的所谓信任的唯一表现。我之前就不认识他，之后也再未见过。倒要看看，你怎么来证明我说的是假的。"①

在 1792 年 3 月 20 日《法兰西爱国者报》上，布里索对峙另一位控告者，对其发起挑战："他含沙射影，说我受雇于旧制度警方。我要求他①请署名；②再重复一遍他对我的指控；③提供证据。他后来署了名，但只字未提对我的诽谤，也没有提供任何证据。他的沉默恰恰证明他犯了诽谤罪。"这次的敌

---

① J. -P Brissot, *Réplique de J. P. Brissot à la Premiére et dernière lettre de Louis - Marthe Gouy*, *défenseur de la traite des noirs et de l'esclavage*（Paris, 1791）, p. 42.

人是弗朗索瓦·德·庞热（François de Pange），一位想要防止法国大革命超越保守的君主立宪制界限的贵族。1792 年春，《巴黎日报》上都是庞热和其他几位斐扬派（Feuillant）的同情者攻击布里索的文章，当时布里索已是立法会最有权势的成员之一。庞热的姿态俨然是为知情公众对布里索的态度代言："一些追根问底之人……写到有人目睹他（布里索）受雇于旧制度警方。"而庞热显然在努力证实这一传言，称这解释了布里索为何会赞扬法国君主、警方甚至勒努瓦本人——布里索曾称其为"一位仁爱的大臣"——这都出现在 1781 年出版的一本小册子里。① 面对布里索要他提供证据来证明其做过密探指控的要求，庞热仅仅回应称布里索的文章就证明如此。庞热的朋友安德烈·舍尼埃（André Chénier）在一封写给《巴黎日报》并刊于 1792 年 3 月 19 日的信中对庞热的论据进行了详述。庞热和舍尼埃的真正意图都不在于证明或指控什么，而是想要推翻"布里索之流"的激进派形象，把他塑造成一个投机分子、虚伪之人的形象："他就是一个思想贩子，其表态总是投公众所好，这样就只为那些能够谋利的思想呐喊。"②

----

① *Journal de Paris*, March 13, 1792. 另见庞热的文章, *Journal de Paris*, March 18 and 25, 1792. 布里索的小册子赞扬了勒努瓦, *Les moyens d'adoucir la rigueur des lois pénales en France*（châlons-sur-Marne, 1781）, p. 43。

② *Journal de Paris*, March 13, 1792. 舍尼埃的信批评了这种赞扬所体现的怯懦，但这封信并未直接就做密探的事情挑战布里索，这与 *André Chénier: His Life, Death and Glory*（Athens, Ohio, 1965, p. 161）当中不够准确的记述相反。

密探的指控与 1791 年布里索与泰奥多尔·拉梅特的争吵之间的关联也属类似的情况。拉梅特支持一批来自隆勒索涅（Lons-le-Saunier）的保守派公民，他们自称隶属于巴黎雅各宾俱乐部，而布里索则支持当地与之对立的另一派，谴责拉梅特的人都是贵族老爷。作为反击，拉梅特开展了一场针对布里索的"抹黑活动"，这从布里索在 1791 年 3 月 7 日《法兰西爱国者报》上发表的对拉梅特的抨击文章可以得知："我于是郑重否认他（指拉梅特）的指控；我请他公布证据，要是拿不出来，公众就可以认为他是一个卑鄙的造谣分子。"① 在这件事上，布里索同样激起了右翼的敌意，就在他差不多要宣扬共和主义之时，拉梅特兄弟联合巴纳夫（Barnave）、迪波尔（Duport），偶尔还有拉法耶特的帮助，开始建立起保守的斐扬派联盟。

曾为密探的指控被随意地与一系列互不相关的问题绑在一起，在布里索的整个革命派生涯过程中给他造成了麻烦。每当他陷入纷争，这些指控就会出现，开始是他与保守派阻碍大革命的行径做斗争的时候，之后则是他试图阻止大革命。无论是指控还是反指控，大革命似乎总是关键的问题，但争论本身很少能跳出对个人人身攻击的层面。这为了解布里索的过去没有提供什么信息，但体现了革命时期争论的特性：就如大革命前一样，比起争论政治，法国人更愿意争论人格问题和丑闻。斐

---

① *Le Patriote Français*, March 7, 1791. 关于这场争论的背景，见 *Le Patriote Français*, March 13, 1791.

扬派支持君主立宪制，山岳派则支持平等共和制，但二者的争论当中都指控布里索做过警方的密探。他们的演讲点缀着卢梭、孟德斯鸠等经典作家的抽象理论，但只有当他们猛烈抨击布里索与勒努瓦、佩迪翁（Pétion）与德·冉丽夫人、玛丽·安托瓦内特王后（Marie Antoinette）与罗昂大主教，或奥尔良公爵与什么人的关系时，才是真正在讨论实际的政治问题。甚至在诽谤文章作为一种文体还未发展成熟的时候，从围绕布里索声名的诽谤文章中，人们都无法追溯到密探指控的源头。最早提及做密探这件事情的传言也许最为典型地反映了这些诽谤的情况。1790 年 10 月 7 日，《法兰西爱国者报》重印的一封写给布里索的信显示"一位知名作家"称："有人……说看到您太太在旧制度时期去勒努瓦先生那儿领了一份年金。"布里索愤怒地回应："什么年金，这就是一个谎言。我太太从未要求过也未得到过年金。被关进巴士底狱给我造成了 20000～25000 里弗赫的损失，而我从未获得过一分钱赔偿。"① 结果，到 1790 年 10 月谣言已四处流传，成为任何想要反对布里索和他所代表的革命主张的人手中的武器。但是，布里索曾是警方的密探吗？

谣言的散布给布里索的名声蒙上了阴影，引发了一些煽风点火的推测；但它们体现出当时在巴黎流传的所有谣言都有前后矛盾的现象，而且无法用可信的事实来予以验证。勒努瓦分

---

① *Le Patriote Français*, Oct. 7, 1790.

别于 1774 年 8 月至 1775 年 5 月、1776 年 6 月至 1785 年 8 月
担任警署总督，这么看来马拉的说法肯定有误，他说布里索离
开王宫之后（大约是 1787 年 8 月）以及离开美国之后（1789
年 1 月），主动请缨要为勒努瓦做密探。马拉指控称，巴伊获
得布里索的支持是靠威胁要曝光布里索与勒努瓦的关系，这一
点同样没有证据可以证明。根据《私生活》（Vie privée）的说
法，布里索刚刚在巴黎落脚（1774 年 5 月至 8 月）就开始做
密探了，但布里索当时只有 21 岁，还是一个小法律职员，那
时既没有财务需要也没有关系能够做密探。庞热说布里索是在
1780 年做密探的，这个时间同样不太可能，因为布里索当时
刚刚继承了一笔遗产，足够支撑起他想为自己树立一定文学声
名的愿望。埃贝尔又添加了一个指控的版本，向革命法庭暗
示，有证据表明布里索在 1789 年之后一直给英国人做间谍，
但埃贝尔的证词可信度存疑，他不过是要把布里索推上断头台
罢了。① 德穆兰、里瓦罗尔和布里索的其他敌人在他们的指控
当中都没有写明时间或透露太多细节，看起来的确像是一连串
的诽谤中伤，随着大革命的推进在反布里索派中流传。从革命
派处理控诉的一贯做法来看（"法律惩罚造假者，但人民奖赏

---

① *Bulletin du Tribunal Criminel Révolutionnaire*, no. 45, p. 177. 关于布里索的生
涯还有一个更为异想天开的版本，是乔尔·巴洛写的，里面把巴士底狱沦
陷好久之后的布里索说成是一个"警方的探子"。"A Sketch of the Life of
J. P. Brissot by the Editor," *New Travels in the United States of America Performed
in M. DCC. LXXXVIII by J. P. Brissot de Warville* (London, 1794), II, p. xxx.

控诉者"，指券①上印着这样一句话），对布里索的攻击似乎是很自然的事情。事实上，圣－鞠斯特和特维努·德·莫兰德的控诉当中没有提及密探的事情反倒令人惊讶，莫兰德是布里索的老对手了，在立法会竞选时期发起了反对布里索的猛烈文战。② 考虑到布里索否认这些指控时自信的口吻，还有他品格高尚的名声——至少是在一些有立场偏好的观察者眼中如此，③ 我们会倾向于赞同奥拉尔和布里索的传记作者的看法：有关密探的指控似乎只是布里索敌人的假想，仅供攻击他所用。

如此一来，看到让－皮埃尔·勒努瓦手稿当中的如下内容该多么让人困扰。这位警署总督要比其他任何人都更了解巴黎的秘密活动："布里索一直待在巴黎［从巴士底狱释放之后］；他主动来为警方效力。我拒绝了他，但大概一年以后他就和警

---

① 1789～1796 年法国大革命期间在法国作为通货发行的纸币。——译者注

② 莫兰德向布里索开火，其中最有力的一本小册子当属 *Réplique de Charles Théveneau Morande à Jacques-Pierre Brissot sur les erreurs*, *les oublis*, *les infidélités et les calomnies de sa Réponse* (Paris, 1791). 在 1790 年布里索与斯坦尼斯拉斯·德·克莱蒙－托内尔（Stanislas de Clermont-Tonnerre）之间较为温和的小册子交火当中也没有做密探的指控。

③ 艾蒂安·杜蒙（Etienne Dumont）作为朋友在与布里索的交往当中一直保持着一定的客观态度，他认为布里索品格高尚，但是一位危险的党派狂热分子。Etienne Dumont, *Souvenirs sur Mirabeau et sur les deux premières assemblées législatives*, ed. Joseph Bénétruy (Paris, 1951). 布里索的其他几位朋友，尤其是佩迪翁和罗兰夫人（Mme. Roland）对布里索的诚实品格表达的信任更为强烈，但多少带有个人偏好。

局的一位秘书接上了线，做了他的密探，这位秘书把布里索的汇报都呈给了我，这些报告布里索都是收钱的。就在我即将退休之前［1785 年 8 月］，警局还留着布里索做密探。"① 勒努瓦的话应当被谨慎看待，因其写于流亡之时，当时的他对革命者绝无好感，而且所写之事都至少是 15 年前发生的了。这些记述都是只言片语，勒努瓦想要之后编辑成回忆录，这可能与布里索的回忆录一样带有偏见。勒努瓦显然有一些原始档案来支持他的记忆，但他也可能心怀怨恨以至于扭曲事实，而且他还想证明一点：巴黎治安管理的旧制度要远比革命者所声称的有效，而且远非他们所说的那么暴虐跋扈。这其中是否还有勒努瓦对布里索个人的怨恨尚不明确。如前所述，布里索的敌人在 1791 年公开质疑他的爱国主义，因他在早期所写的一本小册子当中对勒努瓦赞赏有加。但那时布里索对勒努瓦的描述已经很像一个革命派的口吻了，这抵消了他之前对勒努瓦的称赞。其中一篇如此刻画这位警方头头和他的走狗："他们享受着奢华的晚宴，一边与他们从别人身边掳来的漂亮太太开怀痛饮杯中香槟，一边嘲笑那些被他们因于巴士底大牢深处的高尚之士的哲学作品，嘲讽普通百姓的愚蠢无知，这些百姓被他们

---

① Bibliothèque municipale d'Orléans, MS. 1422. 在看过这些档案之后，乔治·列斐伏尔认为没有理由去质疑其真实性。Georges Lefebvre, "Les papiers de Lenoir," *Annales historiques de la Révolution Française*, 4 (1927), p. 300. 关于勒努瓦和巴黎警方，可见 Maxime de Sars, *Le Noir*, *Lieutenant de police*, *1732 – 1807* (Paris, 1948).

嗓声，血汗被他们榨干。"① 这样的诋毁之词若能传到勒努瓦的流亡之地定会激起他的反击。但与其他撰稿人相比，布里索的评价还是相对克制的；在其他人笔下，勒努瓦俨然是革命传说当中的头号恶棍。例如，布里索的朋友让－路易·卡拉对勒努瓦的宣传程度就远超布里索，他把勒努瓦的铁链和地牢（cachots）刻画成旧制度专制的象征。但其实这位警署总督似乎是位诚实、毫不专横的公仆——事实上他太过诚实，不会在布里索的事情上说谎，也不大可能有动机如此。

布里索对密探指控的驳斥似乎非常激烈，但他又怎会对其置之不理或轻描淡写地应对？他一定觉得大可放心地让那些指控者拿出他做密探的证据来，因他知道他的警局档案都随着巴士底狱被毁而消失不见了。他的密友皮埃尔·路易·曼努埃尔将档案交给了他，"同时告诉我在警局的垃圾堆里没留下任何关于我的痕迹"。② 仓库里保留的巴士底狱档案中有一个很能说明问题的空缺，可能是布里索的卷宗本来应该在的地方。档案提到布里索的内容——都是些零散的常规报告——都和他自己在大革命期间出版的有关狱中悲惨遭遇的记述大相径庭。"我在一间地牢里日益憔悴，我是

---

① *Le patriote français*，Aug. 10，1790. 与此相关的值得注意的一点是，1781 年布里索表达了对警方密探活动的恐惧。*Théorie des lois criminelles*（Berlin，1781），Ⅱ，p. 177. 有关反对勒努瓦的文战情况，可见让－路易·卡拉的公开抨击，*L'An 1787. Précis de l'administration de la bibliothèque du roi sous M. LeNoir*（Liège，1788）.

② Brissot，*Mémoires*，Ⅱ，p. 23.

无辜的！……和所有人断了来往，包括我的妻儿！他们甚至把我寄给家人的信都拦截了，尽管信誓旦旦地告诉我说信都寄到了……这些野蛮人以我的悲伤和痛苦为乐。"[1] 不仅这些"野蛮人"其实并未拒绝布里索与家人交流的要求，而且勒努瓦还于1784年8月23日致信巴士底狱的监狱长德·劳奈侯爵（Marquis de Launay）："我恳请您准许德·瓦维耶先生见见他的妻子，做好通常的防备即可。"德·劳奈的一条记录显示，布里索夫妇二人的首次会面是在"24号（1874年8月）九点半至十点半"。其他记录表明布里索有充足的食物、换洗衣物，还有机会在狱中散步。[2]

布里索在大革命期间有充分的理由利用巴士底狱的传言，把自己塑造成一位君主专政下的殉难者。当曼努埃尔和他的同僚们准备出版《揭秘巴士底狱》（*La Bastille dévoilée*）———些从巴士底狱收集、经由他们精心编辑和挑选的文件时，他们让布里索自己写一篇，而不是交出关于布里索的文档。不出意料，布里索写道："我被捕就是因为我自始至终在我的所有作品当中对于当今取

---

[1] J. -P. Brissot, *J. -P. Brissot, membre du comité de recherches de la municipalitéà stanislas Clermont* (Paris, 1790), pp. 34 – 35. 阿森纳图书馆（Bibliothèque de L'Arsénal）收藏的文档缺失的最重要的一块后来收入 MS. 12454，其中并无布里索的信息，倒是有不少他1784年狱友的资料，特别是他的老友佩勒波特侯爵（Marquis de Pelleport），他因与布里索有关联而被捕，罪名是撰文污蔑法国王室成员。其他有关布里索的警方档案很可能都随着1871年市政厅被毁而销毁了。

[2] Bibliothèque de L'Arsénal, MS. 12517, FOL. 77 *bis*.

得胜利的这些思想理念的热情捍卫。"① 曼努埃尔肯定也改编了
那篇关于他自己巴士底狱经历的文章，因为文章称他于 1786
年被捕是因为散播米拉波所写的一本有关"项链事件"的无
辜小册子还有其他几篇文章。曼努埃尔的审讯记录在 1793 年
从他手中被夺走，因此得以留存了下来。这些记录显示他被捕
是因为兜售淫秽作品。② 他是不是想要隐瞒在大革命前代笔写
手的身份，而且想帮助和他有相同境遇的朋友隐瞒？这个假设
似乎站得住脚，因为据勒努瓦披露，曼努埃尔也为警方做过密
探。在一条关于巴黎秘密出版的记录中，勒努瓦写道："曼努
埃尔是一个作家兼书贩，当时受雇于一位警局督察做密探。他
报告说曾看见从一家秘密印刷店流出一些淫秽作品，由索松
（Sauson）堆在财政管理大厦（Hôtel du Contrôle des finances）
旁边的区域。"③ 格拉布街的艰苦生活在一个人身上留下的印记
纵使经过再多修改也无法全部抹去。

　　这一点无法含糊：如果勒努瓦没说谎，那么布里索就是一
个密探，而且说了谎。布里索出版的作品，尤其是他的回忆录
都不怎么能证明他所言为真。这些作品至少歪曲了他与拉法耶

---

① P. L. Manuel and others, *La Bastille dévoilée, ou recueil de pièces authentiques pour servir à son histoire*（Paris，1789），*troisième livraison*，p. 78. 这部作品有多少内容是曼努埃尔所写还值得商榷。他似乎和其他几位作家一样，利用巴士底狱的档案作为原材料来写一些耸人听闻的小册子，这些小册子很赚钱，还能进行删减修订。

② Archive Nationales，W 295；Manuel，*La Bastille dévoilée*，pp. 105 - 106.

③ Bibliothèque municipale d'Orléans，MS. 1422.

特、迪莫里埃（Dumouriez）及奥尔良公爵间的关系；还歪曲了他在瓦伦纳危机①以及 1792 年 8 月 10 日暴动中所扮演的角色，他前往美国的目的，他办学校的性质，还有他在证券交易所的活动以及写小册子的利益所在。他有关真理的著述仅是其职业生涯初期的事情。至 1789 年，真理为论战所累；而到了 1793 年，真理就已经隐于断头台的阴影之中了。不论多么同情布里索的情况，都很难否认他比勒努瓦更有可能篡改事实。

可以为布里索辩护的一点是，要记住，为警方"做密探"不一定就要出卖朋友，也可以只是报告一些地区的气氛如何或是城市的环境怎么样。密探，又常被称作"蝇子"〔mouches，该词显然是从 16 世纪臭名昭著的探子安托万·莫西（Antoine Mouchy）衍生而来〕，就像苍蝇一样围绕在咖啡馆和公共场所这些流言蜚语聚集的地方。

他们常常报告那些道德败坏、有激进宗教倾向和政治观点的人。例如勒努瓦手里有一份关于布里索的报告就体现了这一文体的典型特点。

> 布里索，作家，比您想象的还要危险。他那看似温和的言行举止背后隐藏着一个凶恶的灵魂。他太太，如果真是他太太的话，似乎比较诚实。他在日内瓦和一些被那个

---

① 1791 年，路易十六携王后玛丽及家眷企图逃离巴黎，想要率领保王派军官和部队反击大革命，结果在瓦伦纳被捕。——译者注

城市驱逐的人混在一起［这里指科拉维耶和代表党的其他几位成员，1782年起义失败之后遭流放］。他四处活动，总与一个名叫皮格特的英国人相伴，这个人邪恶狡猾，颇为不凡，他很有钱，除了祖国——他已放弃——在多地都有房产。据说布里索在日内瓦是他的朋友、作家和秘书。[①]

　　布里索与巴黎不少贫困潦倒的作家和沙龙激进分子相识，足以写出很多类似于此的报告，但他做密探很有可能仅仅还是报告、操纵那些流言，这从一篇据称是由警方档案员雅克·珀谢（Jacques Peuchet）出版的勒努瓦的文件当中可以看出。"臭名昭著的米拉波公爵和布里索·德·瓦维耶各自都被警方雇佣，写一些消息布告及其他作品，同时还在大众中间广为散布，来反驳假消息和坊间传言。"[②] 布里索也许还给警方提供

---

①　"Rapport des inspecteurs ayant les départements de la librairie et des étrangers," Bibliothèque municipale d'Orléans, MS. 1423. 罗伯特·皮格特（Robert Pigott）是一位激进的英国贵格派，他在大革命早年与布里索保持着联系，给《法兰西爱国者报》供稿。

②　Jacques Peuchet, *Mémoires tirés des archives de la police de Paris* (Paris, 1838), III, p. 17. 珀谢补充说自己并不相信这篇报告（p. 18），但这并不与米拉波充满矛盾的一生留给人们的印象相悖，可见 Charles de Loménie, *Les Mirabeau, nouvelles études sur la société Française au 18 siècle* (Paris, 1889), III and IV; Jean Bouchary, *Les manieurs d'argent à Paris à la fin du XVIII siècle* (Paris 1939), I. 后一篇收入 Joseph Bénétruy, *L'Atelier de Mirabeau: Quatre proscrits genevois dans la tourmente révolutionnaire* (Geneva and Paris, 1962). 勒努瓦的档案当中有一篇字迹非常潦草的记录写道："那位有名的米拉波公爵受雇于警方，还有那位有名的布里索·德·瓦维耶也是。警方雇用他们写作并［传播?］政治小册子。" Bibliothèque municipale d'Orléans, MS. 1422.

有关敲诈勒索犯和淫秽作品贩子的报告，他们分别被称作勒索者（sommateurs）和诽谤文章写手，是 1789 年前移居伦敦的法国人群体的主要成分。布里索对这一群体非常了解。他曾在这里接受了新闻训练，他将自己被投入巴士底狱的经历归罪于这一群体的领导夏尔·德·莫兰德，一位文人冒险家、政治色情作品写手，偶尔还充当警方的探子兼联络人，在德福尔热与布里索的办学纠纷当中支持了德福尔热。在巴士底狱受审过程中，布里索向勒努瓦汇报的内容一定要比他在回忆录中承认的多得多，肯定汇报了《王太子的诞生》（*Naissance du Dauphin*）、《布永旅馆的小夜宵》（*Petits soupers de l'hôtel de Bouillon*）、《法国国王的堕落》（*Rois de France dégénérés*）、《安托瓦内特的消遣和大臣韦尔热纳》（*Passe-temps d'Antoinette et du vizir de Vergennes*）、《圣水盂里的魔鬼》（*Diable dans un bénitier*）和其他类似的小册子，伦敦的诽谤写手将这些作品偷运回法国，或以其为筹码向巴黎警方索要赎金。① 布里索称自己与上面提到的最后一本小册子没有任何"直接或间接"的关系，② 但布里索在奥斯坦德（Ostend）的经纪人写的一封信

---

① Brissot, *Mémoires*, Ⅱ, pp. 7 - 8. 另见 Paul Robiquet, *Théveneau de Morande, étude sur le XVⅢ siècle* (Paris, 1882).

② Brissot, *Réplique... à Morande*, p. 25. 布里索补充道："我一直特别担忧针对个人的诽谤文章这种文体。"布里索没有就一封落款是 1784 年 4 月 3 日信件的真实性与他的代理商万泰纳（Vingtaine）对峙，莫兰德将这封信收入 *Réplique... à Morande*, p. 106. 外交部（ministère des affaires étrangères）档案中收录了大量有关诽谤作家的通信。Correspondance politique, Angleterre, MSS. 541 - 549. 信中布里索与这些作家有交往但并不是他们的同伙。

暴露他在说谎。纳沙泰尔印刷公司保存的手稿当中有一封信也证实，如马拉所说，布里索参与出版的淫秽色情作品要比《危险私情》（*Les liaisons dangereuses*）更甚。马拉在发表的两篇报刊文章当中称，这部小册子已经冒犯了他的道德感，引起了他的愤怒。① 道德感是大革命前小册子作家的一个标准特质，当然缺钱也是。

和其他小册子作家一样，布里索学会了如何在复杂的行政管理体系当中活动，管理者们想要控制法国的出版物，有时候又会利用之。布里索的书商也是警方的探子，名叫古皮·德·帕利埃（Goupil de Pallières），在 1777 年给布里索上了第一课。当时警方专门举行了一个仪式，宣布给布里索下达他人生当中的第一个通缉敕令。古皮相当有技巧地完成了自己的任务：告诉布里索要做好接受坏消息的准备；他在《杂集》（*Le Pot-pourri*）这本小册子里很不明智地侮辱了一位律师的妻子，当然这只是一个"蠢举"，但若他第二天一早不逃跑的话就会因此被送进巴士底狱，而古皮会在第二天带着敕令过来，收集几页布里索逃跑时有意留下的手稿，以此来证明自己执法严

---

① Marat, "Traits destinés," p. 686. 1781 年 9 月 16 日，公司致信布里索，拒绝出版他代表德索热（Desauges）寄来的一本有伤风化的作品；该公司却印刷了盗版的《危险私情》，布里索对其进行了评论，表达了震惊之情，见 *Journal de Licée*〔*sic*〕*de Londres*（London, 1784），Ⅰ, pp. 389 – 391; *Correspondance universelle sur ce qui intéresse le bonheur de l'homme et de la société*（London, 1783）. 他评论道："道德观暧昧的小说是有毒而危险的。"（p. 124）公司出售了不少色情作品，但没有出版太多，包括米拉波的作品，在纳沙泰尔由之前的合作伙伴塞缪尔·富歇（Samuel Fauche）出版。

明。后来古皮要求布里索给他一些被封禁的小册子作为补偿，这些他显然计划去兜售，因为第二年古皮自己也被投入巴士底狱，罪名就是从自己收藏的被扣押作品当中抽出一部分小册子交给他太太去卖。① 由于其特性，格拉布街上的警察与小册子作家处于共生关系。布里索在其回忆录当中当然会说自己从未受到这个环境的污染，但在其写给出版商的信中就可以看出，他并没有如此出淤泥而不染。

这些信读起来就像是在警局大厦内部写的。例如，在1781 年 6 月 26 日的一封信里，布里索提醒纳沙泰尔印刷公司特别关照几批货，里面是雷纳尔最近被封禁的《东西印度欧洲殖民地的哲学与政治史》（*Histoire philosophique et politique des établissements des européens dans les deux Indes*）。

> 我对与您相关的一切都深表关切，因此写这封信提醒您。已经颁布了最为严格的禁令，禁止雷纳尔的作品进入法国。众所周知，该书正在四个地方生产［都在法国之外］。乔装的警探已经开始调查书籍的印刷和可能的运输途径。更多的我不能再说，但我告诉您的信息都有可靠的来源。您将会被严加看管。②

---

① Brissot, *Mémoires*, I, pp. 104 – 106.
② Brissot to STN, July 26, 1781.

六个月后，布里索让出版商们提防密探，他们盯上了梅西埃遭禁的《巴黎图景》："要当心《巴黎图景》。你们会被严加看管。我提醒您，我的信息来源非常可靠。"① 在另一封信里，布里索告知公司，出版界正竞相出版几版卢梭的作品。提到信息的来源时，他的口风就没那么紧了，当时负责查禁这些作品的当局正观察着动向。"关于卢梭，我忘了告诉您，警方的马丁先生某日告诉我，现在有九个版本正在进行中，到时候足以泛滥整个法国。你们的这一版若能尽快入境就会得到照顾。"② 马丁是警方秘书，主要负责"巴士底狱、文森监狱和其他关押国家罪犯的城堡里的一切情况，还负责禁书贸易的管控，等等"，《皇家档案》当中对他的职责做了如上定义。对于那些涉足地下书籍贸易的人而言，他是一位关键官员，都想结识，因为他能提供关于竞争对手的信息，透露一些查禁政策以示提醒，若书籍被官方扣押——有时是为了保证禁书不流进法国，有时是为了保护书商行会的垄断控制——还能提供帮助。在18世纪出版业的严酷环境中，来自马丁的友谊可是一个有力的武器，正如纳沙泰尔印刷公司的一位代理冈德·德·拉舍纳尔（Quandet de Lachenal）在1781年所写：

---

① 　Brissot to STN, Jan. 12, 1782.

② 　Brissot to STN, April 23, 1781. 布里索报告了政府阻止马莱·杜·潘继续出版兰盖的作品《18世纪政治、社会和文学录》（*Annales politiques, civiles et littéraires du dix-huitième siècle*）的措施，其中提到了官方资料来源："您可放心，马莱的刊物根本没法从这里过关，都被扣押了。我就是从扣押这些刊物的人那里知道这个消息的。"Brissot to STN, Aug. 18, 1782.

　　我就要被引荐给马丁先生了，他是警方负责书籍贸易这块的首席长官。我有幸认识的几位马丁先生的友人都答应会引荐我。这位长官与布舍罗先生（M. Boucherot）［掌玺大法官的秘书］过从甚密，布舍罗先生对您很有好感。他［布舍罗］是通过他［马丁］的途径才给被扣押的几箱《艺术描述》（Description des arts）放行，之后运送给佩列先生（M. Perre），然后又给了我。①

　　布里索很熟悉马丁。他给纳沙泰尔印刷公司写信时不无得意地说："马丁先生似乎很看重我、很喜欢我，他向我保证他的好意。"② 这段友谊显然在巴士底狱里达到高潮，但在1789年7月14日之后，就像巴士底狱的经历一样，需要被彻底抹去。自7月14日起，马丁的形象就发生了改变，成了一个恶棍，工作也被免了，代替他的不是别人，正是曼努埃尔（对于格拉布街的人来说，大革命不仅意味着从巴士底狱重获自由，还意味着工作机会——全巴黎涌现出的新报刊以及新的行政机构）。担任书籍贸易督察的曼努埃尔除了为自己的作品收集一些材料，不会采取其他任何举措，因此时任《法兰西爱国者报》这本成功的新杂志编辑的布里索称颂他是出版自由

---

① Quandet to STN, June 20, 1781. 冈德这里是指被扣押的一批19卷的《艺术及技艺描述》，由纳沙泰尔印刷公司出版，在法国被禁，都是因为该公司的一个法国竞争对手耍了手腕。

② Brissot to STN, March 30, 1782.

的卫士："我们的朋友曼努埃尔让警局的面貌焕然一新，与前任马丁完全不同。马丁四处签发敕令抓人，折磨曼努埃尔和我这些深陷巴士底狱大牢的人。曼努埃尔先生真正配得上共和派的称号，他尽量做到无为而治。"① 在这些可喜的转变发生之前，布里索的口气可完全不同。为了赢得马丁的欢心，他一出狱就给他的"折磨者"写了一封感谢信。

> 我的生活刚一平静下来就立刻向您表达我的谢意，感谢您对我不幸遭遇的关心……
>
> 麻烦您帮忙向勒努瓦先生转达我的敬意，一定告诉他，我和我太太对他给予我们慷慨而精心的优待满怀感激。也请您收下我太太的谢意和祝福。
>
> 尊敬的先生，无论怎样，我都是您最谦卑、最忠诚的仆人。②

布里索究竟是马丁什么样的仆人？当然是可以弄到内部消息的那一类。在警方扣押了纳沙泰尔印刷公司的一些非法书籍之后，布里索写道：

> 尽管我没能见到冈德先生，但我知道他向警署总督提

---

① *Le Patriote français*, July 31, 1790.

② Brissot to［Martin］, Oct. 21, 1784, Brissot, *Correspondance et papiers*, pp. 83 – 85. 从这封信的上下文可以看出，收信人是马丁，虽然信中没有写明。

交了一份详尽的备忘录，他的表现很好。我也知道警方对他印象不错。我明天要见 M 先生，探一下他的口风。①

至 1785 年 2 月，冈德在警方和纳沙泰尔印刷公司都已经失宠，被一纸敕令流放。但布里索在马丁的亲信当中地位很稳，这从冈德之后继任纳沙泰尔印刷公司巴黎代理时的记录中可以看出。

德·瓦维耶先生告诉我，在他与警署总督的首席秘书马丁先生的上一次交谈中，他［马丁］说，无论我们将通过哪一条路线把书籍偷运进法国，他都能发现，而且他会在瑞士边境上严格执行命令。他只允许德·瓦维耶先生将 200 套《法律哲学藏书》的第六卷至第九卷运进巴黎。②

由此看出，警方正在严厉打击纳沙泰尔印刷公司的书籍偷运，但愿意让布里索的少量禁书成为漏网之鱼。而且正如勒努瓦所说，布里索在 1785 年初很有可能正定期与负责书籍贸易的警方长官会面。

对比勒努瓦所言和布里索与他的出版商之间的通信，我们

---

① Brissot to STN, Sept. 22, 1782.
② J. F. Bornand to STN, Feb. 19, 1785.

也许可以得出更多结论。布里索将内部消息发送给纳沙泰尔印刷公司，因为他本人的确是巴黎秘密警察的内线，这与他的敌人对他的指控一致。他也许是一个密探，而他要刺探的对象就是有关诽谤文学小册子的活动。在大革命前这些诽谤小册子给他提供了帮助，但在大革命期间又导致了他的毁灭。这个结论与他在1784年下半年的绝望境地相符。从他与科拉维耶、纳沙泰尔印刷公司的书信中可以读出他当时的困境，这在上文引用过。雄心抱负破灭，生病的妻子和年幼的孩子幸福堪忧，对头们背信弃义，巴士底狱的气氛阴郁恶劣，自己随时都会破产，这些都让布里索痛苦不已，他显然主动请缨要为勒努瓦效力，也许是为了每月150里弗赫的收入。正如马拉、里瓦罗尔和德穆兰所提到的那样，因为做密探为他打开了一条走出绝境的道路，甚至也许是从巴士底狱脱身的途径。布里索最后找到了一条更好的脱身途径，那就是科拉维耶给予的财务支持，但这是后话。布里索做密探的事值得重点探究，但不是为了对他进行道德判断，而是为了更好地了解他。他被投入巴士底狱的经历也不是像他之后说的那样，能证明他的爱国有多纯粹。入狱的经历让他堕落，在堕落的过程中更坚定了他对于旧制度的憎恨。他该多么痛恨旧制度！他内心一定燃烧着对这个专横权力体系的熊熊怒火，这个体系先是将他击垮，然后又将他收编为其效劳。他该多想痛骂那些当权者，先是阻挠他为自己赢得荣誉的努力，后又让他做密探而彻底蒙羞。他的一腔怒火在大革命期间爆发也就不足为奇，他痛斥勒努瓦及其他旧制度顶层当权者的腐化堕落：他们摧毁了一位真诚的中产阶级青年离开沙特尔想成为思想家的追梦之旅。

"他们"——那些贵族当权人士——还腐蚀了卢梭，尽管他的内心始终纯净，布里索在 1784 年第三次阅读《忏悔录》时读到了这一点，感到稍稍心安一些。布里索最有理由与卢梭自比。"我在读卢梭的时候自己也感到痛苦。我代入了他所承受的苦难，告诉自己：我为何无缘认识他？要是认识，我该多么愿意对他敞开心扉啊！"[1] 因为，与让-雅克一样，布里索也虚构出了一个自我来弥补真实自我的弱点。布里索将这另一个自我称作菲多（Phédor）。"菲多有正直的品格和对公义的深切热爱；乐善好施是他的特点……他死时会以一个纯洁、热爱美德的灵魂站在上帝面前。"[2] 菲多是一位保留了纯洁品质的沙特尔年轻思想家，他是布里索回忆录的主人公。布里索是在第六遍阅读《忏悔录》之后、向革命法庭上诉之前写下回忆录的，可惜革命法庭之后，他只能向后世申诉了。

曝光回忆录中这个虚构的布里索，不是要否认真实的布里索身上历史学者赋予他的典型性。布里索怀有的卢梭式的理想的确是他那个时代人的典型特征，但理想主义并不能让一个外

---

① *Journal du Licéede Londres*，Ⅰ，p. 223. 在其日记第 225 页，布里索描述了自己在读了第三遍《忏悔录》之后内心的震动。

② Brissot, *Mémoires*，Ⅰ，pp. 14, 18. 布里索承认了他"菲多这个形象"的原型："读卢梭的《忏悔录》，现在已经是第六遍了，让我想到了他［菲多］的一些特征。"还有他在回忆录中说"我要模仿卢梭"（Ⅰ，p. 24）。

省中产阶级在大革命前的法国取得太多成就。当布里索发现自己走投无路时，他不得不和这个体制妥协。当他被捕入狱、作品被扣押的时候，他与警方达成了和解。当他无法靠做一个思想家生活的时候，他成了一个小册子代笔写手和一只"蝇子"（密探）。当大革命降临时，他积极投身其中，但不是回忆录中那个超脱的理想主义者，而是一个决意在新世界里拯救自己这个旧制度里的失败者。大革命让布里索成了《法兰西爱国者报》的主编，身份举足轻重且相当富有，还成了吉伦特派的领导人物。这样看来，1793 年无套裤汉的"乱政"给他历经多年奋斗和屈辱终于赢得的一切造成了威胁，而这一切对他来说就是大革命本身，这是不是很不可思议？1780 年代，与布里索一样的小册子作家也许痛恨那个社会制度，但不得不像他一样与之妥协。他们是有血有肉的生命，有家庭要养，有抱负要实现，还有幸福要追求。他们在旧制度遇到的失败和挫折也许恰恰可以反映他们对于新世界的热切期盼，而大革命从他们的角度来看，就是一项个人事业。研究个人事业也许很老套，只是传记性质的研究，但可以为更为抽象的思想理念研究提供所需的材料。大革命的思想渊源和其政策的性质可以得到更好的理解，只要我们能从《百科全书》的抽象高度上走下来，重新进入格拉布街去实地考察。那里，像布里索这样的人办报纸、写小册子、创作海报和卡通画、写歌、传播流言和诽谤文章，个人争吵和派系对抗转变为一场关乎法国命运的思想斗争。

第三章

一位在逃的小册子作者

他的名字也许叫勒塞纳（Le Senne），但他有太多别名，搞不清楚他究竟叫什么。他的作品有十几卷甚至更多，尽管现在都已不复存在。他把一生都献给了启蒙事业，但最后变成了一场骗取信任的骗局。那么，本书又为何要发掘出勒塞纳的故事？毕竟他只是个雇佣写手。但他是这样一位写手：一位不掺杂色、无可救药的"可怜鬼"——这是18世纪的法国给勒塞纳之流的称呼，值得被打捞以免于被淹没。勒塞纳不仅出产文学作品，他本人正是文学作品的内容所在。他似乎正是伏尔泰在诗歌《可怜鬼》中、狄德罗在《拉摩的侄儿》中所写主题的化身。他身上体现了有关旧制度时期的文学最难以捉摸的一点：离经叛道的思想是如何从思想家的头脑传递给读者的。勒塞纳对启蒙思想作品进行编纂、压缩、推广和贩售，他的营生似乎就是靠这个——事实上的确如此，因为启蒙运动就是他的谋生工具。启蒙运动还是一场传播光明的运动，即不仅仅是要在思想家中间对思想进行提炼升华，还要在普罗大众当中传播这些思想。正是这些"可怜鬼"干了传播的工作。他们创作的作品远比思想家多，也许对公众民意产生了更为直接的影响。若没有像勒塞纳这样的中间人，启蒙运动也许永远都只能是沙龙之间的活动，其伟大的声响对于碾碎"人类之耻"

（l'infâme，指专制的正统）的呼吁也许就激不起一点儿回响。

关于勒塞纳的出身我们一无所知，但他在人生的某个阶段显然也受到了 18 世纪中期全法国上下争做文人的热潮之感染。而且几乎可以肯定的是，他就是促成伏尔泰在讽刺诗《可怜鬼》中塑造反英雄形象的关键人物。

> 我一没财产，二没事业，三没才能，
> 只读过一些心术不正之人的作品；
> 我甚至想着能得人庇护支持。
> 对大城市生活的渴望如同流行病一般，
> 也感染了我，我也成了一名作家。①

像大多数"可怜鬼"一样，勒塞纳写作都是匿名，生活卑微不为人所知，死后几乎没有什么踪迹可循。② 他要是没有参与纳沙泰尔印刷公司的业务，就完全从历史中消失了。他与该公司的来往产生了一系列信件，在四年间（1780 ~ 1784）写成，为我们提供了一位代笔思想家生活特别丰富的观察。

---

① "Le Pauvre Diable," in *Oeuvres complètes de Voltaire*（Paris, 1877），pp. 99 - 113. 下文伏尔泰的诗歌节选都出自此书。

② 勒塞纳未曾出现在任何规范的传记辞典、文献书目以及印刷书册目录当中，甚者也未出现在流言秘史性质的《法国文人共和国秘密回忆录》（*Mémoires secrets pour servir à l'histoire de la République des lettres en France*）当中，也未出现在伏尔泰的书信当中，尽管伏尔泰的信中出现过很多无名作家的名字。本书几乎完全依靠一个特殊的来源——STN.

这些瑞士的出版商计划在法国销售他们的文学评论杂志《瑞士报》（*Journal Helvétique*），结果结识了勒塞纳。计划本是由一个叫劳斯·德·布瓦西（Laus de Boissy）的小文人向他们提出来的，此人本想接管这本评论杂志，让其成为思想家的喉舌。[①] 纳沙泰尔印刷公司鼓励劳斯这么做，但当该公司的两位主管亚伯拉罕·德·鲁兹（Abraham Bosset de Luze）和弗雷德里克－塞缪尔·奥斯特瓦尔德（Frédéric-Samuel Ostervald）于1780年1月到达巴黎后却越过了劳斯，直接见了达朗贝尔。在那儿他们遇到了勒塞纳，当时他已想办法赢得了这位大思想家的"庇护"。瑞士人想说服达朗贝尔选他们为自己作品的出版商，并通过他们的评论杂志发表文章。但达朗贝尔只是表达了一下对他们计划的支持，就把他们打发到勒塞纳那儿去了。[②]

接到指示的勒塞纳立刻投入报人—思想家的角色中去。他追在奥斯特瓦尔德和波塞特后面，不停地写信轰炸他们，为杂志拟订了一份宏大的计划书，开头这样写道："要为这个时代的伟人鸣不平，他们饱受狂热分子的凌辱，尽管这种狂热情绪

---

① Lans de Boissy to STN, March 9, 1780. "信仰上帝很好，尤其是在瑞士，但这并不会给人带来什么兴味；您的刊物要想成功就必须有哲思的味道。"详细内容请见兰斯1780年1月21日和2月19日的信，以及他的案卷当中一份未注明日期的"出版内容简介"（Prospectus），其中特别指出了刊物在启蒙思想家与"狂热"（fanatisme）做斗争时可以扮演的角色。

② Bosset to STN, May 17, 1780. 波塞特向该公司总部描述他与达朗贝尔商谈的情况时补充道："在我看来，他非常看重他的作品当中能赚钱的部分。"

正在褪去，却仍胆敢继续在杂志上发表对伟人的攻击，这些杂志之所以成功就是靠这些作者够恶毒；要将思想家在作品里伸张的真理昭告天下，是偏见将它们埋没；要证明现代思想之于轻信和偏执的优越，后者是一种虚假的智慧……这些都是这本杂志追求的目标。"① 此时，达朗贝尔正遭到公开的辱骂攻击，主要是来自弗雷龙（Fréron）的《文学年份》（L'Année littéraire），特别是朗居埃那本广为传阅的《18世纪政治、社会和文学录》。他想办一本杂志来反击影响越来越大的反启蒙思想家的舆论声音。达朗贝尔并未超脱于报纸杂志的混战之外，而是和他的盟友谋划着利用报刊让公众舆论站在自己这边。但他们乐得派勒塞纳在前线论战，而让纳沙泰尔印刷公司负责财务运作和勒塞纳参加论战的成果产出。在他写给瑞士方面的第一封信当中，勒塞纳说他将以皮埃尔·卢梭（Pierre Rousseau）为榜样，这位代笔作家创办了《百科全书报》（Journal encyclopédique），为启蒙思想家辩护并因此功成名就。但勒塞纳的刊物要比卢梭的激进得多，要毫不留情地抨击朗居埃和弗雷龙这些反启蒙思想家分子，要在他们自己挑起的斗争中击败他们。②

　　奥斯特瓦尔德和波塞特却不太赞成勒塞纳的计划。尽管他们支持启蒙思想家，但他们的主要目标是想为自己的刊物打开

---

① 勒塞纳于1780年2月3日写给纳沙泰尔印刷公司的信中包括了这个内容简介。

② Le Senne to STN, Feb. 3, 1780.

法国市场。他们想吸引名作家为刊物供稿，不想让一个无名之辈勒塞纳来管理它，更不想其被法国政府禁刊。他们还发现，勒塞纳为自己的工作要价颇高。他要求纳沙泰尔印刷公司出钱支付他前往纳沙泰尔的费用，还要支持他在五年试运行期内的费用。作为主编，他要求各期统一，杂志每印一页他要获得24里弗赫的报酬，每增加一个订阅量他要获得1里弗赫。这样一来，按照他的计划每月发行两期，每期八开本六页，他所要求的年薪高达3456里弗赫——这对一位报人而言过于丰厚，这其中还不包括订阅量带来的收入，如果订阅量超过4000份，收入还要翻番。[①]

瑞士人拒绝了这些条款，但他们还是想钓到达朗贝尔，而达朗贝尔还是支持他的这位勒塞纳神父，无奈的他们留下余地让勒塞纳重提要求，勒塞纳则立刻上钩。他称他可以接受低一些的薪水，只要公司肯为他即将从巴黎最有名的作家那里征集到的文章支付足够的报偿。但他的这些合作作家坚持要匿名，他本人也这么要求，"担心认识我的那些神父会报复我，从而阻碍杂志的发行"。勒塞纳神父似乎在教会的名声不好，他称自己已经对能获得一份圣俸不抱任何希望了，现在只求能够安身立命，但"这个国家的狂热信徒总是动不动就叫人异端……我只祈求上帝能够垂怜我一点：让我能够不靠教会的收入就能生存下去"。他只求能有陋舍一座，周围有几分

---

① Le Senne to STN, Feb. 3, 1780.

地，万一杂志没能成功，还能保证他是纳沙泰尔印刷公司的员工（这并不是说他觉得杂志真的会失败）。他已经准备好放弃一切来到纳沙泰尔——但显然他本来就一无所有："我就像一片未经开垦的处女地，只有先进行一些投入才能有所产出。"①

这份提议也没能让奥斯特瓦尔德和波塞特满意，勒塞纳只得重新又提了一份计划，要求再降一格。他能接受纳沙泰尔印刷公司愿意支付的任何薪酬，且只要求跟他签约一年。但如果瑞士方面最后决定跟他解聘，他只有一个要求，他们得帮他找到一份新工作，"在本地或其他什么地方都行，但一定要在法国境外"。② 勒塞纳神父似乎迫不及待地要离开法国，但他还有两位牵挂的人让他无法立刻动身，一位是名叫包普莱斯（Bauprais）的寡妇——他称其为自己的嫂子，还有她的儿子。勒塞纳希望纳沙泰尔印刷公司能给他们提供一些生活必需。

在这个当口，奥斯特瓦尔德和波塞特暂时搁置了与勒塞纳的谈判，转而处理一个更为紧迫的问题，那就是获得杂志在法国发行的许可。在旧制度时期获得此类许可并非易事。他们需要去游说图书贸易管理局，这是法国政府负责图书贸易的部门；要找到一位审查官为每一期杂志的内容负责；要赢得警署

---

① Le Senne to STN, Feb. March 18，1780.

② 这些评论出现在一篇题为《就您所提条件的回应》的备忘录当中，没有日期落款，但显然写于 1780 年 5 月，存于勒塞纳的卷宗。

总长、掌玺大法官和外交大臣的好感；要花钱打点他们的秘书；还要给一份法国本土杂志支付一笔补偿金——因为本土杂志享有特权，这让他们在某一类型的新闻报道方面一家独大，例如《法国信使》垄断了文学方面的消息，而《法兰西公报》则垄断了外交事务方面的报道。在进行了一些艰苦的努力之后，奥斯特瓦尔德和波塞特发现，根本无法让自己的杂志通过这个障碍重重的路径得以发行。他们告知勒塞纳，获得许可的计划在法国政府系统当中某个环节被搁浅了，只有等到放行之后他们才能聘用他。勒塞纳第一个念头就是去向他的保护人寻求帮助："由于我周一前都见不到达朗贝尔先生，我现在就立刻先写信给他，他能克服很多障碍。反启蒙思想家阵营的确很有权势，但他们的对手也有功高权重之士。"[1] 达朗贝尔很愿意帮忙。实际上，他甚至考虑要请弗雷德里希二世给法国官员施压，但他最后还是放弃了这个想法，因他担心弗雷德里希会觉得这么做有失身份。[2] 然而最后证明，这份新杂志的出版之路面临的障碍无法逾越。这其中既有意识思想层面的因素，还有经济方面的原因，因这个计划最大的敌人最后是夏尔 - 约瑟夫·庞库克。他是出版业的巨头，当时已经收购了《法国信使》和其他几份报刊，根本不想让其他竞争者加入他正在形

---

[1]　Le Senne to STN, Feb. March 26, 1780.

[2]　Bosset to STN, May 15 and 17, 1780.

成垄断地位的领域。①

　　尽管遇到了这个挫折，勒塞纳还是继续寻找途径，希望能被一家杂志聘用，这是伏尔泰笔下"可怜鬼"的典型做法。

> 嘴里吟着诗，肚子却饿着，
>
> 我上前搭话一位面色凝重的男子，
>
> 他靠一支笔吃饭……
>
> 我同意为他的周刊效力，
>
> 希望能赚到一笔收入。

　　起初他试图说服纳沙泰尔印刷公司从骑士鲍莱（Paulet）手中买下《文学、科学和艺术报》（*Journal de littérature, des sciences et des arts*）的特许权，此人是他在格拉布街的一位朋友。但鲍莱开口要价 3000 里弗赫，瑞士人不愿意接受。② 勒塞纳于是放弃了办一份哲学思想评论的计划，转而提议将现有的《瑞士报》进行扩版，由他在纳沙泰尔的静居之地编辑。他写道：法语现在已经在欧洲各地流行。只要纳沙泰尔印刷公司在法国之外能够集到 1000 份法语读者的订阅，杂志

---

①　庞库克成功阻碍《瑞士报》进入法国的事情在一年后被纳沙泰尔印刷公司的一位代理证实，他写道："庞库克想方设法地阻挠，掌玺大法官办公室里没有任何进展。"Thiriot to STN, May 5, 1781. 有关庞库克新闻王国的建立，参见 Suzanne Tucoo-Chala, *Charles-Joseph Panckoucke la librairie Française, 1736–1798*（Pau and paris, 1977）.

②　Le Senne to STN, May 20, 1780.

就可以回本，之后就能靠走私偷运在法国国内很有油水的市场上获利。

奥斯特瓦尔德和波塞特并未对这一番论证进行回应，但勒塞纳对瑞士的一间小舍和一份稳定的收入执念已深，不肯放弃自己的办报计划。他承认"办报就像买彩票"，但下的注值得冒险。他说，《法国信使》订阅量一开始只有600份，现在已涨到5000份，因此纳沙泰尔印刷公司不要因为一开始只有瑞士订阅读者这个小群体而感到灰心丧气。《瑞士报》还没在法国进行充分的宣传，因此还没尝到甜头。它一定会在法国迅速生根，特别是如果纳沙泰尔印刷公司能赶在美国独立战争尘埃落定之前打入法国市场，因为这一事件必定会产生"最丰富的新闻素材来源"以供挖掘。[1] 但纳沙泰尔印刷公司的主管了解，一份杂志要想在法国取得成功就必须定期能到读者手中。要想保证杂志的供应不被打断，他们就必须与邮政系统定好协议进行杂志的配送，还要让杂志通过审查，至少是正式获得政府的批准，且最重要的是要安抚住各"天敌"——那些享有特权的法国本土报刊，他们在凡尔赛有很强的势力，可以摧毁国外竞争者。到了5月底，他们通知勒塞纳计划终止了。

勒塞纳提出的各项办报计划从一开始就不太可行，但至少让他与纳沙泰尔印刷公司建立了联系。对于一个没工作的作家来说，能够一只脚迈进实力雄厚的瑞士出版商的大门已算是获

---

① Le Senne to STN, May 14, 1780.

得了不小的优势。那些穷文人在巴黎漂着的时候总是不停地扑
向纳沙泰尔印刷公司的主管。奥斯特瓦尔德和波塞特回到纳沙
泰尔之后，聘请了一位名叫冈德·德·拉舍纳勒的代理来处理
他们在法国的业务，冈德报告说他被"一群作家"包围了。
"您能想象吗？我得专设几天来接见访客。形形色色的人涌进
我的住所。我猜他们都商量好了似的，要我一定跟他们去一趟
贫民所。"① 这些格拉布街的人物有自己的生存智慧。他们都
是"有点子的人"，只要闪现出哪怕一点点可以赚个几分几毛
的机会，他们就可以立刻起草出一份计划书来，或是从袖子里
掏出一份文稿来。勒塞纳的表现与这个环境中的其他人一样。
他一遇到奥斯特瓦尔德和波塞特就开始不断地给他们提供印刷
出版的提案，在他们于 1780 年 6 月离开巴黎之后仍继续不断
地写信提议。

　　勒塞纳在首次提议要创办哲学思想评论的同时，还提出可
以给纳沙泰尔印刷公司提供五份手稿，其中包括一份五卷本的
专著，讨论"法国的物质和精神治理"。② 六周后，他写信称
自己失去了一笔微薄的年金，这之前是他的主要收入来源，因
此他不得不将自己最优秀的两份手稿出售，当时都已经在伦敦
处于出版过程中了，之所以是在伦敦，可能是因为没办法通过
法国的审查。但他还是把那部专著留给了纳沙泰尔印刷公司，

---

① Quandet de Lachenal to STN, Oct. 26, 1781.

② Le Senne to STN, Feb. 3, 1780.

这本书尤其珍贵，因其是勒塞纳受"内克尔先生的默许"所作。[①] 后来当奥斯特瓦尔德和波塞特无意接受这个提议时，勒塞纳又寄给他们一份备忘录。

> 待售手稿：
>
> 1. 罗马建立以来欧洲各民族史，含注释。
>
> 2. 德国史，作为海斯先生（M. Heiss）所写史作的补充。
>
> 3. 关于欧洲各国宗教战争原因和动机的客观评述。
>
> 4. 农艺学研究全教程。
>
> 5. 新版德斯兰兹（Deslandes）的哲学批判史，含注释。
>
> 6. 朗居埃先生析辩《文学与政治年鉴》（*Annales littéraires et politiques*），附有对这位作家文才的客观评价。
>
> 7. 文学法庭对伏尔泰的研究、赏析和批评。[②]

他在备忘录中解释说，所列都只是计划，如果纳沙泰尔印刷公司想要委托写作，勒塞纳就会完成它。他还提供了一整套已完成的手稿，包括新版查龙（Charron）的作品；两部意大利作品的译作；新扩充版休谟的《英国史》，朗吉耶（Langier）的

---

① Le Senne to STN, March 18, 1780.

② 勒塞纳卷宗当中一篇没有落款日期的备忘录，大约写于 1780 年春。

《威尼斯史》，索利尼亚克（Solignac）的《波兰史》；还有一本小说——《疯子变智者的历险记》（*Les aventures d'un fou devenu sage*）。

勒塞纳想直接售出这些作品，或是能换来纳沙泰尔印刷公司将其聘为常驻报人。当办刊的希望日渐渺茫时，他的提议都是关于销售了。他特别推崇"做有趣的汇编"——文集的想法，只需要剪剪贴贴就可以完成，还是极好的赚钱生意。他认为对埃诺（Hénault）的《法国编年简史》（*Abrégé chronologique de l'historie de France*）进行删节、再版定能畅销，游记文集则会更受欢迎。他能将多部作品的节选进行拼接，删去乏味、缺少哲思的段落，给每一个部分写引言，描述主要国家的概貌，"他们的习俗，他们的政府，他们的宗教信仰，他们的革命，他们的现状。这样一部作品将会很有趣，引人入胜，一旦经订阅推广定能大卖，尤其是如果能给其加上一个充满哲思的调调"。①

当这个计划也失败后，勒塞纳又着手计划出版耶稣会会士的法国天主教会史的缩减哲学版。他发誓，这部作品一定能大卖，但纳沙泰尔印刷公司动作得快，因为据他了解，已经有人在出版圈里四处提议了。听传闻，此人就像是他的幽灵，"一个叫朗文神父的什么人，在文学圈没什么名气，但很有事业进取心"。或者，如果纳沙泰尔印刷公司愿意，他将拿出一

---

① Le Senne to STN, April 2, 1780.

部法国最佳剧本的集子，还有伏尔泰作品精华选段，抑或是一部有关宗教狂热和宗教战争的选集，这本是由其一位信仰新教的朋友所编。这位朋友现在病得很重，因其之前靠翻译和编书为生，故积攒下来一大批哲学思想文稿。"他一旦过世，这一切都会落入他的一位姐妹手中，她是一位天主教徒，极不包容，一点儿都不喜欢他，还曾扬言要烧毁他的书稿。我会想办法把一些文稿抢救出来。"①

这些提议都未能打动纳沙泰尔印刷公司，于是勒塞纳又想出更多的点子。

《查龙的〈论智慧〉评析》，18 页 12 开本、12 磅活字印刷的厚本　　300 里弗赫

《有关人类思想的运转及哲学知识应用的书信集》，参照上一部的版式，两卷 12 开本的厚集　　500 里弗赫

《一位俄国哲学家有关文学及批评的多个主题的书信集》，一卷 12 开本集　　150 里弗赫

《想象之旅：一部批判小说》　　120 里弗赫②

勒塞纳并未说这些作品都是由他亲手所作，一个人是没办法就这么多不同的主题写成如此多的作品的。他充当其他作家的代

---

① Le Senne to STN, April 8, 1780.

② Le Senne to STN, April 19, 1780.

理角色，他们向他提供文稿，由他来找销路，他显然在格拉布街有很多同僚迫不及待地想要打通渠道，让自己的作品能够被一家实力雄厚的瑞士出版公司出版。勒塞纳的提议也有可能只是自己的创作计划，或是外包给别的作家来写，前提是只要纳沙泰尔印刷公司有购买意愿。在当时的出版业里，作家与出版商常常相互欺骗，还会联手愚弄公众，因此把写作计划当作已完成的作品提出来只是小把戏而已。在之后的一个提议当中，勒塞纳建议纳沙泰尔印刷公司把《日本哲学考》（*Observations philosophiques sur le Japon*）用新书名《日本风俗》（*Les moeurs japonaises*）来出版，这样就可以当作一部新作品来推广了。① 尽管勒塞纳的作品没有一部出现在标准图书目录当中，纳沙泰尔印刷公司也许没有出版其中任何一部，但他的作品也许用其他题目得以出版也不是没有可能，因为他在信中常常提到有其他出版商愿意接受他的作品。他机械地编书，勤奋得就像《可怜鬼》当中的一个人物。

> 他一句格言接一句警句；
>
> 一直编啊编啊编；
>
> 见他什么时候都在写啊写。

勒塞纳初识奥斯特瓦尔德和波塞特时，给自己手里的货开

---

① Le Senne to STN, May 24, 1780.

了个高价，大胆估算每一印页价值 24 里弗赫，喋喋不休地讨论印刷细节，显得颇为懂行。他深谙出版业之门道，屡次提及他与英国、荷兰和布永的出版商做过的交易。① 但纳沙泰尔印刷公司与像勒塞纳这样的无名作家打过不少交道，这些人都说自己的作品一定会畅销。与其冒险投资销售前景不明的作品，公司更愿意出版自己的委托之作，或是从知名作家那里购买文稿，或是盗版那些市场价值已经得到验证的作品。因此勒塞纳的提议一个个都被该公司拒绝了。勒塞纳在被接连拒绝之后，口气变得绝望起来。到 4 月，勒塞纳开始央求纳沙泰尔印刷公司，如果他们不愿接受他的作品，就帮他把作品卖给其他出版商。买方甚至可以用他们的名字出版作品，勒塞纳显然将所有权利都拱手相让了。他唯一的要求就是作品能尽快出售，哪怕价格骤降也没关系。勒塞纳、他的寡妇嫂子及其儿子都靠他"那点儿可怜的文学作品"生活，他们马上就要山穷水尽了。②
6 月，他又进一步妥协：能用这些文稿换取一些赠本他也愿意，或是换来在纳沙泰尔印刷公司的一份差。"和许多其他靠笔吃饭的人一样"，他介绍道，他会改稿、校对、翻译，还能按照公司的期待编写作品，希望每篇新作每印页能获得 24 里弗赫的工酬，已有作品每本每印页获得 18 里弗赫，但这需要另外加注且翻译拉丁文段落。③

---

① Le Senne to STN, May 27, 1780.

② Le Senne to STN, April 19, 1780.

③ Le Senne to STN, June 11, 1780.

　　勒塞纳越来越强调自己做这些琐碎工作的能力，因为越来越明显的事实是，纳沙泰尔印刷公司仅愿意为达朗贝尔的一篇文章买单。勒塞纳在信中写道，自己在文学生涯当中积累了很多有用的技能，特别是能帮纳沙泰尔印刷公司与那些走私商、书贩打交道，让他们将该公司的书在地下文学市场上推广，而他本人显然也属于这个环境。1780 年 5 月底，就在波塞特准备离开巴黎之前，勒塞纳介绍这位纳沙泰尔印刷公司的主管认识了一位典型的地下活动人物，一个名叫屈涅（Cugnet）的书贩，此人曾参与创办《百科全书报》，还曾在歌剧院里演出过几场，之后就加入了地下书籍贸易。屈涅高大英俊，给波塞特留下了这样的印象："正直诚实，尽管没什么财产，但非常上进。"① 屈涅给波塞特跑腿做了几件小事、买了几本非法书籍之后向纳沙泰尔印刷公司提议，让自己做公司在巴黎的主要分销商。在勒塞纳的帮助下，屈涅在卢浮租了一间小店，"在雄鸡断头巷口（Cul du sac du Coq），入口在圣奥诺雷街上"，开始在里面存放书籍。要是纳沙泰尔印刷公司愿意帮他建起书籍库存，他就会推广他们出的书，认真精确地做账，依照销售的情况付给他们钱。更重要的是，他有办法让他们的货顺利通关，绕过警方的审查，并避开巴黎书商行会的控制。某位叫布勒坦（Bretin）神父的人，是"布鲁诺伊领地（Monsieur à Brunoy）的神父"，承诺会将货箱存放在布鲁诺伊

---

① 　Bosset to STN, June 12, 1780.

的普罗旺斯伯爵庄园里，然后偷偷运上伯爵的马车，这样就可以定期从布鲁诺伊运书到巴黎而不会被查。①

勒塞纳对屈涅的计划有一定兴趣，遂热情地向纳沙泰尔印刷公司推荐。"你们帮助他赚得正当的利益，他就能在巴黎书商这帮流氓无赖的眼皮子底下帮你们卖掉大量的书籍。"勒塞纳自己将会监督整个过程，确保纳沙泰尔印刷公司不会损失一分一毫。他甚至还能提供第二条潜入巴黎的线路。他的嫂子就住在蒙马特高地关卡（Barrière de Montmartre）外的一座房子里，她可以把纳沙泰尔印刷公司运来的货存在那里，甚至还能帮忙进行书籍装订的工作（书籍都是散页运输的）。勒塞纳有"成百上千个渠道"将书籍运进城门，进去之后就存在莫伯特广场（Place Maubert）附近的博纳丹学院（Collège des Bernardins），他在那儿租了一间公寓。还有其他书商在学院存货，但他不会让这些人知晓纳沙泰尔印刷公司的秘密存货："这里只能凭敕令进入。"勒塞纳和屈涅一道，可以为纳沙泰尔印刷公司在巴黎开辟收益丰厚的地下市场。"一句话，屈涅先生将竭尽所能销售你们的书籍，特别是那些遭狂热主义压制的作品——你们需要给我们两人列出一个此类书籍的单子——因为内容略为耸人听闻的书和那些抨击偏见的书卖得惊人的快，只要价格不太贵。你们要是有两三百本爱尔维修的作品，或是卢梭的作品，或者是《亚、非、美洲史》（*Histoire d'Asie*,

① 波塞特在 1780 年 6 月 12 日的信中描述了此计划。

d'Afrique et d'Amérique）　［即雷纳尔当时被抨击的《哲学史》
（*Histoire philosophique*）］，这些作品都能立刻热卖。"①

　　勒塞纳希望能亲自出售纳沙泰尔印刷公司出版的许多作
品。他写信说，他将做夏特莱（Châtelet）伯爵的购书代理，
伯爵正在筹建一个图书馆；他还为博纳丹学院的一位老师吉鲁
（Giroux）发了一单，此人是他认识的反教权主义神父中的一
位，想购买《教会的不宽容》（*L'Intolérance ecclésiastique*）和
《隐修哲学论文》（*Essai philosophique sur le monialisme*）②。6 月
4 日，勒塞纳订购了一大批书籍，据他称这批书都已经提前安
排好了销路。其中卖得最好的一本（卖出 20 册）是攻击法国
君主制的《杜巴里夫人逸闻录》（*Anecdotes sur Madame Du
Barry*），内容激进且淫秽下流。一周后，勒塞纳又写信说自己
不敢在博纳丹学院设秘密仓库，因其遭到了学院一位官员的反
对，此人担心会招来巴黎书商的恶意。但一位大人物先生，圣
尼凯斯街（rue Saint Nicaise）歌剧院咖啡馆（*Café de l'Opéra*）
的经营人，已经同意在他的咖啡馆存放纳沙泰尔印刷公司的
货；公司总能依靠屈涅："若您肯助屈涅先生一臂之力，那
么您出版的作品在巴黎的分销渠道就一直都有保障。他没
钱、很穷，但诚实可靠，绝不会辜负那些为他提供生计的人

---

① Le Senne to STN，May 27，1780. 勒塞纳在一封落款为 1780 年 5 月 29 日的
信中进一步详述了屈涅的计划。
② 当时在地下出版界颇为流行的一本禁书，设定是一位修女在一个修道院里
的经历，内容都是一些香艳的故事。——译者注

的信任。"①

这番推荐与布勒坦神父所言不太相符，后者在 6 月底来见波塞特，想要退出走私行动，并警告纳沙泰尔印刷公司不要太过相信屈涅。② 但该公司当时已经给屈涅和勒塞纳各寄了一批货。当这几箱货正在纳沙泰尔到巴黎的秘密线路上运送时，波塞特终于完成了公司在巴黎的最后一轮业务准备离开，把公司的书籍都留给屈涅和一文不名的勒塞纳神父在巴黎进行销售。

7 月，勒塞纳写信称，他被迫搬出了在博纳丹学院的房子，现在借住在一位名叫魁昆库尔（Quiquincourt）的前皇家护卫队宪兵朋友家里，"在黄金束（à la gerbe d'or），圣奥诺雷街"，他就在那儿等寄给他的这批货的消息。③ 最后在 9 月中旬，他的几箱货安全抵达巴黎城门外的仓库。但屈涅的货箱在偷运过海关之后被警察扣下了。勒塞纳报告称，屈涅被人出卖给了警方。但屈涅被捕绝非坏事，反倒是打开了一条更好的通往巴黎非法市场的渠道，因为屈涅设法说服了警察总监让－皮埃尔·勒努瓦来保护他的生意。勒努瓦在 1777 年就与书商行会进行过斗争，当时是因为政府几番尝试对书籍贸易进行改革。政府限制书商对出版特权的把控——对一些文本的永久独家出版权，书商以抗议游行回应，在凡尔赛宫和巴黎议会游说，要求废止改革措施。他们的一系列动作就与勒努瓦发生了

① Le Senne to STN，June 11，1780.
② Bosset to STN，June 19，1780.
③ Le Senne to STN，July 25，1780.

冲突，勒努瓦显然想通过支持屈涅这样的行会组织之外的书商来对行会施以报复。当然，勒努瓦坚持一点，屈涅不得做禁书生意（包括漠视宗教的书籍、煽动性书籍或色情淫秽作品）；但他同意屈涅做盗版书生意（即对享有出版特权的书籍进行盗版仿印）。勒塞纳解释道："勒努瓦先生只会默许我们，他与行会交恶，这是这一切背后的原因。在这件事上我们必须非常小心，要严守秘密，就好似与我们的性命攸关一样。"[1]

屈涅写信报告，发给他的一批货已得放行。信中讲述了他因祸得福的故事，证实了勒塞纳所言。他洋洋得意地宣布，现在他能把任何一本盗版书搞进巴黎。警方甚至准许他出售伏尔泰和卢梭的作品，但他们不能容忍任何公开攻击宗教、国家或道德的作品。这对纳沙泰尔印刷公司而言是个绝佳的机会，他们对打通巴黎销售渠道期盼已久。若该公司能定期运送一定数量的货给他，他就能悄悄地建起可观的库存而不引起行会的注意。他会用卖书的钱来支付货款。"但这一切举动都要保密，因为让行会发现我是受到警署总督的照顾就不好了。"[2] 他之后又写了一封信，称勒努瓦甚至已经允许他将书运到自己的住处，屈涅可以在那儿取书，然后再转运到某个"王室"的安全仓库，比如凡尔赛宫或是王宫。[3]

就当这个宏大的计划看起来志在必得之时，勒塞纳却遭

[1] Le Senne to STN, Oct. 5, 1780.
[2] Cugnet to STN, Oct. 12, 1780.
[3] Cugnet to STN, April 2, 1781.

到灭顶之灾。"我很信任您，向您敞开心扉，将一切坦诚相告，"他在 9 月 20 日给纳沙泰尔印刷公司的信中写道："我的主教发现了一篇有关教会的文章就来找我的麻烦，他认定这篇文章是我写的。更糟糕的是，不知怎的，他发现我是一部伏尔泰作品选集的编辑，我是在达朗贝尔先生一再敦促下才干了这个活儿。您能想象我的境遇有多尴尬。"现在他不得不寻一个"自由的国度"来避难。奥斯特瓦尔德就不能想想办法帮他在纳沙泰尔附近找一间小茅草屋，旁边带一小块地？无论纳沙泰尔印刷公司给他提供什么活儿他都愿意干，很快就能偿还他现在去纳沙泰尔需要公司支援的路费。他会像一位真正的思想家那样，极简生活："我只求能够用汗水换来面包填饱肚子，而不奢求还有什么加菜。只要思想能独立，他知道怎样过简朴的日子，知道要知足，这就很幸福了。"倘若纳沙泰尔印刷公司不肯出手相救，他就只好走另一条不那么符合哲学思想家精神的道路了，逃去法国之外的某个修道院。尽管他很排斥这个想法，但他记得奥斯特瓦尔德曾提到一家瑞士的修道院，那儿也许能接受他。他的处境很绝望，得立刻逃出法国。[1]

　　奥斯特瓦尔德回复勒塞纳，会推荐他去贝勒莱（Bellelay）附近的一家白衣修道院，结果勒塞纳神父又说还有更多麻烦事。按照"常规"，他必须恳请主教的允许，但主教正在迫害

---

[1]　Le Senne to STN, Sept. 20, 1780.

他。要他在这一年查看期内把自己关起来几乎是不可能的，因为他还有一个寡妇嫂子和她的儿子要养活。"他们曾在我遭遇不幸的时候照顾过我，在我绝望消沉的时候支持过我，在我痛苦焦虑的时候安慰过我。现在我遭迫害，不得不逃离这个严酷无情的国家，他们又跟着我一起受苦遭罪。"勒塞纳没有细说他早年经历的磨难，但他的嫂子显然作为他的情人分担了这一切。不论怎样，他都不忍与她分离。因此，他请求奥斯特瓦尔德去打听一下能否让这一对母子随他一起生活，这样他就作为一位老师而不是一位僧侣搬去该修道院，但他还宣布自己非常乐意改宗易教，只要这么做能赚取"一点儿微薄的俸禄"。最重要的就是找到"一个避难之所，这样我就能平静地生活，把一切都奉献给哲学思想"。①

至此，勒塞纳的口吻就像是伏尔泰的《可怜鬼》里的典型人物。

> 我被所有工作拒之门外，
> 我是社会的弃儿，四处流浪，毫无希望，
> 我愿做一名僧侣，哪管他是灰衣、白衣还是黑衣，
> 无论是要削发、蓄须、趿履还是赤脚，都无所谓。

他在 10 月 12 日告诉纳沙泰尔印刷公司，他简直等不及想知道

---

① Le Senne to STN, Oct. 5, 1780.

修道院院长是否能接受他的条件，因为他必须立刻离开巴黎：
"愿上帝保佑我的敌人，但让我逃离他们的魔掌！……我这就
要上路，看什么时候能找到一个栖身之所。"他在信中附了一
个寄信地址，一旦白衣修道院的工作能成，纳沙泰尔印刷公司
好联系到他；信中还像以往一样，强烈谴责"宗教狂热和非
理性"，他自称正逃往一个边境小镇，在那儿有可能在一家新
成立的印刷公司谋到一份职。由于他来不及处理自己的财务事
项，也没时间出售纳沙泰尔印刷公司寄来的一批货，他已经将
书全部交给了屈涅。屈涅为这批书支付了两张共计462里弗赫
的支票，勒塞纳已将支票签转给了纳沙泰尔印刷公司，且将票
据附在这封信里一并寄出。他还欠该公司202里弗赫零1苏，
他保证，一旦手头有了钱就还，绝不会抵赖。①

　　概括一下就是，勒塞纳试图将2/3的欠款转嫁给屈涅，而
剩下的1/3他也没有任何保证一定能还得上——尽管他隐约提
到一个"富有而可靠的人"②，能帮他凑到那最后的202里弗
赫。但纳沙泰尔印刷公司见惯了这种"可怜鬼"就此垮掉的
例子，不会被这个伎俩所骗。之后五周过去了，勒塞纳都没再
写一封信过来，公司开始担心了，因为他之前每周都至少写一
封信给公司。11月19日，奥斯特瓦尔德给勒塞纳留的地址写
信，想知道他到底怎么样了。纳沙泰尔印刷公司仍在努力，

①　Le Senne to STN, Oct. 12, 1780.

②　Le Senne to STN, Oct. 12, 1780.

"让您加入僧侣修士之列，与他们同桌共享美酒"，奥斯特瓦尔德称，但公司不能接受让屈涅代替勒塞纳还账，因为屈涅也人间蒸发了。纳沙泰尔印刷公司在巴黎的代理根本找不到屈涅本人，也找不到他的店。①

两周后，纳沙泰尔印刷公司收到一封回信，显示是从一个庄园寄出，"我在这儿从教会法庭那里找到了一处栖身之所"，在吕扎尔舍（Luzaches）附近，从巴黎向北 16 英里的地方。勒塞纳无法理解，为何屈涅及其夫人——他太太才是真正打理生意的人——不在他们的店里公开经营。勒努瓦已经保证过会给予保护，需要的资金也已筹措齐备，店铺的租约都已签好。勒塞纳本人也在其中投了钱，但他没有解释这笔钱的来源，也对屈涅 462 里弗赫的支票问题闭口不谈。他所能做的顶多是写信打探一下情况，因为他不敢回巴黎。他现在才说实话，他不得不逃离首都的原因是被怀疑写了一篇反教会的文章，题为《新版教会土地清册》（Nouveau cadastre ecclésiastique）。尽管遭到"不懈的追击"，他还是设法逃脱，在前文提到的印刷公司找工作。这家公司是由外省的议会议长筹建的（意思是，该公司本来可能是要用来秘密出版议会宣传品的），但议长突然离世。勒塞纳想办法在庄园里寻得了庇护，但他需要一份稳

---

① STN to Le Senne, Nov. 19, 1780. 屈涅的最后一封来信落款是 10 月 12 日。同一天，或者差不多的日子，勒塞纳逃离巴黎。另见纳沙泰尔印刷公司 11 月 21 日写给屈涅的信，里面公司抱怨派了三个人来和他做生意，但没有一个人能找到他的店。

定的工作，而且要远离巴黎政府的控制范围，当时巴黎政府已经收到了一份控告勒塞纳的"可怖的备忘录"。他唯一的希望就是在纳沙泰尔印刷公司工作，或是由公司安排到白衣修道院担任教职。① 奥斯特瓦尔德回复说，他和波塞特都会在修道院院长那里为勒塞纳说好话，院长也许会听从他们的推荐，因为波塞特拥有纳沙泰尔地区几座上乘的葡萄园，为修道院提供美酒。作为交换，他们希望勒塞纳能确保屈涅兑现那两张支票。如果屈涅的表现足够诚实正直，公司就会跟他做生意。"我们会给他提供能赚钱的货，但他付款必须积极主动、有序且足额。"② 一方面有可能开发巴黎的市场，另一方面需要从屈涅那里要到 462 里弗赫的书款，这两个原因都促使纳沙泰尔印刷公司一直吊着勒塞纳的胃口，给他有可能获得工作机会的希望来引诱他，而不是采取法律手段来威胁他，要是一般欠债疑似无法偿还的，公司早就走法律途径了。

勒塞纳在下一封信中又给了纳沙泰尔印刷公司一个新的理由使其不放弃他。这封信写于 12 月 18 日，地点在卢浮，这个距离勒塞纳四处奔波的最后一站东南方 8 英里的小镇。他在信中称自己与达朗贝尔一直都有联系，达朗贝尔基本承诺会让纳沙泰尔印刷公司出版他的作品全集，只要公司聘勒塞纳做编辑。达朗贝尔似乎是真心想与纳沙泰尔印刷公司这样讲条件，

---

① Le Senne to STN, Dec. 2, 1780.

② STN to Le Senne, Dec. 10, 1780.

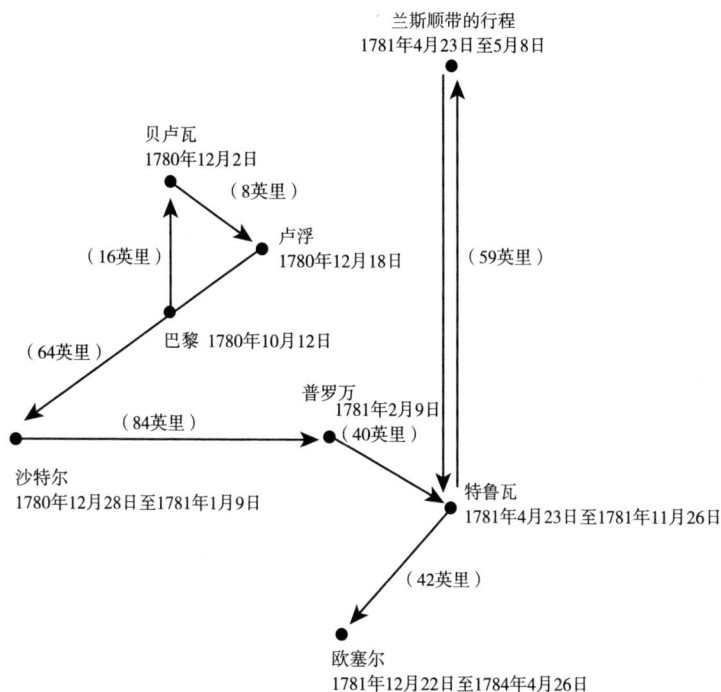

兰斯顺带的行程
1781年4月23日至5月8日

贝卢瓦
1780年12月2日

（8英里）

卢浮
1780年12月18日

（16英里）

（59英里）

（64英里）

巴黎 1780年10月12日

普罗万
1781年2月9日

（84英里）

（40英里）

沙特尔
1780年12月28日至1781年1月9日

特鲁瓦
1781年4月23日至1781年11月26日

（42英里）

欧塞尔
1781年12月22日至1784年4月26日

图 3 - 1 勒塞纳的旅程

两周后，他本人致信奥斯特瓦尔德，请纳沙泰尔印刷公司坚持
为勒塞纳争取安排教职，并让勒塞纳在公司做点儿事情："就
这位可怜的文人现在所处的境地来看，能有一份工作比任何时
候都迫切。我特别希望他能在纳沙泰尔安顿下来，要是我在贵
公司出版作品的话，我应该很快就会这么做，他不仅能帮我，

也能帮贵公司校对我的文稿。"① 达朗贝尔显然真切地关心他的这位门生。春季，他全程支持并指导勒塞纳与纳沙泰尔印刷公司就《瑞士报》进行谈判；7 月，他甚至试图拜托弗雷德里希二世来帮助"这位可怜鬼神父"。②

勒塞纳需要一切可能得到的帮助。他正处于危急关头，他在 12 月向纳沙泰尔印刷公司保证道："对我的迫害根本没有偃旗息鼓，反倒是又重新开始了，或者说是愈演愈烈了。他们称有一封专门针对我的国王敕令，尽管还不确定，但显然我现在有太多敌人要对付，根本不可能取得什么胜利。达朗贝尔先生第一个建议我逃离，还建议我接受你们提议的避难地。"接

---

① D'Alembert to STN, Dec. 30, 1780. 这是纳沙泰尔印刷公司档案当中的一个副本。我们没理由去质疑其真实性，尽管我没能找到原本。奥斯特瓦尔德和波塞特对达朗贝尔了解很充分，就出版其作品的问题与他进行了长时间的商谈。1780 年 6 月 14 日，波塞特写信回公司，报告了与达朗贝尔的以下会谈："他给我看了一些手稿，能出一本八开本的文学小品，他想让我们来出版。就这部作品我给他提供了多个方案。在我看来最合他心意的——也是他自己向我提出的，是由我们预支印刷和纸张的成本，之后的利润将在他与我们之间分配……这之后他还会有近三卷的赞词，但现在还没写好……他还说要来瑞士。"勒塞纳参与了这些商谈，他似乎在达朗贝尔的追随者当中占据着比较核心的位置，当弗雷德里希二世同意进行一场据称是为伏尔泰灵魂祷告的礼拜活动时，勒塞纳是提供弗雷德里希二世讲话的来源："尽管我不尽相信永生，但我同意人获得永生。"Bosset to STN, June 23, 1780. 另见波塞特 1789 年 6 月 16 日所写的信件。

② "德·加（de Catt）先生将给陛下您一份新的备忘录，还有一些可靠的证明来为纳沙泰尔那位可怜的神父作证，他现在正被他狂热的主教迫害。请求陛下您能考虑一下这个细节，为这位可怜鬼神父主持正义，他一直期盼着这一天，为这一刻争取很久了。"D'Alembert to Frederick Ⅱ, July 24, 1780, in *Oeuvres de d'Alembert*（Paris, 1822）, Ⅴ, p. 431. 其中"纳沙泰尔"一定是笔误。

着勒塞纳揭开了秘密的另一角，袒露了针对他的迫害活动的真实原因。他不得不逃离在博纳丹学院的住处，他写道，是因为警方闯入其中并没收了他的所有文稿，其中包括一些《爱国者观察》（Observations patriotiques）中的珍贵内容。这是一本政治小册子，据勒塞纳称，得到了拉莫尼翁·德·马勒泽布（Lamoignon de Malesherbes）的支持，此人是前任图书贸易管理局局长兼王宫秘书。与此同时，他得知屈涅夫人也被传唤去警局交代她与勒塞纳的关系，这显然是因为当局认为屈涅和勒塞纳二人要为一本名为《支持低级教士反对高级教士的一封信》（*Lettre contre le premier ordre du clergé en faveur du second*）的政治小册子的发表和散播负责。屈涅夫人发誓与勒塞纳再无别的关联，并暂时闭了店——这就是为何寻不到她踪影的原因。但后来勒塞纳的一位朋友找到了她，她保证还会继续她的生意，还想与纳沙泰尔印刷公司保持良好的关系，并会兑现462里弗赫的支票。

勒塞纳在自己的欠债问题上兜圈子，提议出版一本据他称定能赚钱的书，想以此来吸引纳沙泰尔印刷公司。他发现在法国的神父当中，对于制定一部新版神职人员"法典准则"的呼声很高——这是一部论辩作品，将会汇集所有低层神职人员针对他们上级的不满，尤其是针对那些"主教和收税修士"。勒塞纳相信这本书会大卖，因为他和他的合作者已经收到了那些受到亏待的神职人员写来的1720封信，他们当中很多人为此书提供了资料。"新版将被一抢而空，因其提出了关于他们

（上级神职人员）的神圣使命问题，还有他们是否称职的问题，以及征收十一税的用途和目的问题，"勒塞纳向纳沙泰尔印刷公司如此保证道："这项投资将有丰厚的回报。"如果公司感兴趣，就请写信让杜福赛神父（Father Du Fossé）转交给他，这位神父是沙特尔的雅各宾派修道院的司库，他主动提出收留勒塞纳，直到他在瑞士找工作的事情有眉目为止。①

奥斯特瓦尔德回复勒塞纳，认为这个提议的确很诱人，但勒塞纳想做什么作品呢？是三卷十六开本的《遵耶稣之命的教会管理条约：一部本堂神甫捍卫权利的有用之作》（*Traité du gouvernement de l'Eglise telle que J. C. l'a ordonnée, ouvrage très utile à MM. Les curés pour la défense de leurs droits*）？但奥斯特瓦尔德更感兴趣的是出版达朗贝尔的作品，他让勒塞纳给这位哲学家寄信，提醒"他之前表达过想在一个自由的国度出版作品的愿望"。至于教职的问题，贝勒莱的修道院院长还未回复纳沙泰尔印刷公司寄出的多封推荐勒塞纳的介绍信。② 勒塞纳在12月28日刚刚抵达沙特尔之后就回信，称这份工作是他唯一的希望，但他撑不了太久。"我现在必须离开法国，比以往任何时候都紧迫。追捕我的人步步紧逼，危机一触即发……终

---

① Le Senne to STN, Dec. 18, 1780. 勒塞纳的《爱国者观察》有可能是内克尔的专著，关于"法国的实务与道德治理"，这是他早先向纳沙泰尔印刷公司推荐的作品。但他提了如此多的建议，交了如此多的文稿，还如此频繁地更换题目，因此已经不可能确定他在信中提到的作品到底是什么了。

② STN to Le Senne, Dec. 24, 1780.

有一天我会将整个经历告诉您。达朗贝尔先生本人会给您写信，他对这一切愤怒不已。我不能再给我的朋友们添麻烦了，只能自己扛下所有压力，不能再每天冒着落入政治集团手中成为牺牲品的危险，这个集团敌意满满、冷酷无情，报复手段穷凶极恶，但很不幸又势力很大、影响广泛。"他已不再要求为寡妇母子提供保障了，他把他们留在了巴黎。他只求自己有一份工作，任何能维持生计的活都行。他会徒步去纳沙泰尔，如果院长不愿意预支他车费的话。他不能再在沙特尔的雅各宾派这里多做停留了。"这里不是所有人都靠得住"，他不无恐惧地写道，还提到通信被监视的事情（他还请求纳沙泰尔印刷公司以杜福赛的名义写信，并能支付一下邮费，因他的钱已不够支付普通信到付款的费用了）。勒塞纳提议要写的这部抨击上层教会的作品会让他陷入更艰难的境地，但给纳沙泰尔印刷公司提供了一部可能引起轰动的畅销作品，因其主题是个一引就爆的话题。"教会税收（十一税）分配不公，在前一次大会（1780 年 5 月、6 月召开的法国教牧人员大会）上抗议未果，主教等级专横跋扈，这些都让第二等级的教牧心怀怨愤，他们希望能彻底对教牧人员的权利问题、征税问题、教会十一税收入分配问题等进行公开讨论……这本书一旦出版，没有哪个法国的小神父不会买，没有哪个大主教不想禁它。想要出这本书的想法让我遭到教会上层的仇恨。"勒塞纳详述称，他脑中有想法要把早先的一部题为《教牧准则》（Code des Curés）的作品进行修订，其内容将会很激进。他能在三天内写出内容简介，明年就能完稿。这本书得由法国境外的出版社出版，比如纳沙泰尔印刷公司，公司可以派代理商在法国秘密征集订阅，完全可以指望利用低层教牧的不满情绪发一笔财。①

一周过后，奥斯特瓦尔德传来坏消息：修道院院长报告，白衣修道院已经没有教职空缺了，但只要一有空缺出现，他们就立刻考虑勒塞纳。② 勒塞纳火速回信恳求帮助，把他必须立刻逃离法国的理由全部解释了一遍。"教牧第一等级已经让政府当局没收了《教牧回忆录》（*Mémoire des curés*），该书抨击主教税收制度、十一税滥用问题，还有圣俸的分配问题。在这场劫掠当中，他们发现了我的四封信，一并还有出版商和我同僚的信件。从那时起，他们就颇为积极地追查我们。那些真心关爱我的友人，首先是达朗贝尔先生建议我去国外避避风头。"③

至此，勒塞纳逃跑背后的故事全部浮出水面。他被发现在教牧大会这个敏感时期发布反对教会富有特权上层的宣传。这些会议往往会产生分歧，主要是关于法国教会的管理和财政问题，在 1780 年春天触发了空前激烈的争论。《秘密回忆录》（*Mémoires secrets*）上载了几篇文章，是关于抨击高级教士专制腐败的小册子创作情况。教士们抗议其个人和整个群体都遭受了诽谤污蔑，让政府没收了很多文章小册子，其中包括 2000

---

① Le Senne to STN, Dec. 28, 1780.

② STN to Le Senne, Jan. 4, 1781.

③ Le Senne to STN, Jan. 9, 1781.

册勒塞纳的《教牧回忆录》。① 勒塞纳在 5 月 24 日写给纳沙泰尔印刷公司的一封信中提议："教牧大会将于下周一 29 日召开，我想在会期内出版一本很短的小册子，可以趁大主教们休会前在巴黎流传开。"但就像对他的其他提议一样，瑞士方面并不在意，结果他只能在法国秘密出版。有人向当局告发了他，当局差不多没收了所有的《秘密回忆录》，顺带还有他的所有文稿，现在他们手握一纸敕令开始抓他。

1781 年 1 月，勒塞纳似乎可以感受到警察紧随其后的气息。"尽管我做了伪装，但我还是不得不离开沙特尔……先生，您瞧，要是再没一个避难所，我就实在是活不下去了，我不能再给友人们造成负担，不能再时刻担惊受怕了。"他下一步计划逃往普罗万，但他不知何时、怎样才能到那里，因为这一路上危险重重，而他只能徒步前往。杜福赛神父会转交纳沙泰尔印刷公司的来信，勒塞纳迫切地期盼信中至少能提供一个在纳沙泰尔的兼职。他愿意为《瑞士报》供稿，能靠记忆重写《教区神父准则新典》（*Nouveau code des curés*），还能重编《伏尔泰先生思想选编（按字母排序）》（*Pensées choisies de M. Voltaire rangées par ordre alphabétique*），这本文集是他之前在达朗贝尔的建议下编成的，被警方没收了。"达朗贝尔先生为我列出了大纲，标出了需要重点强调的主题……他正式向我承诺会

① *Mémoires secrets pour servir à l'histoire de la République des lettres en France* (London, 1777 - 1789), 36 vols., entries for June 4, June 30, and July 11, 1780.

确保书畅销。有这样的指导，内容所选肯定质量上乘。"勒塞纳将其唯一的"庇护"资源竭尽其用，一再强调达朗贝尔是他的导师，而且答应由他出版达朗贝尔作品的确定版。要是这些理由都还不充分，奥斯特瓦尔德或许能出于怜悯善心雇用他："能否屈尊降贵哪怕一刻，像慈父对待孩子一样对待我，听从您的善心。我既无卢梭的才能，也无伏尔泰的天赋……但我有一点可以自夸，我会像他们一样对工作充满热情。"①

　　一个月后，勒塞纳抵达位于沙特尔东边84英里的普罗万，真正落入人生的谷底。他根本无法为《瑞士报》供稿，因为他压根没钱买书，还如何写书评！他无法提供任何可供出售的文稿，因其全被警方没收了。他甚至无法提供一份《教牧准则》的内容简介，因为他没钱支付邮费。他之前病得很重，一边担心被身后的敕令追捕，一边在2月的凛冽寒风和泥泞中艰难前往普罗万的雅各宾派修道院。勒塞纳写道："我到的时候已是精疲力竭、满身泥泞，一路上警报四起。"修道院的院长、一位朋友法德尔神父（Father Fardel）能容他藏身一段时间，但勒塞纳已经坚持不了多久了。"因为现在是时候结束这样颠沛流离的生活了，我只想安顿下来，开始工作……我全靠您来结束这痛苦的生活，来获得工作和生计，这是我最终唯一的愿望。"② 他已沦落至伏尔泰笔下"可怜鬼"人生中最低贱

---

① Le Senne to STN, Jan. 9, 1781.

② Le Senne to STN, Feb. 9, 1781.

卑微的境地。

> 烦闷啊！我这被诅咒的命，该走向何方！
> 既没吃的也没住处，还没信用，
> 我决定结束我的职业生涯。

　　奥斯特瓦尔德的回复抽走了勒塞纳手中攥着的最后一根救命稻草。贝勒莱的修道院院长已经写信告知，白衣修道院未来没有什么职位空缺的希望；而纳沙泰尔印刷公司也没什么帮助可以提供，因为公司的生意陷入低迷，这是间接受到美国独立革命的不良影响。而且，该公司还很担心屈涅的支票问题，他在卢浮的店还没开门，这是该公司在巴黎的代理商冈德·德·拉舍纳勒报告的消息，该公司还是在勒塞纳的推荐下聘用了冈德。[1] 然而不久之后，冈德在店里发现了屈涅夫妇，他们的店刚刚开张，得到了警方的全力支持，当然支持是秘密进行的。屈涅夫妇二人谈及未来前景还和往常一样积极乐观，他们称多亏受勒努瓦的庇护，他们还指望能继续跟纳沙泰尔印刷公司多做生意，还说他们会把三张总价值 664 里弗赫的支票全部兑现，这三张支票是之前他们开给勒塞纳来支付书款的。冈德是地下书籍贸易的老手，给屈涅夫妇来了个运营状况良好证明，但对于勒塞纳他没什么好话可说："我有一说一，他之前做僧侣，在

---

① STN to Le Senne, Feb. 25, 1781.

鲁昂的圣约（St. Yon）关了十年，据我听知，他就是个恶棍……他在这儿的名声很差，据说为人不正派，道德败坏。"[1]

但这样的提醒对纳沙泰尔印刷公司而言完全没必要，因为冈德提到三张支票的事情已能说明一切。勒塞纳只把屈涅开出的三张支票中的两张签转给了公司：一张 262 里弗赫，1781年 6 月到期；另一张 200 里弗赫，1781 年 8 月到期。第三张他自己留着了，价值 202 里弗赫零 1 苏，而且是最早到期的一张，到期时间是 1781 年 4 月。他在离开巴黎的前夜急需现金，将瑞士来的书统统卖给了屈涅，而不是如他给奥斯特瓦尔德的信中所说的只有 2/3 的书。他把 202 里弗赫的支票签转给了寡妇包普莱斯，这样他不在的时候她就能在支票到期时兑现。同时他告诉纳沙泰尔印刷公司，自己一旦从客户那里收到钱就立刻交给公司。因此，勒塞纳所谓的在屈涅店里所占的这笔"份额"其实只是价值 202 里弗赫的图书抵押，而这些书其实是纳沙泰尔印刷公司的，勒塞纳却错误地盘算着要在 4 月通过包普莱斯夫人把这笔款收回。奥斯特瓦尔德因此指示冈德来挫败这位"圣徒"的盘算，让屈涅暂时不支付 202 里弗赫的款项。[2]

冈德的做法更绝。一日他趁寡妇到屈涅店里来了个突袭，当她拿出支票时，冈德一把夺了去，还对她恶语相向，好一番

---

① Quandet de Lachenal to STN, March 7, 1781.

② STN to Quandet, March 11, 1781.

斥责，然后趾高气扬地去了一位名叫谢农（Chesnon）的警官家，要求警官没收这张支票作为诈骗的证据。事实上，正如冈德给纳沙泰尔印刷公司的信中所说，他并无权力采取这样的行动，谢农之所以如此配合，是因为他是屈涅与警方之间的联络员。若严格按照法律，这张支票规定屈涅应当支付给寡妇包普莱斯202里弗赫零1苏。作为这张支票的受让人，她有权坚持要对方支付这笔钱，最终留纳沙泰尔印刷公司去解决这笔债务。瑞士方面对勒塞纳没有任何正式的权利可以伸张，因为他很巧妙地把自己的债务都转嫁到了屈涅头上，压根没有给纳沙泰尔印刷公司寄出任何他自己的支票。当然，瑞士公司可以诈骗罪来对他追责，但首先得逼他从藏匿之处现形，而他几乎每周都换个地方躲藏；而且，即便他们让他落网了，他也会以煽动写作的罪名入狱，没有任何资源能偿还他的欠债。如此一来，瑞士公司得沿两条线小心行事：设法劝服勒塞纳，让寡妇包普莱斯放弃对这202里弗赫的法律权利，之后他们还要给屈涅施压以拿到这笔钱，尽管屈涅要负责的对象是那个不见踪影的勒塞纳而不是公司。这两个"可怜鬼"在格拉布街混了这么长时间，对于道德施压肯定是有很强的抵抗力，但纳沙泰尔印刷公司可以利用勒塞纳对一份工作的需要和屈涅对盗版书的渴望来让他俩就范。①

---

① 对侵勒塞纳侵吞财产的分析主要是基于纳沙泰尔印刷公司与冈德的通信，特别是纳沙泰尔印刷公司写于1781年3月11日的信，及冈德分别写于1781年3月23日和4月2日的信。

就在冈德突袭寡妇包普莱斯后不久，纳沙泰尔印刷公司致信勒塞纳，要求寡妇放弃对这笔钱的权利。勒塞纳意识到对方智胜一筹，自己是败了，于是同意放弃这张支票，并试图将这场争夺的责任转嫁到冈德和屈涅夫妇头上。他们就是一群流氓无赖，他写道，纳沙泰尔印刷公司能从他们那儿抽身而不受什么损失已是万幸。当然，首先是他介绍纳沙泰尔印刷公司给这些人的，他自己也没能察觉他们的不端；"但这一天天谁还没上当受骗过？"接着他就开始解释自己在这场纠葛当中的角色，啰里啰唆，内容混乱，很难令人信服，然后又转到自己可以如何为纳沙泰尔印刷公司提供帮助这个乐观的话题上去了。他刚刚收到达朗贝尔的来信，信中说他还打算通过纳沙泰尔印刷公司出版自己的作品。他还在敌方阵营发现了一项更有利可图的事业：他与一个教会阶层关系密切，该阶层需要再版几部祷告书，其中一本祷告书需要印 1 万册。若纳沙泰尔印刷公司感兴趣，可以写信给他，他此刻在特鲁瓦。他刚刚到达，设法从普罗万拖着病躯行路 40 英里来到这里；他显然想在那儿待上一段时间，但很快还要顺道去一下兰斯。①

很快，冈德报告称，寡妇包普莱斯同意放弃兑现支票，现在纳沙泰尔印刷公司就剩下屈涅要对付了。屈涅的店看起来前景不错，因为在 4 月 2 日屈涅通知公司，生意已成功起步。勒努瓦像之前一样愿意保护这家店，因为他知道，"我跟那位勒

---

① Le Senne to STN, April 23, 1781.

塞纳神父的关系是清白的，我根本不知道也从未以任何形式卷入那些算在他头上的罪行。我对这些一无所知，压根儿也不想知道"。纳沙泰尔印刷公司的书全部都还在屈涅手里，他对于自己的欠债也就爽快地认账了。他只求纳沙泰尔印刷公司能宽限一下202里弗赫的支票支付，这个请求也不过分，考虑到之前对付勒塞纳的困难还有店铺开张的延迟。① 纳沙泰尔印刷公司同意延期支付，如此一来，公司与勒塞纳之间的财务问题就解决了。瑞士方面告诉屈涅，他们准备彻底放弃这个东躲西藏的神父："我们现在已经完全不想给他在我们这里找任何工作了。"②

但勒塞纳神父不会轻易让自己被放弃。随着纳沙泰尔印刷公司和屈涅达成了协议，公司与勒塞纳的通信也就没那么积极了，勒塞纳提到的出版祷告书的事情让公司对他保有一线残存的兴趣，他也就源源不断地提出更多新的项目和提议。1781年5月8日，勒塞纳回到了特鲁瓦，称他总结出一个教训，那就是："像冈德和屈涅这种书籍走私贩子只配受到思想家的唾弃和彻底的鄙视。"关于出版祷告书的事情，他正和熙笃（Cîteaux）修道院院长商议，估计能够让院长选择纳沙泰尔印

---

① Cugnet to STN，April 2，1781. 屈涅补充说勒塞纳在巴黎"名声很糟"，解释称他从勒塞纳那儿买过书，因为这位神父无法支付运费，还因为布勒坦神父一开始在书抵达布鲁诺伊的时候支付了运费，但要求先偿还这笔运费才会将货放行。因此，不管勒塞纳给纳沙泰尔印刷公司的信中是如何写的，他根本从未拥有这批书，在他逃离法国的时候极有可能穷困潦倒。

② STN to Cugnet，April 8，1781.

刷公司而不是另外两家也有意愿的法国出版公司来接这项工作。不幸的是，约瑟夫二世刮起的所谓开明专制之风禁止神圣罗马帝国域内的修道院购进祷告书。这一禁令让新版祷告书失去了100家熙笃会①修道院的市场，因此院长迟迟不肯委托出版。与此同时，勒塞纳又提议出版一些绝佳的文稿：一部名为《1780年法国政务》，还有《伏尔泰文集》，肯定会赚钱，因为达朗贝尔已经承诺会安排在法国出售500册。勒塞纳还想着能"领圣俸，好有钱吃饭"，结尾又恳请公司能在瑞士不管哪家修道院给他谋一份职，或是在伯尔尼、索勒尔（Soleure）谋一份教职也行，若是在波朗特伊（Porrentruy）和弗里堡（Fribourg）没有可能的话。

纳沙泰尔印刷公司回信表示感兴趣，但对支付任何出版祷告书预付款的事情表示谨慎，对此勒塞纳再次保证称，所有成本都将由熙笃会承担，而且市场需求很大，因为有1500家修道院在使用熙笃会教仪，这还不包括德国境内处于神圣罗马帝国皇帝禁令之下的100家。他敦促纳沙泰尔印刷公司去争取这项出版工作，写信给他详述一下所提的条件，他会将其转告给教士团的领导并在熙笃为公司争取机会。瑞士方面回应了他的建议，表示愿意购买一副新的印刷铅字版，前提是院长同意出钱资助8000册的印刷。但这个计划最后没什么结果，显然勒

---

① 又名西多会，罗马天主教修士会，其创始人是本笃会修士，1098年来到法国东部勃艮第第戎附近名叫熙笃（Cîteaux，又名西多）的地方创建新修院，因此得名。——译者注

塞纳夸大了他在熙笃的影响力。事实貌似是，他在那儿只认识一个僧侣，此人拿出了几页新祷告书的草稿，希望能说服修道院院长授权他创作这部新作品，再由勒塞纳来安排出版事宜。[①] 这项事业最后两头都没成，但的确是一个宏大的计划，它暴露了 18 世纪末出版业赤裸裸的逐利性质。纳沙泰尔的出版商们在整个 16 世纪都在生产激进的新教宣传作品。17 世纪，奥斯特瓦尔德的一位前辈出版了一本注释版的《圣经》，该书在全法国受批评、遭禁。奥斯特瓦尔德认识多位哲学思想家，而且和他们理念一致。然而，只要足够赚钱，这位受启蒙思想影响的新教出版商会很乐意听从一位持反教会立场的神父建议，为熙笃会出版一本祷告书。

勒塞纳还有很多其他建议。他继续推进他的"法国政务"出版计划，该书将包括"对过去 20 年有关法国公共治理道德与实务方面作品的系统研究……马勒泽布先生已经看过，认为很不错"。[②] 这是一本法国重农主义作品集——在马勒泽布的亲自指导下完成，从 500 卷凝练至两卷，勒塞纳在信中不无得意地如此写到。他补充说，他还能为《现代欧洲自查理五世到约瑟夫二世的历史、批判与哲学论述》写一篇序，要是纳沙泰尔印刷公司感兴趣的话。最后，他还可以在纳沙泰尔印刷

---

① 关于祷告书计划，见 Le Senne to STN，May 17，June 2，and July 17，1781；and STN to the Abbot of Cîteaux，June 2，1781. 这位院长根本没有回复纳沙泰尔印刷公司的来信。

② Le Senne to STN，May 25，1781.

公司书籍走私业务方面发挥作用，因为他发现了一个非常简单、安全的方法将书偷运进巴黎，这就是通过圣丹尼斯的一个杂货商作为中间人。① 对于这些提议，纳沙泰尔印刷公司甚至连信都未回，但勒塞纳不论怎样还是把"法国政务"的文稿寄了过去，想着只要对方读了就会想要买下来。尽管他连付邮费的钱都不够（他让一位正好要去瑞士的朋友带了去），但他还估算着，要是能投资印刷一部关于教育的作品一定能赚钱，他已经开始筹备了。但他对即将到来的秋天感到忧心。他不想再在冬日居无定所、疾病缠身了，因此得赶紧找到"一份生计，哪怕是暂时的也好，尽管焦虑是一直会有的"。或许纳沙泰尔印刷公司会让他试着在特鲁瓦兜售他们的书，要么能给他在普鲁士找份工作也说不定。他知道该公司在普鲁士有关系，那儿说不定会有像"哲学王"的二等、三等图书管理员这样的职位。②

纳沙泰尔印刷公司没有回复这个请求，之后的也没有。11月底，勒塞纳又试了一次，想探一探他的文稿怎么样了，请求纳沙泰尔印刷公司给他回信，信中自称"在理查德先生处的于贝尔神父先生，领薪教师，特鲁瓦圣艾蒂安大圣堂对面"。③ 他显然开始用"于贝尔"这个化名，而且找到了一份教职。奥斯特瓦尔德终于回了信，称纳沙泰尔印刷公司愿意出版勒塞

① Le Senne to STN, July 11, 1781.

② Le Senne to STN, Aug. 27, 1781.

③ Le Senne to STN, Nov. 26, 1781.

纳的书，但条件是勒塞纳必须能够预支全部的出版费用，他可以设法说服特鲁瓦的什么人来支持他以筹到这笔资金。[1] 若勒塞纳之前所言为实，他在特鲁瓦已经找到了支持者，那么到12月22日他又失去了这些支持，他从42英里之外的欧塞尔写信给公司，恳求公司能出钱出版他的作品，或是帮他把文稿转卖给别家出版商，要么买下另一部文稿"论道德——供青年人之用"，要么帮他在纳沙泰尔建一座小学校。他显然又一次陷入绝望，而且在特鲁瓦惹上了麻烦。由于他在欧塞尔只是"路过"，他请求纳沙泰尔印刷公司写信给他"就简单称……在沙尔东先生（M. Charton）处的包普莱斯先生，彭色洛街（rue de Poncelot），欧塞尔，上面不要出现我的真名"。[2]

然而十周之后，勒塞纳还在欧塞尔，以"包普莱斯，年轻人的导师"的身份生活着，而且情况有所好转。他解释道："包普莱斯是我的母姓，我觉得有必要用这个名字来躲开那些善妒、纠缠的人。我在这个镇子上寻得一个糊口之计，教授数学和文法。当然，我常常感到自己如行尸走肉，但我好歹在工作，算是个有用的人……我不期待什么上天眷顾了，世事证明恰恰相反。但既然人不能指责天意无情，就得忍受在希望与绝望间浮浮沉沉。我想这是一个绝佳的哲学

---

① STN to Le Senne, Dec. 9, 1781.

② Le Senne to STN, Dec. 22, 1781.

信条。"① 这是无助、无奈的哲学，是"可怜鬼"的哲学。

> 我该何去何从？我在哪儿，未来又会怎样？
> 出身困窘，被推入茫茫人海，
> 如一粒种子随风飘零，
> 我能在哪片土地上生长？

勒塞纳还一直通过老友魁昆库尔了解巴黎的情况，只要文学市场一有什么可为的机会，魁昆库尔就会提醒他。1782年春天，最佳的投机机会依然是反教会的主题，勒塞纳继续提议出版攻击教会上层财富、渎职和专制的作品。但此时瑞士方面已经懒得再回复勒塞纳写来的很多信了，尽管他指责他们"对作家的境况极端漠然"，批评他们没能意识到有关时事热点的政治文章可以多么畅销："这些类型的书籍要比那些最优秀的书籍畅销多了。"② 尽管如此，勒塞纳还在继续提供文稿，其中包括两部关于教会史的作品，还有一部"道德问答"的"学习教程"，改编自达朗贝尔的作品，受到了达朗贝尔的准许和支持。③ 纳沙泰尔印刷公司同意，这样一位响当当的大人物的作品无论哪一本都能名利双收，但在通过冈德·德·拉舍

---

① Le Senne to STN, March 17, 1782.

② Le Senne to STN, June 4, 1782. 另见勒塞纳写于1782年4月3日、4月25日、6月23日和8月2日的信。

③ Le Senne to STN, June 23 and Aug. 8, 1782.

纳勒私下里进行了一些市场调查之后，该公司还是放弃了这项计划。冈德跟他在巴黎的作家和书商熟人打探，向公司报告称，达朗贝尔已星光黯淡："先生们，尽管达朗贝尔依然为显赫的声名所萦绕，但我斗胆建议您只支付他作品要价的一半。他的散文（杂文）在这儿就算是做废纸都没人愿买。除此之外，据我的判断还有来自其他人的评价，他的几何学作品，也是公认他最优秀的作品，远远没有体现出类似于开普勒、牛顿等卓越人物的深厚才情。"① 随着纳沙泰尔印刷公司对出版达朗贝尔作品的想法渐渐失去热情，自然也对勒塞纳想要通过自己的散文来体现达朗贝尔作品的提议提不起兴趣。

然而，一如既往地，神父又卷土重来，提出了新的计划。他给一位本地青年作家灌输书籍贸易多有趣味、多有利润的想法，这位年轻人迫切地想要开一家书店，将由他一位富有而年长、没有子嗣的亲戚出资，这位亲戚很宠溺他，准备留给他一笔财产。勒塞纳将扮演这项事业的守护天使，确保该书店能为纳沙泰尔印刷公司出版的书籍提供一个重要销路，只要瑞士方面愿意为其供货。"这可不是屈涅那种生意"，他写得颇有吸引力的样子。② 但纳沙泰尔印刷公司已经得了教训，至少要对这种"提点子的人"怀有戒心。公司忽略了勒塞纳的这一提议，干脆不再回复他的来信，看看他会不会因此不那么积极地提建议。

---

① Quandet to STN, Oct. 2, 1782.

② Le Senne to STN, Aug. 15, 1782.

纳沙泰尔印刷公司的这一策略终于有了成效，勒塞纳神父不再像之前那样没完没了地提议了——至少是转向了其他有联系的出版商，包括瑞士的、阿维尼翁的、低地国家的，还有英国的。但在1784年4月，勒塞纳又做了一次尝试，试图引起纳沙泰尔印刷公司的投资欲。他人还在欧塞尔，讨得了一位名叫小福涅尔（Fournier fils）的书商的欢心，此人"富有、活跃，还很博学"。福涅尔创立了一个名为"文学坊"的书籍俱乐部，此类俱乐部当时在全法国如雨后春笋般涌现，这个俱乐部可以存储并大规模销售纳沙泰尔印刷公司的书籍。勒塞纳还询问瑞士方面，他两年前寄去纳沙泰尔的文稿当中有没有什么让他们感兴趣的。他愿意放弃对这些文稿的所有权利，以换取一些免费的书。但他看上去已经不那么缺钱了。他还做着教职，而且设法骗到了一份每年1000里弗赫的教会年金。也许是因为有了这笔年金，勒塞纳的信中又添了一份虔敬的意味，他现在的口气听上去几乎是全心全意地投入有关达朗贝尔的事情上，而这位思想家已经于1783年10月29日过世，作为一位非基督徒被葬在一处无名的墓地。据勒塞纳说，达朗贝尔在去世的六周前曾给他写信，表示计划要通过纳沙泰尔印刷公司出版自己的作品。尽管达朗贝尔当时病重，无法修改文稿，但他想先启动这项计划，希望勒塞纳能去纳沙泰尔安排此事。但勒塞纳还未动身，就传来了他的保护人去世的噩耗——"有人说，他的去世令真正虔诚的教徒伤心，因他丝毫没有悔过的意思，没有撤回［他那不符合基督教精神的哲学思想］。唯有上帝才有资格裁判他。但达朗贝尔先生要是对臭名昭著的伏尔泰先生不那么尊崇的话，他也还是会一样伟大的"。[1] 勒塞纳神父似乎忘记了他早年在格拉布街的时候，曾在达朗贝尔的指导下尝试编撰一部伏尔泰文集。

然而五个月后，他又回归到伏尔泰笔下"可怜鬼"的样子。他又上路开始了逃亡生活。他从欧塞尔附近的莫内图（Monetau）写信，说他在欧塞尔所属的教士团体遭到查禁，他的年金和教职都泡汤了。他再一次祈求纳沙泰尔印刷公司为他在弗里堡介绍一份工作，并提议用一个新标题出版一部旧作："《法国教牧财政收入》……这篇介绍性的文章旨在让公众对教牧群体的财富有个正确的认识。"[2] 他请瑞士方面回信寄到一个新的转发地址，但他们再也没有回复，之后也再未收到他的来信了。

勒塞纳体现了伏尔泰本人赋予"可怜鬼"的道德特质："我们听说，作家伏尔泰在1758年自娱自乐地写了这首诗，目的是拦住一位青年，这位青年受到文人事业的危险蛊惑，燃起热情想要写诗成才。被这种乐观的热情毁掉的人实在是太多了……他们以诗歌和希望为生，却在困窘中死去。"[3] 勒塞纳神父也有可能是拉摩侄儿的同席人："一群不光彩的乞丐，一无是处的寄生虫，胆小怯懦之徒，我为能做他们英勇的统帅而

---

① Le Senne to STN, April 26, 1784.
② Le Senne to STN, Sept. 18, 1784.
③ "Le Pauvre Diable," p. 99.

感到荣幸。我们表现得轻松愉悦，但内心深处积怨已深，特别是还饥肠辘辘。我们比饿狼更饥饿，比猛虎更残暴。"[1] 事实上，勒塞纳是"可怜鬼"的完美代表，他的生涯帮我们进一步了解这个形象。正如我们要想更深地理解蒲柏和斯威夫特的讽刺文章，就得联系到伦敦的格拉布街的语境。[2] 同样，我们若要理解伏尔泰和狄德罗的作品，就需要探究他们所写主题背后的环境。他们笔下的代笔作家成了大家的笑柄，一个文人小丑，然后给自己的对手安上这样一个形象。但与他们为伍的人当中其实有大量的代笔作家。文人世界里充斥着"可怜鬼"，都是有血有肉的鲜活人物，他们苦苦挣扎想要维持悲惨的生活，无论什么杂事小活都愿意接——编文集、为杂志报纸写文章、兜售文稿、偷运禁书、为警方做探子。做个"可怜鬼"是一种生活方式，但难以重现其面貌，因为代笔文人大多一文不名，随着时光流逝，其状态越发难以窥见。勒塞纳的例子因此就显得格外重要，他是这个群体的典型代表。尽管他出产了大量的文章、政治小册子还有书，但若不是他的卷宗在纳沙泰尔印刷公司的档案中得以留存，他的故事也就遁入历史无法还原了。翻阅这卷档案就是了解低等文学世界最底层的生活，一如伏尔泰对其不无轻蔑的称呼。

从勒塞纳给纳沙泰尔印刷公司没完没了的提议可以看出，

---

① Denis Diderot, *Le Neveu de Rameau*, ed. Georges Monval（Paris, 1891），p. 91.

② Pat Rogers, *Grub Street: Studies in A Subculture*（London, 1972）.

他就是一个主意贩子，一个"有点子的人"。他提出各式各样、有大有小的计划——小说、史作、专著、游记、政治小册子，任何他觉得会畅销的作品。但在勒塞纳的推销话语中，他强调最有利润的书籍是"那些抨击成见的作品"，[1] 且他的大多数提议表达了一些启蒙运动的主题。他普及启蒙思想家的作品，既是间接的，如他建议出版一部关于宗教战争的哲学史作品，又是直接的，如他计划出版一系列重农主义作品、一部伏尔泰文集、一部有关公共治理的作品（获得了马勒泽布的支持），还有一篇关于教育和道德的文章（受了达朗贝尔的启发）。

在勒塞纳的哲学计划库里，最突出的一个主题是将教会拉下圣坛。勒塞纳是一个反教会的神父，是在启蒙运动的热情支持者当中占相当大比重的神父当中的一员，他集中火力批判"教会专制"及教会上层的财富。他在1780年的法国教牧大会期间就该主题所进行的撰文活动让他吃了一纸敕令，在之后的两年里被迫在乡下四处逃亡，就像遭猎捕的动物一样。他在一些同情他遭遇的神父那里藏身，像沙特尔的杜福赛神父和普罗万的法德尔神父，事实上他似乎和全法国不满现状的教牧人士都有联系。因此，他在筹划反教会作品"教牧准则"时收到数百封神父的来信。他对此评价称，法国的神父人人都会疯抢这部作品，主教则人人都想控诉它。他常常提及像他一样兜

---

[1]　Le Senne to STN, May 27, 1780.

售或购买反教会宣传作品的小神父：布勒坦神父曾为屈涅存货，一位来自"王室"（Chez-le-Roi）的神父也和屈涅的店有些关系，朗文神父暗中出售反对主教的宣传作品，博纳丹学院的吉鲁买入像《教会的不宽容》这样的作品。这些人印证了一个"地下教会"的存在，[①] 而其重要性超出人们的普遍认识。因为勒塞纳与他的同僚不仅表达了那些处在教会等级体系低层的人的失望与不满，而且代表了一种思想理念，这种思想超越了里歇尔主义[②]直抵伏尔泰主义，为教会等级内部那些被边缘化的"可怜鬼"知识分子发声。尽管勒塞纳所说的由1720 位神父组成的关系网不无夸张的成分，但他为造成1789年第一阶级分裂的一波宣传做出了贡献。

但在纳沙泰尔印刷公司眼里，勒塞纳主要还是一个无名小思想家，是达朗贝尔圈里的附庸，而不是一个异见教士。尽管勒塞纳也许夸大了他跟达朗贝尔的亲近程度，但他肯定是得到了这位启蒙思想家的庇护和赞助，而且作为回报做了各种工作。他们二人之间的互惠互利关系值得我们特别注意，因为大思想家需要别人的协助来对抗"人类之耻"。勒塞纳一直向纳

---

① 有关这一主题，参见 John MacManners, *French Ecclesiastical Society Under the Old Regime: A Study of Angers in the Eighteenth Century* (Manchester, 1960), chaps. 9 – 11.

② Richerism, 受法国神学家埃德蒙·里歇尔（Edmond Richer, 1560 ~ 1631）影响的思想，捍卫法国天主教会独立于罗马教皇的地位，主张共同体自治，主张教会各层级的成员应当服从该层级成员组成的议会，这股思潮对下层教牧群体影响较大，促使其反对教会上层的专制权力。——译者注

沙泰尔印刷公司推荐的哲学文稿很有可能根本不是达朗贝尔出品，尽管他有时会提到某篇文稿得到了达朗贝尔的修订或是代表了达朗贝尔的观点。但达朗贝尔显然也想让这些无名笔杆子来推广他的思想。与伏尔泰的书信往来表明，两位启蒙思想家都努力让自己的门客占领战略要位，败坏反对自己理念的敌手的名声，传播哲学思想。[①] 通过协助达朗贝尔的事业，勒塞纳赢得了这位思想家的资助，他之后试着充分利用这份资源。

但达朗贝尔本人没什么理由觉得自己被利用了。如果他能说服纳沙泰尔印刷公司雇了他的这位神父，他就成功地在一个很有影响力的出版公司内部安插了一个自己事业的宣传员。如果他能让瑞士方面将《瑞士报》转变成启蒙思想家阵营的喉舌，让勒塞纳担任其编辑，他就能在很大程度上对抗反启蒙思想家的媒体宣传，这些宣传已经在公众当中引起了极大的反响，这大多是靠朗居埃的新闻宣传才能，他是伏尔泰和达朗贝尔不共戴天的敌人。勒塞纳一开始的提议当中就包括一部从古代哲人到达朗贝尔的哲学思想考察，一部捍卫伏尔泰的作品，还有一篇抨击朗居埃的作品，这些都绝非偶然。在他与纳沙泰尔印刷公司的往来中，新闻报刊方面的事务占了如此重要的地位也不足为怪了。大哲学家想要夺取对公意的控制权。他们准

---

① 除了其中这一主题非常突出的书信本身，还可参见 John N. Pappas, *Voltaire and d'Alembert* (Bloomington, Ind., 1962).

备来一场争夺战——转变思想，改革体制，一雪诋毁之仇——而不仅仅是安安静静地进行哲学思考。于他们而言，启蒙运动是一场传播光明的战斗，所以他们需要文学代理、宣传人、抗辩者、报人，还有像勒塞纳这样的思想"传播者"。

勒塞纳的角色还体现出一点：向法国公众传播启蒙思想是件很有难度的事情。纳沙泰尔印刷公司的主管在决定购买某部文稿之前要先估算出版成本，从书商和文学代理那里确认市场情况，还要杀到一个最好的价格。他们对出版熙笃会祷告书有和出版达朗贝尔作品一样高的热情。事实上，他们最终认定达朗贝尔高估了他的作品的价值，未能与他达成协议。他们不会考虑从勒塞纳这种无名作家手里购买文稿，也不会委托给他创作然后出版，除非他自己能保证支付出版费用，要么预先安排销售，要么能找到投资人来支持。勒塞纳似乎还给一些行事没那么谨慎、名声不怎么好的出版商提供了不少文稿，但也没能从他们那儿得到什么收入。这就是代笔作家面对的困境之一：出价合理的出版商不肯接受他的作品，肯接受他作品的出版商出价又不合理。纳沙泰尔印刷公司也有自己的问题。它必须想办法突破保护法国出版商的行政体制，否则无法进入法国市场，法国出版商自然是他们的竞争对手。假使该公司能安抚好审查官，买通官员，收买自己的竞争对手、法国报刊主们，那么它很有可能会雇勒塞纳来创办法国版的《瑞士报》。但该公司未能克服来自体制和既得利益集团的阻力。从它的失败可以看出，在旧制度治下，新闻出版业的发展受到了多么严重的阻碍，也为1789年新闻业爆发式发展提供了一些解释。

书籍警察、审查官及图书贸易管理局的整个体系都想查禁敌视宗教、具有煽动性、道德败坏的书籍作品，他们也经常这么做。但他们也会扼杀富有创意的文学创作，让出版业受制于巴黎书商行会成员的垄断。凡纳沙泰尔印刷公司想在巴黎卖书，就会遭到行会的反对，因此它只能依靠勒塞纳、屈涅这样在法律边缘试探的人为其效劳。这个策略看起来很不错，因为屈涅背后有警方做靠山；警方也的确在支持他——只要他只经营盗版书、不卖禁书——因为他们在尝试施行政府改革书籍贸易的措施时与行会起了冲突。但我们不应高估屈涅的店的重要性：勒努瓦对店的容忍并不代表警方与地下文学界形成了广泛的联盟。这只体现了政府施行改革时遇到的矛盾、受到的限制。法国政府为了限制那些已确立地位的书商的特权，偶尔会与"可怜鬼"立约，但他们从不会准许大规模的偷运行为发生，也绝不会允许非法书商出售禁书。

据勒塞纳称，禁书是最畅销的一类书，他要求纳沙泰尔印刷公司提供一些宣扬无神论、具有煽动性的作品，比如霍尔巴赫的作品，以及《杜巴里夫人逸闻录》。勒塞纳和他的朋友不会遵照与警方的隐性协议或临时安排来行事，因为他们都是靠地下文学世界的非法活动来谋生的。非法书籍生意已经形成了一个客观存在的产业，这还要拜法国合法出版业的重重限制所赐。这个产业需要人手来处理其商品，于是就从巴黎那些穷困窘迫的文人群体当中招募了代笔写手。想让"可怜鬼"撒手这个行业的禁果，就好比要让豺狼放弃肉。只要出现任何维持生计的资源，勒塞纳都会立刻扑上去。他不仅创作非法作品，还充当其他非法作品作者的代理。格拉布街似乎四处流传着秘密文稿。勒塞纳的信显示，他给法国之外的出版商兜售的材料很多是他的同行作家提供的。这些作品一经出版，勒塞纳就安排偷运通道、秘密仓库还有秘密零售商来协助销售。屈涅的生意仅仅是勒塞纳想要打通地下流通渠道的尝试之一，他还雇用像从圣丹尼斯偷运书籍的杂货商这样的人，还有把书籍存在自己圣尼凯斯街上咖啡店的经理。勒塞纳自己也进口书，很有可能亲自乔装打扮在巴黎各处秘密售卖。他靠着脑子机灵过活，无论谁能给上几个子儿，他都会伸出手。作为一个小册子写手、报人、文学代理、走私商、小贩，勒塞纳身上体现出了地下文学界多样的活动。

这样一种生存状况会让灵魂付出代价。勒塞纳一开始与纳沙泰尔印刷公司就工作的事情进行商讨时，姿态颇为勇敢。他要求该公司文章每一出版页向他支付 24 里弗赫，要有五年期的雇佣保障，要承担他的旅费，还要帮他和家属找一处住所。但很快他就不再谈及要照顾寡妇包普莱斯的事情了，卑躬屈膝，祈求瑞士方面给他提供工作机会，无论什么都行。他主动提出可以徒步前往纳沙泰尔，可以做修订、校稿的工作，还可以接受能开出的任何数额的工资。在纳沙泰尔印刷公司称不能雇他时，他又恳求公司能帮他在别处谋份工作，无论是在贝勒莱、索勒尔、弗里堡还是伯尔尼，不管是做作家、老师还是僧侣——任何工作、任何地方都可以，只要能让他活下去，不进监狱。他祈求能在一家修道院里谋份教职，领一份圣俸，忘了自己之前还抨击过隐修制度以及教会财富分配不公的问题。他在欧塞尔享受了一段短暂的悠闲时光，还以包普莱斯神父的身份领着一份教会的圣俸。此时他谴责伏尔泰对上帝的不敬，好像他之前从没打算要编一套伏尔泰文集似的。之后他在欧塞尔的职位没了，他就重新开始写文章攻击上层教会。"可怜鬼"可没资本顾及立场一致的问题。他们都是待价而沽的商品，若是有幸有人愿意出钱雇他们，最高的出价人要他们写什么他们就写什么。于是他们会在充满争议的问题的两边立场上宣传写作，就像大多数团体的追随者一样，哪一方给钱养他们，他们就跟随哪一方。

但是，他们似乎也并不是平均分成两派的。伏尔泰和狄德罗将笔下的"可怜鬼"刻画成受雇于其敌人——弗雷龙、帕利索（Palissot）等反启蒙人物——的诽谤文人，然而勒塞纳却属于他们的朋友达朗贝尔阵营，而且勒塞纳的经历也显示，他的同道中人更多是政治上的反叛者，而非旧制度的支持人。当然，勒塞纳也许并非其所属群体之典型。这个群体的成员大多太过卑微无名，身后往往不会留下生活过的印记，因此我们几乎不了解他们当中大多数人的所思所为。即使他们留名，也大多数是在警方的报告和巴士底狱的档案里，其中有很多书贩和政治小册子作者的资料。做这个行业随时都有吃上一纸敕令的危险，这让代笔作家和秘密书商不会对政府有什么好感。政府当然也以怀疑的眼光看他们，雇密探和警探来追踪他们的活动。即便不一定是煽动性的，这些活动也往往是非法的，因为"可怜鬼"的专长就是出产和散播非法文学。若有机会，他们也会为政府写作——勒塞纳极有可能的确像他自己所说的那样，给内克尔写过宣传作品——但他们的机遇主要还是在法律的对立面这边。受地下文学世界的吸引，他们毫无抵抗力地被卷入非法活动，成为国家的敌人。

地下文学还吸引了离经叛道之人，甚至还有违法之徒。勒塞纳圈里的人一开始跟纳沙泰尔印刷公司建立联系时，都知道如何树立起文人共和国里正直公民的形象。他们在写给纳沙泰尔印刷公司的推荐信里会互相担保彼此的品格，只要是在如何充分利用这些瑞士人方面他们都会相互合作，维系着一道维护人品的联合阵线。但很快他们就因利益问题而分裂，在后期写给纳沙泰尔印刷公司的信中对彼此的道德做出了与之前截然不同的评价。冈德揭露，屈涅夫妇不惜出卖自己的女儿，就像拉摩的侄儿想要引诱拉摩的妻子一样。屈涅夫妇和冈德写信称勒塞纳是个堕落之徒，曾在牢里蹲了好些年。而勒塞纳又把他们描述成流氓、恶棍、小偷。他们的确欺骗瑞士人更甚，但这另当别论。冈德最终从纳沙泰尔印刷公司那儿骗走了10145里弗赫，最后被一封敕令追杀不得不离开巴黎，屈涅骗到了830里弗赫之后就逃去外省了，这些足够说明问题了。

勒塞纳的坑蒙拐骗所涉金额都很小，但从中可以看出他装腔作势的高姿态与低劣的实际行为之间的强烈对比。每每遭遇失败、受到羞辱之后，他还不得不回来摇尾乞怜。他未能有所突破，过上受人尊敬的体面生活，只得靠做些不光彩的工作，干些小偷小摸的勾当来求生存。靠在文学上拾人牙慧令他身体出了问题——他常抱怨自己身体欠佳、虚弱无力——也损害了他对于自我的认识。当然，我们只能读到他的信，看不到他的心。但从这些信中可以读到他人生触底，他生病，忍饥挨饿，担惊受怕。尽管这些信为了对瑞士人动之以情，其表述都经过了仔细拿捏、精心措辞，我们读的时候需要打个折扣，但其中的确透露出一种痛苦的口气。这些信表明，这位思想家穷困潦倒，在巴黎和逃亡外省的路上贫病交加，忍受着饥饿和恐惧，被迫四处逃亡。要是能多点才能、财富和运气，勒塞纳也许能成为像孔狄亚克、莫雷莱或雷纳尔那样受人尊敬的神父兼思想家。然而他的人生却似乎印证了拉摩的侄儿所做的悲伤思考："我们被厄运紧逼，还残酷至极。"[①] 他堕落成一个罪犯，一个社会的弃儿，忍受着冬日的严寒，在乡下徒步前行，踉踉跄跄，不得不靠人施舍过活，以化名藏身，躲避敕令的追捕，支撑他的唯一希望就是能逃到瑞士的一间小屋躲避，但这个目标比拥有一座西班牙的城堡还要遥不可及。他在逃亡中消失后究竟发生了什么？他有没有参加法国大革命？没人能知道，因为他在1784年消失了，再没留下任何印记。但我们会很容易联想到雅克·卢（Jacques Roux）的追随者，从勒塞纳的经历可

---

① Diderot, *Le Neveu de Rameau*, p. 164.

以看出这些狂热的激进派的愤怒来自何处：那是一种对一个政权发自肺腑、深切的痛恨，这个政权的腐朽已经侵蚀了他们的灵魂。

若要深入"可怜鬼"的内心世界，我们需要把目光从伏尔泰身上移开，他对这些人除了鄙夷没有其他情感，而应该转而关注狄德罗，他曾多年靠做代笔作家为生，充分理解贫困造成的堕落，因此写到理想抱负受挫、失去社会地位还有社会边缘人物时就多了同情之心。《拉摩的侄儿》——一位体面、成功的哲学思想家与一个反叛的格拉布街人才之间的对话——就是狄德罗对"可怜鬼"的回应，后者也是以一个隐含的"我"与"他"之间的对话形式写成。伏尔泰只是通过他的嘲讽来贬低他的敌人，而狄德罗则进入一个更深层的心理现实。事实上，《拉摩的侄儿》可以看作勒塞纳书信的注解，反之亦然；勒塞纳的一生与狄德罗的文学互为镜像，相互印证。

拉摩的侄儿不是什么欢乐的波希米亚人，而是一个饱受折磨的人，除了饱受饥饿之苦，还要承受失败的心理打击。饥饿让他沦为一个专业寄生虫，这种沦落让他坠出社会秩序，处于一种边缘的危险境地："但如果人有食欲是自然的事情——因为我一直都会有食欲，这是我身体内一直都有的一种感觉——那么让我们吃不饱的制度就是糟糕的。这是多么糟糕的经济——一些人能大快朵颐，想吃什么都有；另一些人有同样的食物需求、同样强烈的饥饿感，却没什么东西能吃。"狄德罗奋笔疾书，流淌出来的思想渐渐转向革命。但在路易十五治下，革命还是不可想象的，狄德罗的思想又转回自己的内心。"最糟糕的是，我们的需求迫使我们的体态变得不自然。贫困的人连走路都跟正常人不一样。他会惊跳，卑躬屈膝，局促不安地扭动身体，在地上爬。他活这一生会有一些奇奇怪怪的姿势。"① 拉摩的侄儿（他）坦言，这种畏畏缩缩、卑躬屈膝的生活伤害了他的尊严。

> 我：你竟然还谈尊严，我觉得好笑。
>
> 他：每个人都有尊严。我很乐意忘记自己还有尊严，但这是由我决定的，而不是其他什么人。难道得有人跟我讲：趴下，然后我就必须在地上爬吗？这是蠕虫的姿态，但也是我自己的选择。若无人来犯，我们自然就是这个姿态，但要是有人踩到我们的尾巴，我们就会一跃而起。②

谈蠕虫起义是件可笑的事情。但即使蠕虫无法一下子推翻政权，也可以慢慢侵蚀之。拉摩的侄儿进一步说，他们报仇是以一种"乞丐的哑剧"的形式，讽喻高雅社会（上流社会）一切体面和高尚的东西。他通过嘲讽自己的赞助人挽回了一些自尊；他犯下了比喻意义上的罪行但逃脱了惩罚，因他完美地扮演了这样一个角色——将行为不端伪装成游戏的一部分而为

---

① Diderot, *Le Neveu de Rameau*, pp. 165 – 166.

② Diderot, *Le Neveu de Rameau*, p. 47.

人所接受。他将自己打造成上流社会最极致的小丑，就像宫廷里的弄臣，或是沙龙的滑稽演员，给人造成伤害还能以逗笑的名义称无辜。但他也伤害了他自己。加之自身的怪异表现将他排除在体面的范围之外，排除在社会之外，进入一种霍布斯笔下的自然状态，这里口腹之欲统治一切。拉摩的侄儿和他的同类生活在一个道德的荒原上，所以他们围在赞助人的桌旁时举止都像动物："有人愿意提携照顾我们时，他难道不知道我们什么样——腐化、邪恶还背信弃义？要是他了解我们，一切就好说。存在这样一个默契，他会善待我们，但我们早晚会对他以怨报德。这难道不是人与他养的猴子或是鹦鹉之间的默契？……要是我们明明道德败坏还假装受人尊敬，您又会怎么看我们？您会觉得我们疯了。指望那些生来邪恶、地位低下的卑劣之徒能行为高尚，这合理吗？在这个世界上万事都有代价。世上有两个检察官：一个是您家门口的，惩罚那些社会犯罪的人；另一个是自然。后一个对所有逃脱法律制裁的罪恶都了如指掌。"① 拉摩的侄儿对自己的堕落如此直言不讳、毫不留情，而且坦然接受，如此一来就断然放弃了人性。他牺牲了灵魂来填饱肚皮。这种牺牲让他痛苦，因为他知道他毁掉了自己最关键的部分。这种自我伤害一定也深深地折磨着勒塞纳，特别是在他为了不沦落街头苦苦挣扎、以"包普莱斯，年轻人的导师"示人的时候，以及他一边兜售他已过世的庇护人

---

① Diderot, *Le Neveu de Rameau*, pp. 109, 113.

达朗贝尔的作品，一边又诋毁他不敬上帝的时候。

《拉摩的侄儿》属于法国文学的一条地下暗流，从维永（Villon）一直到热内（Renet）。但它也体现了一些勒塞纳世界专有的特性。拉摩的侄儿在提出他的那套反社会伦理道德时，也道出了格拉布街不成文的法则。他将自己置于体面社会的边缘，为文学写手下了定义。他揭露了上流社会的虚伪，发泄出代笔作家对导致其堕落的那个制度的深恶痛绝之情。尽管显得夸张，但拉摩的侄儿代表了18世纪文学生活的一个重要方面，文学与生活之间的界限日益模糊。为了创作这个人物形象，狄德罗得将很多人的生活进行提炼，其中也包括他自己。但仅从文本是看不到原型的。看看一个现实中的"可怜鬼"跌跌撞撞地克服其生涯当中的重重困难，我们就能理解为何"可怜鬼"的主题会成为一个如此重要的文学命题。它代表了很多作家的人生经历。反过来，我们也可以通过读狄德罗的作品来想象像勒塞纳这样的人的内心世界。当然，勒塞纳的所思与所感是否与拉摩的侄儿一样，我们无从得知。我们只能说，《拉摩的侄儿》以一种拔高、虚构的形式表达了"可怜鬼"的思想。但若认为狄德罗的作品与了解一个真实的历史人物无关而予以否定，则是放弃了洞悉历史的一个重要来源。历史与文学应当暂时放下对对方的不信任，转而互为支持。《拉摩的侄儿》体现了勒塞纳人生的心理层面，而勒塞纳的一生体现了《拉摩的侄儿》的社会语境。放在一起来看，二者能帮助我们了解格拉布街的生存斗争以及法国大革命前夕撕扯着文人共和国的紧张状态。

第四章

一位外省的秘密书商

尽管旧制度时期的秘密书籍贸易已经引起了几位学者的兴趣，但还没人能发现足够的信息来说明到底是哪些书在"遮遮掩掩"地传播，也没能发现交易这些书的隐蔽人物。对地下文学世界的研究都是从政府的角度进行的——这也难免，因为档案记录几乎全都来源于负责查禁非法书籍的政府机构。但在纳沙泰尔印刷公司的档案中，秘密书商的形象更加丰富，他们都在费力应付普通人的问题——疾病、债务、孤独、失败，其中最难的是这个行业太难做所造成的挫败和失意。通过探究其中一个人的世界，我们可以窥见整个地下世界是如何运转的，看看它为一个平常镇子里的普通读者提供了什么阅读材料。

纳沙泰尔印刷公司是在法国边境上出现的众多出版公司当中的一家，为法国人提供那些在法国境内无法安全、合法出版的书籍。这些出版商当中，有的专门经营业内所谓"哲学书籍"——下流、亵渎宗教或是煽动性的作品。另有一些出版商则印刷廉价盗版书籍，盗版那些法国出版商凭借一种相当于版权的"特许权"进行销售的作品。这两类生意纳沙泰尔印刷公司都有所涉及。它经常从无名作家那里收到文稿，这些作家想安全而成本低廉地出版书，之后再由该公司通过地下渠道将书偷运到他们手里。这样的一封提议就在 1781 年 4 月 14 日从托内尔城（Tonnerre）寄来，落款是"德·穆维兰（De Mauvelain），一位乡绅"。穆维兰想印"一本关于僧侣的小册子"，① 是一位名叫雅克－皮埃尔·布里索·德·瓦维耶的朋友向他推荐了纳沙泰尔印刷公司，布里索是吉伦特派未来的领导人，此时正努力建立自己的文人地位，聘了纳沙泰尔印刷公司来出版他的第一部哲学思想作品。纳沙泰尔印刷公司接受了穆维兰的提议，穆维兰回信称他很高兴与该公司建立了联系，他会扩充他的小册子，加上一封"关于法国监狱状况的信"，② 而这还只是他出版计划的开篇。他接连不断地写了一连串信，喋喋不休地提着新的建议和计划，建构出一位勤奋学者—思想家的形象。事实上，他太过勤奋，整日扑在旧文稿上，思考终极真理，结果把身体都毁了。他的疾病是通信的另一大内容："太长时间的久坐令体液停流；身体的血脉瘀堵，引起头痛，胃不舒服，整个身体都紊乱。"③

但穆维兰可不是什么书斋隐士。从他的写作可以看出他是一个见过世面的人。1782 年，他宣布搬到特鲁瓦，在那儿他是最高雅的上层社交聚会的常客。他放弃了早前的计划，写信

---

① Mauvelain to STN, April 14, 1781.

② Mauvelain to STN, May 8, 1781.

③ Mauvelain to STN, June 5, 1781.

推荐本地一位名叫米隆（Millon）的律师，这位想出版一本哲学专著。"他不是什么大才子，也没什么风度，不懂在社交场合如何表现，这不奇怪，因为他只是个旅店老板的儿子……但他有钱，和他做生意就没什么财务风险。"[1] 由此看来，穆维兰也是一个势利眼。从他写的这些信可以看出，他高高在上的心态很明显。但这种信在 18 世纪出版商的通信中很常见，他们靠这些信来免于上当受骗。秘密书籍贸易因欠钱不还的人和骗子所蒙受的损失要比警方制造的麻烦多得多，因此在书商的通信当中信任一词反复出现，成了一个主题词。他们会给予客户信任也会收回信任，其信任程度都会依照客户的可信度仔细拿捏。

穆维兰在第二封信中又做回了推荐人，他美言了某位叫布维（Bouvet）的人，此人据他所写是当地最重要的书商。他说，他正租着布维的房子，这位书商迫切地想要增加他的库存，就请穆维兰将自己推荐给纳沙泰尔印刷公司。穆维兰写道："我很高兴推荐他，因为他是个很正经得体的小伙子，付款肯定很利索大方，甚至会很丰厚。我承诺我会保证这一点。"[2] 穆维兰明白地表示，自己只是作为一个贵族作家来帮助一位平民友人而已，他会保证瑞士方面不会信错人。他会如猎鹰般盯着自己的房东，万一他未能按时支付纳沙泰尔印刷公

---

[1]　Mauvelain to STN, May 19, 1782.

[2]　Mauvelain to STN, Jan. 10, 1783.

司的费用，自己就拒绝支付租金。他如此热切地期盼能为纳沙泰尔印刷公司效劳，愿意负责处理该公司与布维的一切业务：他将向该公司通报布维所有的订单（后来发现布维反正也不太会写字），会确保订单支付，甚至还会负责接收寄来的书货，因为货箱寄给一位受人尊重的贵族绅士更不易引起警方的怀疑。

穆维兰偶尔自己也会订一些书，作为给某些朋友的好处。其实，他现在就想要 38 部作品。这涵盖了多个主题——纯文学、历史、自然历史等；其中还包括几本禁书，如《路易十五的奢华》（*Les Fastes de Louis XV*）和《密探被劫》（*L'Espion dévalisé*），穆维兰装作不经意地将其加到了自己的购书订单中，就好像在试探纳沙泰尔印刷公司是否愿意并且是否有能力提供这些书。布维的订单穆维兰写在了另一封信里一并寄出，其中包含的非法文学更多——《杜巴里夫人逸闻录》、《修道院的维纳斯》、《娼妓》（*La Fille de joie*）、《三个冒牌货》（*Les Trois imposteurs*）等。布维需要赶在 3 月 15 日特鲁瓦展销会开幕时拿到这些书，如果第一批书能顺利躲过当局的审查，穆维兰宣布："我们之后就能再合作一笔可观的生意。"①

一切都进展得非常顺利：货箱于 2 月 6 日离开纳沙泰尔，3 月 12 日抵达了特鲁瓦，这对于秘密偷运 210 英里的货物来说已经算很快了，一路上经过的大多是山峦地带。受了这第一

---

① Mauvelain to STN, Jan. 29, 1783.

次经历的鼓舞，穆维兰开始下了一单又一单，其中禁书的比例越来越高，每一单都忘了寄汇票付款。到他订了第四单的时候，他已经无法再回避付款的问题了。他解释道，对他而言最方便的付款方式是让欠款先累计一段时日，直到他能开出一张巴黎的汇票将其一笔勾销。"请不要担心：一切都会很顺利的……请一定要替我弄到那些禁书。"①

"乡绅德·穆维兰"对待财务问题有着贵族式的随意态度。他承诺的汇票最后没有寄出，而是寄给了纳沙泰尔印刷公司一个野猪头，刚刚猎杀的，"还热乎着"，5月3日寄的，还附了如何处理和食用的说明。野猪头是由公共马车运送的（穆维兰解释称，这种东西冬天可以保存三个月，夏天则是六周），与寄的书一样，它也挺过了这一路的运送。这个野猪头到纳沙泰尔人手里时"状态良好"，他们与"好友"分享了它。② 这样一来就达到了穆维兰的目的，据他说——此时他的语气常常变得更亲密，他这么做是为了巩固他与出版商的友谊。

双方通信的内容非常丰富多彩，充满了流言蜚语和令人吃惊的逸闻（穆维兰曾提到传言，称日内瓦湖水因为勃艮第的一场地震而沸腾，还说路易·梅西埃是死在雷纳尔神父的怀里）。穆维兰的信描绘了关于18世纪富足生活的生动图景。

---

① Mauvelain to STN, April 9, 1783.

② Mauvelain to STN, May 3 and June 7, 1783.

信中的穆维兰的形象是一个 40 岁出头、魁梧肥胖的人，对于饮食之乐、床第之欢有着拉伯雷式的享受态度。信中包括了一连串关于野猪头、舌头、猪蹄、女人与神父欢愉的评论，但从来不会有失品位。穆维兰对自己伏尔泰式玩世不恭的态度毫无收敛，但他把自己塑造成一个贵族绅士、一个学者。因此，他能逗得纳沙泰尔印刷公司员工开心，打动他们、令他们着迷，这一点儿也不奇怪。这本来就是他的目的。

穆维兰的通信其实就是一场为了赢得纳沙泰尔印刷公司信任的重要行动。在他的连珠妙语中时不时夹杂着寄书的请求。渐渐地，几乎不被察觉地，穆维兰积累起了一个个订单，体量越来越大，而且还对付款的事情避而不谈。结果，1784 年 5月又收到一批货后，他依然没有按照惯例像他之前保证的那样寄去一张汇票，而是又要寄一个野猪头和一些猪舌，写信的口吻也越发亲密："先生，让我们做朋友吧，求求您。"他宣布要去一趟纳沙泰尔"去拥抱您。这种愿望非常强烈，让我因之烦心"。① 他来时会带着熟食——还有钱，他把付款和纳沙泰尔之行绑定在一起，但在之后几封信里一拖再拖。

这场骗取信任的游戏很奏效。至 1784 年夏，穆维兰已经成功地让瑞士人着迷，他们愿意定期给他提供禁书，而且量还很大。就在此时，穆维兰的姿态已不再是一个文人了，言行举止开始越来越像一位职业的秘密书商。这一转变在三个方面变

---

① Mauvelain to STN, May 17, 1784.

得很明显。

第一，他提议的文稿不再是哲学或历史学专著，那些之前他会自己付钱出版的书；取而代之的是一些地下文学作品，现在是用来出售的。如此一来，他提议出版一本有关法国财政的论辩作品，想要紧扣内克尔政府引起的争议："这本书会很刺激，肯定会大卖。"[1] 接着他又推荐了"一本短篇小说，还有一部［反教会］滑稽戏，戏是以一位嘉布遣会的托钵修士[2]的口吻写就的"。[3] 接着他在格拉布街的一位联系人提供了一部亵渎上帝的文稿："这本书不错，真的是一部非常优秀的作品：它破除了圣经、创世纪书关于创世的一切说法。它肯定会畅销，我保证。"[4] 还有最后一本，是另一位代笔作家朋友编的色情诗集："它有一些吸引人的内容，一定会畅销……是的，它会热卖，相信我。那种书肯定是畅销书。"[5]

第二，穆维兰将特鲁瓦其他书商排挤在纳沙泰尔印刷公司生意之外。与他早年的信形成鲜明对比的是，他现在的信中布维是一个边缘人，在破产的边缘摇摇欲坠，付不起账单，随时有可能会逃离镇子。穆维兰自告奋勇要做纳沙泰尔印刷公司的收账人，说服瑞士人授权他做全权法律代表，这样他就能够

---

[1] Mauvelain to STN, Nov. 2, 1783.

[2] 全名为嘉布遣小兄弟会，为天主教方济各会的一支，该会会服配有尖顶风帽。——译者注

[3] Mauvelain to STN, May 31, 1784.

[4] Mauvelain to STN, June 16, 1784.

[5] Mauvelain to STN, May 10 and June 16, 1784.

协商清偿债务的问题，要么就将布维送上法庭。与此同时，他还成了纳沙泰尔印刷公司与镇上另两位书商——安德烈（André）和桑东（Sainton）生意的代理人，这两人也欠着该公司一小笔款子。他在信中称这两人是"流氓""骗子"："这个世上那些布维、安德烈、桑东之流都是些地痞流氓，除非逼他们上法庭，否则拿他们没办法。"[①] 纳沙泰尔印刷公司对他那些关于"特鲁瓦扭曲败坏的书商之流"的观点全盘接受，[②]授权让他负责所有的收账事宜。

第三，穆维兰开始像个职业书商那样，对他的书货运输问题讨论个不停。这就牵涉到书籍偷运的问题了，值得我们岔开话题说两句，因为穆维兰与纳沙泰尔印刷公司的生意往来给了我们一个难得机会，能看看走私者都是怎么运作的。

在18世纪，走私者认为自己是生意人——镖师（assureur）——而且把自己的生意称作走镖（assurance）。1783年8月16日，这些镖行企业家中的一位、来自蓬塔利耶（Pontarlier）的费弗尔（Faivre），与纳沙泰尔印刷公司签订了一份合约。根据合约，他将负责运送纳沙泰尔印刷公司的货箱穿过瑞法边境，每英担[③]收取15里弗赫的费用，将由纳沙泰尔印刷公司的客户收货时支付。若货箱被法国海关人员查扣，费弗尔就得按照批发价向该公司的客户赔偿。他雇了大队的"搬运工"，

---

① Mauvelain to STN, Sept. 24, 1784.

② STN to Mauvelain, Sept. 26, 1784.

③ 或半公担，约等于50千克。——译者注

由"队长"指挥来落实活儿。夜幕降临之后，他们在边境上位于瑞士一边的莱韦里耶尔（Les Verrières）的小酒馆喝上一杯，然后就在一处秘密仓库取书，打包成50磅重一包扛在背上。随后他们在夜色中背着货走在弯弯曲曲的山间小道上，抵达法国蓬塔利耶的一个秘密仓库，能得到几苏的报酬。若是不幸被捕，他们有可能被罚终生去做苦工。

费弗尔的这套做法和其他边境代理的保险业务操作完全一样，运转得颇为顺利，直到1784年8月法国人没收了五箱米拉波的色情作品《上流浪荡子》（*Le libertin de qualité*），这批货是另一个镖局为另一家纳沙泰尔出版商偷运过边境的。这次大"搜查"让蓬塔利耶路线上的人陷入恐慌，而这条路线是为法国提供禁书的众多渠道当中最重要的一条。尽管自己的搬运工没有牵涉其中，但费弗尔还是汇报称，他们现在拒绝冒哪怕是一丁点儿的险，这是明智的做法。"海关官员们都十分警惕，每时每刻如此。"①"而且，在莱韦里耶尔还有密探和恶棍出卖（我的人给警方）。"②他命米什（Michaut）——他在莱韦里耶尔的仓库管理员，把本来要运给穆维兰的七箱货藏到了附近的一处山顶，然后慢慢重新打通线路。这证明只是时间问题。待风头过去后，费弗尔设法买通了几位海关官员（他还免费赠给他们几本某部色情作品），提高了搬运工的薪酬，给

---

① Faivre to STN, Aug. 14, 1784.

② Faivre to STN, Sept. 23, 1784.

他们夜间运货开辟了几条新的小道。如此一来，我们可以追踪穆维兰的这七箱货，看它们一步步、一周周地从纳沙泰尔运到特鲁瓦。事实上，信息非常丰富，我们还可以尝试对这项保险生意进行经济分析（图4-1）。

偷运走私显然绝非一场浪漫的冒险，而是一项复杂的生意。需要相当机敏才能协调这样一个复杂的组织，避免混乱。镖局还需要特别敏锐，精准测算其利润，估计其风险。穆维兰的七箱书总价值1019里弗赫11苏，共重440磅（马克重量①，poids de marc），全部交易、运输成本达148里弗赫14苏，占到总价值的14.5%。

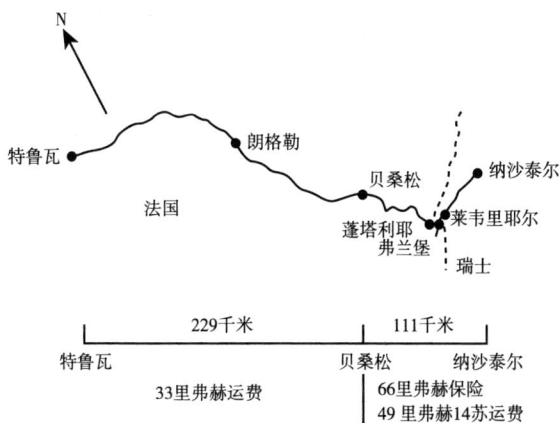

图4-1 纳沙泰尔到特鲁瓦的地下路线

---

① 马克重量，法国14世纪中期及旧制度时期采用的重量制，1马克重量约合245克。——译者注

一笔订单的进展

1. 1784 年 3 月 ~6 月，穆维兰连发四封信，下了几笔订单。

2. 7 月 16 日（大约），纳沙泰尔印刷公司发出七箱货，编号分别是 BM 107 – 110、BT 120、BM 121 – 122。

3. 10 月 4 日，费弗尔报告称，由于边境的近况严峻，所有货箱都存在米什在莱韦里耶尔的仓库里。

4. 10 月 14 日，费弗尔在信中写道，他已经重新制定了偷运体系：弗兰堡（Frambourg）的海关官员已经被收买了，而且他的搬运工很快就能复工。

5. 11 月 12 日，穆维兰的头五箱货运过边境。

6. 11 月 18 日，其他两箱安全抵达蓬塔利耶，明日将由费弗尔转运给贝桑松的贝歇（Péchy）。

7. 12 月初，贝歇的车夫克劳德·卡尔特莱（Claude Carteret）在贝桑松将七箱货装上他的马车，启程前往特鲁瓦。

8. 12 月 31 日，穆维兰确认收到几箱货，几天前就到了，也许是刚过 12 月 13 日的时候。

这些成本包括 66 里弗赫的保险——仅占其价值的 6.5%，考虑到费弗尔所承担的风险，这并不算高。

但穆维兰嫌总成本过高，愤愤地抱怨自己被中间商敲了竹杠。据他估算，运费和交易成本让每一册书的价格涨了 6 苏："请看这个例子。《巴尔雅克》［《巴尔雅克子爵》，吕什（Luchet）所写的一部色情诽谤文学］你收 25 苏；交易费用 6

苏，加起来就是 31 苏；装订 3 苏，加起来就是 34 苏；邮费至少一到两苏，加起来就是 36 苏。这儿能卖的价钱也就这个数。"[1] 他补充道，要是每本想赚 33% 的利润，他卖的《巴尔雅克》就得是 48 苏，这比该地区其他书商的价格高出了 8 苏，比该书的批发价则将近翻了一番。

穆维兰的数据略有夸张，因为他想让纳沙泰尔印刷公司给他一个折扣，他抓住成本的问题争论不休是为了不付款——这是那些处于边缘地带的地下书商的惯用伎俩。尽管如此，这七箱货的经历表明，秘密书籍的传播和出版可能同样昂贵。一本书从生产商手中到顾客手里，价格可能翻番。为什么会这样？

走镖费用其实并没有过高，穆维兰也默认这一点，因为他之后继续订购费弗尔的服务。在这种情况下，问题不在于走私商而是其他中间商。把装载费用拆分开来可以看出，穆维兰支付从纳沙泰尔到贝桑松这一段的运输成本要比从贝桑松到特鲁瓦这一段高出一半——尽管后一段路程是前一段的两倍长（但山路没那么多，这一点倒是真的）。穆维兰上了贝桑松的转运商贝歇的当，或者是被车夫卡尔特莱骗了：这是纳沙泰尔印刷公司给出的解释。有一些办法可以避免被这样多收费，纳沙泰尔印刷公司给穆维兰提供了一些建议，但中间商还有其他办法来愚弄客户。穆维兰的经历在秘密零售商中非常典型，反

---

[1]　Mauvelain to STN, Dec. 31, 1784.

映出地下书籍贸易最大的一个弱点——整个体系的运转全靠一帮偷鸡摸狗之辈之间的信誉，这太不可靠。

纳沙泰尔印刷公司自己也在其余与穆维兰的生意往来当中吃了这方面的亏。穆维兰这边厢被马车车夫和仓库管理员雁过拔毛，转头就去占纳沙泰尔印刷公司的便宜。截至1785年初，他已经连续两年接了一批又一批货，而他除了五打信件还有一个野猪头，没寄给该公司任何费用。穆维兰用甜言蜜语骗得瑞士人错误地给他信任。到1785年他们回过神儿来的时候，发现穆维兰已经欠了他们2405里弗赫（这相当于纳沙泰尔印刷公司印刷工这样的一个技术工人三年的薪水）。他们给穆维兰写了一封措辞严厉的通知，要求他付款，但结果收到了他言辞激烈的声明，愤怒地称自己是无辜的。穆维兰愤愤地写道，他无法在此刻支付费用是因为他身体抱恙。他的生殖系统经历了几场昂贵而可怖的手术，不得不卧床五个月。在这个节骨眼上想从他身上榨取钱财是极不人道的。"人不能拿枪指着别人的头……我不喜欢粗鲁的方式……我开始觉得你们是贪得无厌、自私自利之人，恶劣地对待他人……我发现你们不习惯与出身良好的人打交道。你们对我的所作所为让我很生气。我很生气，我告诉你们。这是我最后要说的了。"①

这倒打一耙、先发制人的大胆尝试并未奏效，因为瑞士人

---

① Mauvelain to STN, March 12, 1785.

还揭穿了穆维兰和他们做生意过程中的另外两个小把戏。一是他们发现穆维兰收了布维欠的一笔老账，有 194 里弗赫，但他把这笔钱私藏了。二是他们了解到，他还私吞了一笔 168 里弗赫的钱，这本是用来支付他们公司在他的牵线之下为一位当地贵族干的一项小印刷活儿的费用。由此，瑞士人寄给穆维兰一封严厉的通知，告知他公司已经找了特鲁瓦的一位律师来收他欠公司的所有账，要不就要将他告上法庭。穆维兰已经没有什么好回复的了：两年来他凭借十足的狡猾和胆大一直玩的这场骗取信任的游戏已经接近了终点。

他因此卸掉了伪装，给纳沙泰尔印刷公司写了一封不同寻常的信，讲述了他的人生故事。他是一个勃艮第人，他说自己属于一个显赫的穿袍贵族家庭。他与一位佩剑贵族起了一场争斗，结果提早结束了自己的法律从业生涯。他被法庭判罪，不得不逃亡，现在依靠其家人提供的一份微薄的年金度日。他身无分文，病得很重，对生活感到厌倦。但他的状况并非毫无希望，因为他还有岳父和一个未婚的兄弟，他们的身体状况更糟；若他们去世，他就可以继承 30 万里弗赫的遗产。纳沙泰尔印刷公司最好先放过他，等他能收到遗产，这才比较明智。若公司将他告上法庭，公司能赢得官司，但他没有财产可以让公司拿走，而这场丑闻还会让他的家人取消他的继承权。而且，"我曾干过法律这一行：我知道这一行所有的门道……我警告你们，若你们逼我上法庭，我就会在庭上阻挠案子的进展，一直拖到我们死而复生……最后，先生们，让我提醒你们一句老话：'不要去给秃头的魔鬼梳头。'我现在恰巧就是这种情况"。①

　　特鲁瓦的律师证实了穆维兰一贫如洗、疾病缠身的状况，也证实上法庭是徒劳的，因此纳沙泰尔印刷公司没什么法子可施，只能让他等着获得那笔意外之财。他们最后达成一致，穆维兰寄给公司一张没写日期的欠条，上面欠款金额是 2405 里弗赫，然后就动身去了巴黎。从那之后，他就销声匿迹了。纳沙泰尔印刷公司派了数位代理和朋友寻找，但最后他们只有一个结论："他的病因非常不光彩，道德极为败坏。"② 该公司账簿的"烂账人"一列直到 1792 年还记着穆维兰的名字，欠着 2405 里弗赫，但那时他很可能已经死于性病。

　　这是一个不同寻常的故事，但本质上无异于文学共和国里其他社会地位堕落、处于边缘地带的人的生涯史。穆维兰的一生与他兜售其作品的那些代笔作家是并行的，只不过是在一个卑贱无名的层面罢了。其实在地下文学界的底层，作家和书商有着共通之处：他们在为生存而斗争的过程中一起摧毁了旧制度。而且他们的人数要比我们所了解到的多，尽管他们往往会消失于历史的无底深渊，身后只留下在警方报告上的一个签名，或是巴士底狱登记册上的一条信息，还有些人什么也没留下。穆维兰的故事如此引人入胜，是因为我

---

① Mauvelain to STN, May 27, 1785.

② STN to J. -P. Brissot, Feb. 13, 1787.

们可以如此细致地去了解其详情。打开他的卷宗，就接触到了一个丰富多彩的形象，是那些消失人物的典型代表，可以对那个身处其中的人都得隐去其身份才能营生的世界进行一个特写。

这个有关地下文学界出版、消亡的个人故事就讲到这儿了，更重要的是穆维兰订购的书都经历了什么。

穆维兰每订购一本书，纳沙泰尔印刷公司都会有一位职员在一本名叫《订购簿》（Livre de Commissions）的登记册上记录下来书的名字和页数。通过系统考察这本登记册上穆维兰的订单，可以观察到特鲁瓦禁书需求每周的发展状况，前后涵盖两年时间。两年、一个镇、1000本书——当然，说穆维兰的生意模式代表了整个法国的状况是有失偏颇的，但我们的研究必须从某个点切入。而之前在发掘18世纪法国人阅读习惯方面所做的尝试都非常艰难，是因为这些研究的基础都是出版商的特许权（版权）需求这样的资料，而把所有非正统意义上的文学都排除在外。穆维兰专门经营禁书，因此研究他的生意能揭示出自20世纪初发展起来的研究传统当中缺失的内容。当然，本章只是一项初级的个案研究，是对非法书籍贸易当中一小部分进行的微观分析，我们必须相信，我们所选的样本具有相当的代表性。但《订购簿》是不同寻常的档案，它们体现了一个外省小城对禁书直白的需求——对禁忌之物的喜爱。

不幸的是，它们未能透露是谁购买了穆维兰的书；而且即便是有所透露，我们也无从得知读者当时的思想活动。穆维兰在信中未曾提及他的客户，仅有几次提到驻扎在特鲁瓦的军官，称他们对色情、亵渎上帝的作品有强烈的偏好。特鲁瓦是一个宗教书刊的贩卖大中心；因此，穆维兰也许把一些书卖给了一些书贩，他们把书存在镇里的集市上，然后散播到法国中部地区。但穆维兰的信表明，他专注于本地市场。他的总存货量显然仅仅几千册而已，都存在一个阁楼里，有客户来访或是他自己跑销售的时候就卖出去。

书籍的价格超出了特鲁瓦工人阶级的购买能力，但资产阶级可以买得起。米拉波的《色情书卷》（*Errotika biblion*），一部八开本单册书就是个典型的例子。它花了穆维兰 1 里弗赫 10 苏，他还另付了 10 苏来支付运输、保险和其他成本——然后再加上这笔钱的 1/3 即 13 苏作为利润，最后的售价是 2 里弗赫 13 苏（更有可能是 2 里弗赫 15 苏）。这相当于一个有三个孩子的工人阶级家庭半周买面包的钱——面包是主要的营养来源，或者是一个技术木工一天的薪水。但对于特鲁瓦的律师、驻地行政官和市政厅官员而言，花个两三里弗赫来买本书是很轻松的事，他们一年能赚 2000~3000 里弗赫。

特鲁瓦的法庭让这个镇子成了一个外省法律中心。这里有成片的主教宅邸，还有数十座修道院，同时是一个教会中心。但最重要的是，它是一个贸易和纺织业中心。在 1780 年代，特鲁瓦 2.2 万人口当中有 360 位熟练织工，还有很多工匠制造别针、纸张和皮具。与香槟地区夏隆（Châlons）、兰斯这样的镇子相比，特鲁瓦的文化生活没那么活跃，但镇上有一家剧院、一间重要的图书馆，还有一处共济会地方分会；镇上的教育机构包括四所小学、一所神学院，还有一所奥拉托利会学院，里面有 300～400 名学生。这里的识字率在整个法国北部相对较低，仅有 40%～49% 的成年人能在结婚证明上签署自己的名字。本地的历史学者想要寻找有关 18 世纪智识蓬勃发展的证据，但没有找到。他们仅仅找到了一位没什么名气的小启蒙思想人物 P.-J. 格罗斯利（P.-J. Grosley），"香槟地区的伏尔泰"。但特鲁瓦的第三阶级议会议事录在 1789 年的内容很丰富。总的说来，这座镇子可能是巴黎人所说的"外省"的典型代表：一个文化落后的地方。

若情况是这样，那么穆维兰的书籍生意就显得尤为重要，因为我们不能指望在外省一个平静、停滞的小角落能对激进文学有多大需求。对穆维兰的生意订单所做的定量研究显示，这一需求还确实存在。

图 4-2、图 4-3 根据不同主题来展示穆维兰订单的主要规律。随着纳沙泰尔印刷公司登记簿上每周的订单增加，我们可以看出对某些类型的书籍需求一直很旺盛。穆维兰的顾客会反复光顾，购买更多的书；穆维兰根据销售的情况，把客户的购买需求传达到纳沙泰尔，他往往会提前计算好。图 4-2 绘制了每一项的订购数，以此来衡量这一比例，还标出了每一项需要的本数，来体现穆维兰订单的量。两张图的图形都差不多，但肯定都是比较抽象的。如此一来，读者可以看出每本书

在整个图形当中的重要性，我列出了相应类别下的所有题目，给出了订购的总本数还有订单数。

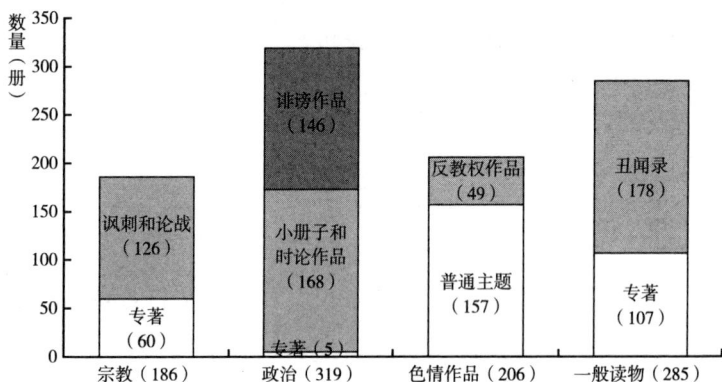

图 4-2　订购的书的数量

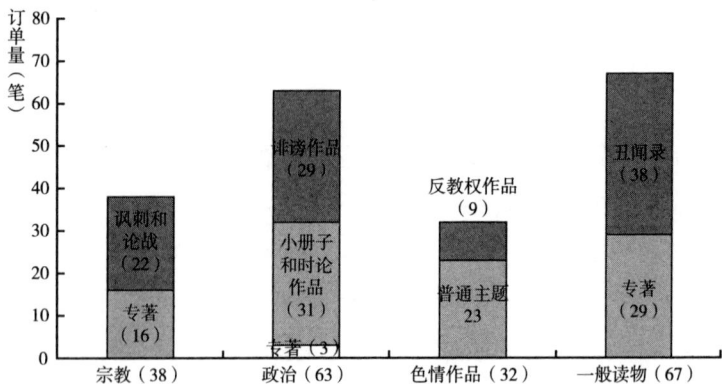

图 4-3　禁书需求

畅销书（根据文体种类划分）

I 宗教

讽刺和论战作品

《教会的不宽容》（*L'Intolérance ecclésiastique*） 10/4

《女教皇让娜》（*La Papesse Jeanne*） 44/6

《修道院索引》（*Le Gazetier monastique*） 18/3

《教皇的骡子》（*La Mule du pape*） 18/3

《教皇们的旅行史》（*Histoire des voyages des papes*） 18/3

《镇压僧侣之要求》（*Requête pour la suppression des moines*） 18/3

计 126/22

专著

《揭示基督教的真相》（*Le Christianisme dévoilé*） 3/3

《耶稣基督的批判史》（*Histoire critique de Jésus Christ*） 19/6

《天国向所有人开放》（*Le Ciel ouvert à tous les hommes*） 11/3

《神学口袋书》（*Théologie portative*） 27/4

计 60/16

总计 186/38

II 政治

诽谤作品

《路易十五的奢华》（*Les Fastes de Louis XV*） 84/11

《密探遭劫》（*L'Espion dévalisé*） 37/10

《路易十五的私人生活》（*Vie privée de Louis XV*） 7/5

《长官沙特尔公爵的……私人生活》（*Vie privée...de Mgr. Le duc de Chartres*） 18/3

计 146/29

小册子和时论作品

兰盖《巴士底狱回忆录》（*Mémoires sur la Bastille*, Linguet）

30/7

米拉波《敕令》（*Des Lettres de cachet*, Mirabeau） 21/5

《论政治自由的信件》（*Lettres sur la liberté politique*） 18/3

《故人谈话录》（*Dialogue des morts*） 31/4

《有关巴士底狱的历史评论》（*Remarques historiques sur la Bastille*）

18/3

《庞巴勒侯爵逸闻录》（*Anecdotes du Marquis de Pombal*） 18/3

《强制拘役所回忆录》（*Mémoire sur les maisons de force*） 18/3

《波兰的命运》（*L'Horoscope de la Pologne*） 14/3

计 168/31

专著

《社会体制》（*Système social*） 5/3

总计 319/63

Ⅲ 色情作品

反教权作品

《xxx 侯爵和圣弗朗索瓦的冒险》（*Aventures de la marquise de*

　　　　xxx et St. François） 13/3

　　《追逐僧侣的狗》（*Le Chien après les moines*） 18/3

　　《追逐狗的僧侣》（*Les Moines après les chiens*） 18/3

　　计 49/9

普通主题

　　《剧场休息室的缪斯们》（*Muses du foyer de l'Opéra*） 46/5

　　《色情书卷》（*Errotika Biblion*） 18/3

　　《巴尔雅克子爵》（*Le Vicomte de Barjac*） 24/4

　　《古尔当夫人的文件夹》（*Le Portefeuille de Madame Gourdan*）

　　　　　　　　　　　　　　　　　　　　31/4

　　《驭女术》（*L'Art de rendre les femes fidèles*） 24/4

　　《无所事事的人》（*Le Désoeuvré*） 14/3

　　计 157/23

　总计 206/32

Ⅳ　一般读物

丑闻录

　　《追踪英国密探》（*Suite de l'Espion anglois*） 16/5

　　《法国人的私人生活》（*Vie privée des françois*） 9/3

　　巴绍蒙《秘密回忆录》（*Mémoires secrets*, Bachaumont） 16/9

　　《丑闻录》（*La Chronique scandaleuse*） 45/5

　　《政治、社会和文学书信》（*Correspondance politique, civile et littéraire*） 18/3

　　《历史、批判和文学文集》（*Essais historiques, critiques,*

littéraires)	20/4
《上流人士日记》（*Le Journal des gens du monde*）	14/3
《英国观察家》（*L'Observateur anglois*）	22/3
《十八世纪逸闻录》（*Anecdotes du dix-huitième siècle*）	18/3
计	178/38

专著

雷纳尔《历史哲学》（*Historie philosophique*，Raynal）	18/9
《2440 年》（*L'An 2440*）	25/5
《巴黎图景》（*Tableau de Paris*）	27/5
《易洛魁人的通信》（*Lettres Iroquoises*）	18/3
《拉美特利作品集》（*Oeuvres de Lamettrie*）	16/4
《爱尔维修作品集》（*Oeuvres d'Helvétius*）	3/3
计	107/29
总计	285/67

在这些畅销书中，启蒙思想占据了怎样的位置？从"专著"这一分类占比很小可以看出，穆维兰的客户并不想看抽象的理论作品。四位大启蒙思想家——孟德斯鸠、伏尔泰、狄德罗和卢梭的书他们一本都没订，相反他们喜欢将启蒙思想通俗化、粗俗化的作家，如雷纳尔、梅西埃、米拉波等。一些小思想家出现在穆维兰的订单里：博尔德（Borde）、居佩（Cuppé）、穆贝尔·德·古韦斯特（Maubert de Gouvest）。但大多数书是无名的代笔作家匿名所写的作品：安伯尔

（Imbert）、曼努埃尔、吕什、布冯尼道尔（Buffonidor）、
"圣－保罗的梅耶尔"① （Mayeur de Saint-Paul）、博杜安·
德·居马杜克（Baudouin de Guémadeuc）、穆弗勒·东热维尔
（Mouffle d'Angerville）、皮当萨·德·梅罗贝尔（Pidansat de
Mairobert）、特维努·德·莫兰德。这些显然都是创作1780年
代秘密畅销书的作家，但这些人以及他们的书都从文学史中消
失了。穆维兰订单上的作家当中也的确有一些我们熟悉的名
字：勒·梅特里（Le Mettrie）、爱尔维修，特别是奥尔巴克。
特鲁瓦对非法书籍的需求显然已经超越了伏尔泰式不敬神的态
度，达到一种伏尔泰本人也感到恐惧的无神论地步。当然，我
们不能认为那些想读无神论书籍的人就是无神论者。关键是文
字直白露骨的禁书贸易偏好最为极端、奥尔巴克型的启蒙思
想，这一类型的启蒙在穆维兰的订单内容中尽管占比不大，但
具有重要的意义。

穆维兰对伤风败俗书籍的需求与对亵渎上帝书籍的需求几
乎差不多——其实，二者他都不想要太多，因为这两类书在他
的订单当中总共才占到2/5，与图4－2中的政治及一般类作
品相比，这两类的需求看起来都比较少。以现在的标准来看，
当时的色情作品比较含蓄。就像当时的画作一样，遮遮掩掩，
像偷窥。穆维兰的客户喜欢那些能让他们瞥见妓女生活的书。

---

① 本名弗朗索瓦－玛丽·梅耶尔（François-Marie Mayeur），法国演员、剧作
家、剧院经理。——译者注

《古尔当夫人的文件夹》当中的一段颇为典型，某某 M 打头名字的主教向经营一家高级妓院的古尔当夫人抱怨："我就该把你关进'医院'［一家关押妓女的监狱］。我在你的妓院里被'维纳斯狠狠踢了一脚'（coup de pied de Vénus）［指染上性病］，我不得不离开首都，回到我的教区去养身体。他们说得没错：这个世上不再有什么正直可言，没人能信得过。"① 这对上层教会而言可不是什么好话。穆维兰的色情书籍与反教权书籍往往相互重叠——其肇因无疑是一种源自中世纪的文学传统。也许，这种古老的高卢反教权主义思想补充并强化了穆维兰订单里亵渎上帝的书籍当中"专著"一类里表达的严肃、现代无神论思想。他订的书肯定给教会造成了一定的损害。

穆维兰的订单里面那些没有突出主题的书籍，以及那些含有内容可能冒犯任何一个法国权威人士的书籍，都被列入"一般作品"。这些书当中约有 1/3 是像雷纳尔的《哲学史》这样的专著，表达了启蒙思想在各种各样话题上的态度。其余被称作"丑闻录"最为恰如其分——对风流韵事、犯罪和耸人听闻事件进行报道型描述。这些作品大多是系列短文，写得颇有八卦味道，就好像作者发现了什么惊天大秘密。这些作品的性质并不是特别政治化，但都专写有关大人物品行不端的逸闻趣事——显赫的大臣，还有类似于当今大众媒体热衷报道的

---

① Charles Théveneau de Morande, *Le Portefeuille de Madame Gourdan*, *dite la comtesse*（Spa, 1783），重印版 *Correspondance de Gourdan dite la comtesse*（Paris, 1954），p. 41.

"光鲜时尚人士"——如此一来让贵族阶层名誉扫地。这一文体的典型代表、安伯尔的《丑闻录》书名页上的两句话写道："有朝一日，某某公爵撞见他忠贞的太太正躺在他儿子的家庭教师怀中。这位高贵的太太以贵族身份惯有的傲慢无礼的态度对他说：'你当时为何不在，先生？我的骑士不在身边，我只能挽起仆人的手。'"①

　　各本"丑闻录"似乎都遵循一条原则：题目要有新闻价值，但旧制度时期并不存在我们现在意义上的"新闻"。当时法国并无"新闻"报纸，只有得到皇家特许而流通的杂志，其内容经审查仅限于非政治话题，因此不能提及任何忤逆凡尔赛宫的内容。法国人都是从坊间传言中获取未经审查的新闻（又称作 nouvelles）。专事此行的人被称作新闻作家（novelliste），都聚在巴黎的一些地方——例如王宫花园里的"克拉科夫树"下——相互交流"新闻"。当他们把流言付诸笔端，他们所写的就是"手写新闻报"。这些手写的小报若是得以印刷出版，就成了《丑闻录》———一种介于旧时流言蜚语传播与当今大众新闻写作之间的文体。由于这类新闻完全非法，因此在叙述时事新闻的时候没有任何顾忌。这就是为何巴绍蒙的《秘密回忆录》和梅罗贝尔的《英国密探》当中都有对国家事务非常犀利的评论。但这些作品的语气与政治小册子完全不同。本质上，它们为渴求新闻的大众提供了大人物的世界里正在发生

―――――――――

① *La Chronique scandaleuse*（Paris, 1783），p. 38.

的信息。和大多数外省人一样，穆维兰的客户与巴黎的八卦中心并无联络。这应该就是为何他们订购的"丑闻录"要比其他任何一种文学形式的作品都要多。这些内容粗糙的记述在穆维兰的订单当中很流行，表明这种地下新闻业是多么的重要，如今却已被世人遗忘。

然而，穆维兰订购的作品当中最为重要的大类还是政治类。当然，"政治"用于前现代社会是一个微妙的词语，因为当时公众并不参与政治进程。旧制度时期的政治是宫廷政治，因此其政治文献——本质上就是非法的——一般分为三种：政治理论、时政文章和诽谤作品。

穆维兰的客户对理论基本没有兴趣，他们仅仅订购了五本奥尔巴克的《社会体制》，但他们喜欢像兰盖的《巴士底狱回忆录》（订购了 30 本）及米拉波的《敕令》（订购了 21 本）这样的论辩文章和小册子。这两位作家记述了自己入狱的亲身经历，文风有耸人听闻之效，就好似是关于法国专政的寓言。两位作家誓要揭露国家隐藏最深、最黑暗的秘密，带领读者探访国王关押其政治犯的地牢。他们"昭告天下"，犯人如何被搜身，被投入散发着恶臭的牢房，被切断与外界的一切联系，被剥夺接受审判的权利，甚至无权知道自己的罪名为何。他们自身的清白说明，任何一个法国人若不幸栽进凡尔赛宫的陷阱，就全无抵抗之力，兰盖和米拉波如是说。他们通过渲染骇人的细节来让这一点直抵人心：被虫子咬噬的床垫，厚厚的、冰冷的墙壁，穷凶极恶的看守，还有令人作呕的食物。所有这

些内部信息经过修辞的渲染，爆发出对"他们"不受限制的
权力的控诉。这里的"他们"是那些身居高位的人，恣意干
涉任何人的人生，不论此人多么无辜，都会被永久地关进坚不
可破的地牢。从穆维兰的信中可以得知，在他所在地区，这些
都是最有影响力的作品也是畅销书。这些作品营造出一种政治
神话，它让许多法国人觉得自己遭到了奴役——尽管 1789 年
巴士底狱已基本空置。

穆维兰的货当中卖得最好的是诽谤作品。它们是对位高权
重之人的猛烈抨击，包括各位部长级廷臣或王室成员。这些作
品强调丑闻，类似于"丑闻录"，但同时还有政治"意味"。
它们探查敏感领域，这里个人堕落可以演变为公众问题，通过
诋毁重要人物亵渎整个政权。

这一文体的典型案例就是穆维兰的书籍当中最畅销的一
本——《路易十五的奢华》，他订购了 11 次，共计 84 册。尽
管该书看起来是对路易政权的客观历史描述，但它给读者提供
了有关路易十五性生活淫秽、私密的描述。这本书里写道，国
王的使者将姑娘从国家最偏远的角落诱入"后宫"，国王每周
宠幸两位姑娘，待他厌倦了，她们不再能引起他的兴趣，她们
就会领到年金，被打发走人。据诽谤作家的计算，十年共涉及
一千名姑娘，花费达十亿里弗赫。如此可见，路易十五的堕落
也是"国家财政遭劫的主要原因之一"。① 书中真正的反面人

---

① *Les Fastes de Louis* XV（Villefranche, 1782），Ⅱ，p. 27.

物，也是法国真正的暴君是杜巴里夫人。她在其他一些畅销书里也扮演了同样的角色，例如《杜巴里夫人逸闻录》、《杜巴里夫人书信集》(*Correspondance de Madame Du Barry*) 和《路易十五的私人生活》，它们的内容在《路易十五的奢华》一书中被照搬抄袭。这位王室情妇出场总是形象浮夸：轻抚她的仆从、黑人小伙儿扎莫尔（Zamore），呵斥一位女侍从，嘲笑王太子（未来的路易十六）无能，戏弄国王、背着他勾引他的大臣，同时还谋取了数百万财富——据诽谤作家估算是1800万里弗赫。作家非常明确地表明了他的政治观点："路易十五一直都是这样，深陷肮脏污秽、沉溺酒色的生活。不顾他的臣民忍饥挨饿、身处绝境，公共灾难频发，他的情人却疯狂地进行挥霍与劫掠，若不是这位暴君的去世终止了她穷奢极欲的生活，再过几年她就能让整个王国倾覆。"① 路易十五是怎么死的？诽谤作家揭露了这个糟糕的秘密：杜巴里夫人自己不能再满足路易十五的性欲后，就变成了女皮条客，扫荡各条街道寻找任何能引起他性趣的姑娘。一日她觅得一个性感的农家女子，而这个姑娘当时正身染天花，但没有症状。姑娘的父亲表示抗议，结果被一纸敕令扫清了障碍。之后姑娘委身于她的主上，把疾病传染给了他，送他进了坟墓，让整个国家松了口气。

对穆维兰的订单进行此番分析，得出一个或许是最重要

---

① *Les Fastes de Louis XV*, Ⅱ, p. 296.

也是出乎意料的结论，这个结论不在于他订购了相当数量亵渎上帝、淫秽色情的书籍，而是他订购的书中有一大部分是政治题材——不是启蒙思想的专著，而是针砭时弊的地下新闻和政治小册子。政治作品的条形柱要高于其他类型的作品，而小册子、诽谤作品和丑闻录都起到了传播新闻的功用，这更加强了其主导地位。这些新闻绝非中立客观，而是让政权显得腐朽堕落。它起到了激进宣传的作用，即便是丑闻录中亦是如此，尽管在此中政治事务排第二，犯罪和性才是第一位的。当然，"激进"并不意味着要革命。政治宣传文章内容、形式多种多样，但说的都是同一个主题——君主统治堕落成了专制暴政。这些作品并未号召掀起一场革命，也没能预料到 1789 年的情况，甚至未能对更深层次的社会政治问题进行充分的探讨，而这类探讨才能让推翻君主制成为可能。然而就在不经意间，它们促成了那个大事件，褪去符号的神圣意味，戳破那些让君主统治在其臣民眼中看起来合法的神话。

穆维兰卖的书大多连最起码的小经典之作的水平都未曾达到，遗落在法国文学之外，就如同穆维兰本人坠出法国历史一样。如今没人阅读或记得这些作品，因为随着文化的演进，它们已经消失；它们并不存在于构成现今文学的阅读书目里。不幸的是，我们无法通过回溯演进的过程来发现过去切实被体验过的文化。太多内容被遗落在道旁，今天的人们太容易想当然地认为，18 世纪法国人阅读的就是当今所谓的

18 世纪法国文学。但通过研究 1780 年代一位秘密书商的生意，我们可以瞥见这一文学本来实际存在的样貌，看到它最喷薄爆发的状态，且处于其真实的语境之中。穆维兰销售的书籍和他的一生揭示了文学所经历的一个失落的世界，有待我们去探索开发。

第五章

跨越边境的印刷店

禁书在 18 世纪的法国通过地下渠道广为流传的时候，也许传播了煽动性思想，但从那之后它们就被安放进了珍本室，在穹顶之下、高墙之内陷入静止。它们已然成了老古董。书在刚刚印好的时候样子很不一样，但现在很难去设想它们原本的样貌了，因为无论是印刷店还是 18 世纪出版业的发行体系，都基本不为我们所知。要想对这些书籍刚刚诞生时世界的样貌形成一些认识的话，我们得回到纳沙泰尔印刷公司的档案中去，通过档案我们可以观察到印刷工工作时的状态，听听老板们是如何谈论他们的。

由于纳沙泰尔印刷公司是从散落在法国、瑞士和莱茵兰各地的印刷中心招徕工人，因此该公司的管理层形成了一张招聘代理网络，他们调派计日工，通过源源不断的书信往来讨论用工市场，这些信件透露了一些有关旧制度治下的劳动状况和工人的基本看法。其中信息最为丰富的书信往来在 1777 年，当时纳沙泰尔印刷公司的规模扩张了一倍，为的是印刷四开本的《百科全书》，其时兴起的"百科全书热"耗尽了整个印刷业的资源。工人们借着这个暂时的用工紧俏时期，但凡能找到薪酬更丰厚、工作条件更好的机会就会不断跳槽，因此就有了工人四处奔走的问题，这是贯穿那些书信往来的一个主题。纳沙泰尔印刷公司招工最具吸引力的条件也许就是提供旅费，其金额约等于这个工人抵达工作岗位前在路上所花的时间若用来工作原本可以赚得的工资。同样是 10 或 12 个小时，比起费力地推着印刷机，或埋头在铅字盘上苦干，工人们更喜欢行路，还能不时在路上的乡村旅馆停留一下。他们的旅程变成了一种带薪休假，四处奔走成了一种生活方式，至少在计日工年轻时如此。

有时，我们可以根据信件的日期来追溯一个人的行踪。他们通常要花两天时间从洛桑行进 70 千米抵达纳沙泰尔；从巴塞尔出发则有 120 千米，需要三天时间；从里昂出发有 300 千米，需要一周时间；而从巴黎出发有 500 千米，需要两周时间。例如在 1777 年 6 月 16 日，百科全书之风最劲之时，一个巴黎的招聘人员派了六位工人去纳沙泰尔，许诺他们一抵达就能得到 24 里弗赫的旅费。他们正好两周之后向纳沙泰尔印刷公司报到，每天平均行路 36 千米。他们每周能赚 10～15 里弗赫，这样一来旅费就相当于他们两周的工资——这对于在初夏横跨整个国家的一场徒步旅行来说是笔不错的补偿。但纳沙泰尔印刷公司在这些工人至少工作一个月之前拒绝支付旅费。招聘人员并没有告诉这些工人这个条件；而且以防他们拒绝接受，他把工人的行李（hardes）作为一种担保，之后才运到纳沙泰尔印刷公司。这些工人没有别的选择，只能开始工作，排版、印刷《百科全书》。他们的名字定期出现在领班的工资簿上，八周以后他们才能拿到旅费和自己的行李——然后，他们就消失了。他们中有些人几周之后出现在日内瓦的一些店里，这些店当时也在印《百科全书》。至少有一人去了巴泰勒米·德·菲利斯（Barthélemy de Félice）的店，当时他正在伊维尔东（Yverdon）出一版"新教"版的百科全书，与纳沙泰尔印刷公司的版本是竞争关系。其他人也许是在伯尔尼和洛桑忙着印八开本的《百科全书》，因为纳沙泰尔印刷公司的一个巡回销售员报告，称他在瑞士的其他几家出版公司发现了之前离开纳沙泰尔的"叛逃者"。而且至少有一名印刷工，名叫盖亚特（Gaillard），一年以后又在巴黎出现，请求纳沙泰尔印刷公司再次雇用他。据巴黎的一位皮革商为他写的求情信称，盖亚特为"自己犯下的过错"懊悔不已，准备再次启程前往瑞士——而这已经是他第三次去了。①

　　盖亚特犯了什么"错"？皮革商的这封信中并没写明，但纳沙泰尔印刷公司的通信当中显示，人们常常在遇到麻烦时"叛逃"。有时他们是因为债台高筑，或是收到了下一周工资的一小笔预付款。他们很少积累资本，常常为了躲债想要离开某镇，或是去另一个地方领取一笔旅费。基于这些情况，雇主在信中每每提及工人的时候，都透出一种根本不信任的口吻。工人不可靠。即便他们不是拿着旅费或预付款跑了，也会因为

---

① Thomas to STN, July 19, 1778. 关于这一部分另见 Pyre to STN, June 16, 1777; STN to Pyre, July 1, 1777.

醉酒而缺席；而且最糟糕的是，他们还会为法国警方或其他出版竞争对手做探子。招工人员的推荐信中散发着一种性格学的东西，给人留下理想型工人的印象。他要有三个特质：按时上班，不醉酒，有一定的技术。根据日内瓦的一位招聘人员所写，一位完美的排字工是这样的："他是位好工人，能做你交代他的任何工作，一点儿都不浪荡，工作勤勤恳恳。"①

　　类似的评论还透露了一些关于怎样能吸引到工人的隐性条件。一条私下里给巴黎一位招聘人员的嘱咐颇为典型，纳沙泰尔印刷公司如是说："你现在可以继续时不时地给我们派些人来，那些对我们这里的生活怀有好奇的人，但不要提前付任何钱。"② 不消说，"好奇心"会驱使人们走去异国工作，哪怕是在 500 千米之外。这些信偶尔还会提到其他一些动机，但对于现代读者而言都匪夷所思。比如，纳沙泰尔印刷公司如此指导一位正要从里昂派工人过来的人："我们答应，他们一到就支付 12 里弗赫的旅费，只要他们在我们这儿能待至少三个月……你可以让他们放心，他们一定会对我们和这个国家满意的，这里产的葡萄酒很好。"③ 这里预设工作与美酒是分不开的——而且雇佣期不会长。

　　尽管这里提到了美酒和工人偏好徒步旅行的风尚，但这并不意味着 18 世纪不存在金钱关系。恰恰相反，招聘人员常常提到工人对工资的考虑，可以提供的工作量，还有一些特定的

---

① Christ to STN, Jan. 8, 1773.

② STN to Pyre, Oct. 14, 1777.

③ STN to Vernange, May 24, 1777.

条件，比如排字版式的偏好，除了按件付费还要计时付费。一个招聘员解释道："他们就是在工资的问题上坚持，因为他们在一个地方过得还不错就不会想离开，除非在其他地方能过得更好。"① 纳沙泰尔印刷公司甚至还派了密探，潜入日内瓦几家也在印《百科全书》的店，通过许诺更高的工资把工人挖走。工人们应势密谋抬高日内瓦的价格；日内瓦的老板们听到了纳沙泰尔印刷公司行动的风声；最终老板们内部达成和解，联合将工人的工资压到同一个水准。

在聘用和解聘的过程中，雇主把工人当作物品来对待。他们都是一批批地雇工，就像订购纸张和印墨一样。正如纳沙泰尔印刷公司对里昂的一个招聘员交代的："应该对招来的工人进行分类，即排字工是多少人，印刷工是多少人。"② 有时这些"分好类的工人"会遭拒，要是货色品相不够好的话，就和购买纸张一模一样。该公司向一家出版同行这样说，称其被里昂的一个招聘员坑了："他给我们派来的几个人状况太糟糕，我们不得不再把他们运走。"③ 该公司责怪招聘员派人之前未能进行检查："你派来的人当中有两个虽然安全抵达，但病得很重，会把其他人传染了；因此我们没法雇他们。镇子里没人愿意给他们提供住处。他们因此又动身去了贝桑松，想去

① Claudet to STN, June 18, 1777.

② STN to Claudet, May 8, 1777.

③ STN to Duplain, July 2, 1777.

那里的收容所报到。"① 而对于疾病缠身的穷人而言，进收容所就意味着死亡，因此纳沙泰尔印刷公司一定清楚，自己正把这些人送上在法国的最后一程——而且从纳沙泰尔到贝桑松要翻越汝拉山脉，路很不好走。

纳沙泰尔印刷公司还是做了一些旧式的慈善。该公司工头的工资簿上包含了一些这样的条目："给一个德国工人的救济，7巴茨（相当于1里弗赫）。"② 来信中偶尔也有对工人的同情。例如，一个伯尔尼的印刷厂主这样推荐一位老排字工："他是个好工人，之前在纳沙泰尔工作了挺长一段时间，但我得告诉您，他的视力和听力都开始退化了，而且他年龄大了，已经不能像一个身强力壮的年轻人那样排字了。尽管如此，既然你可以只计件付给他薪酬，我还是恳求您能尽量雇用他；他因为贫穷落得十分可怜的境地。"③ 但最后伯尔尼人还是开除了他，而纳沙泰尔人也没有雇他。事实上，《百科全书》一完成，纳沙泰尔印刷公司就解雇了2/3的工人，尽管一位主管的女儿对此表示抗议，她在父亲出差期间负责打理印刷店，写信给他："不能一天天地把有妻儿的人赶到大街上。"④ 这位主管根本没有想到这一点，他对女儿进行了一番有关赢利的说教就否决了她的反对。因此，把在法国的旅行生活想象成一种愉悦的、年轻人的漫游

---

① STN to Vernange, June 26, 1777.

② "Banque des ouvriers" of the STN, entry for Jan. 16, 1779.

③ Pfaehler to STN, March 3, 1772.

④ Mme. Bertrand to Ostervald of the STN, Feb. 12, 1780.

时光，或是认为工人与雇主之间相亲相爱的想法都是错误的。

那么工人自己又是如何来表述他们的状况的？这直到现在还无法明说，因为历史学者没能和18世纪的工匠进行直接的联系，尽管像E. P. 汤普森（E. P. Thompson）、莫里斯·加登（Maurice Garden）和鲁道夫·布朗（Rudolf Braun）这样的专家都进行了相关研究。但印刷工不同寻常，他们是识字群体。他们当中有些人相互通信，他们的书信有一些被厂主截下，被拦截的信件当中又有一些在纳沙泰尔印刷公司的档案中被保留下来。一个名叫奥弗雷（Offray）的阿维尼翁排字工写给一个名叫杜克雷（Ducret）的萨瓦地区工人的便条，就是这种工人间通信的一个珍贵样本，后者当时在纳沙泰尔印刷公司的排字组（casse）工作。奥弗雷刚刚辞掉了纳沙泰尔的工作，以加入伊维尔东巴泰勒米·德·菲利斯的店。在那儿，他向杜克雷保证条件要好得多。当然，为菲利斯工作也有不好的地方："教授"——大家都这么称呼他——从来不给雇员借一个子儿，德国工人和法国工人处不好。但那里生活成本低，店的经营也要比纳沙泰尔的好。最重要的是，活比较多："这里的活儿很充足……，这点你根本不用发愁。"①

---

① Offray to Dcret of the STN, Dec. 1770, cited in Jacques Rychner, "A l'ombre des Lumières: coup d'oeil sur la main-d'oeuvre de quelques imprimeries du XVIII ème siècle," *Studies on Voltaire and the Eighteenth Century*, 155（1976）, pp. 1948 - 1949. 雅克·里希纳完成他关于纳沙泰尔印刷公司的论文之后，我们就能跟随计日雇佣印刷工的旅程来进行颇为详尽的考察。

工人会因没活干而担心，因为雇主都是有活才聘人。一本书印完后，他们往往会解雇之前印这本书的工人，等到准备印新的一本书时再去雇人。这样一来，奥弗雷就是在推荐本地区其他印刷店的工作机会。洛桑的于巴克（Heubach）要招一位排字工，甚至还有可能招一位工头；在伊维尔东至少缺两位印刷工和三位排字工，因为奥弗雷的三位工友秘密计划要在下周日就从菲利斯这儿辞职不干了。"不是因为没有活干，而仅仅是因为工人们朝三暮四的——我本人首先就是这样——一直换工作。"最后，奥弗雷还传达了两人在其他印刷店的共同好友的境况，还向他之前在纳沙泰尔的工友问好："我给戈兰先生（M. Gorin）写信了，若收到他的回信——我希望会——我就告诉你。请向克罗什先生（M. Cloches）、波莱勒先生（M. Borrel）、庞西翁先生（M. Poncillon）、帕当先生（M. Patin）、昂戈先生（M. Ango）问好，请别忘了我的老伙计盖耶（Gaillé）……我妻子也向这些先生们问好。我漏了郎西先生（M. Lancy），我也要问候一下他，还有'奶罐'夫人（Madame pot-au-lait）。"① 这些昵称，信中提及的其他书信往来，还有这种形成了一种朋友圈的感觉，如此种种都表明，工人已经形成了自己的信息沟通体系，相互之间通过书信交流来

---

① Offray to Dcret of the STN, Dec. 1770, cited in Jacques Rychner, "A l'ombre des Lumières: coup d'oeil sur la main-d'oeuvre de quelques imprimeries du XVIIIème siècle," *Studies on Voltaire and the Eighteenth Century*, 155 (1976), pp. 1948 – 1949.

推荐自己的老板——或如他们所称"资产家"，这和雇主与招聘人员之间通信交流工人的情况一样。

工人之间的内部信息大多是通过口口相传，每每都是印刷工在路上相遇，或是这一行业的人常去的小酒馆里相互喝上一杯时传播。消息的传播和内容都难以追溯。但一些零散的信息表明，工人讨论工作的时候都很懂行情，很现实。他们想知道哪儿的薪酬高，哪儿的工作多，哪儿的工友比较投契，哪儿的酒便宜，哪儿的工头比较和善。[①] 而雇主之间的信息体系所流传的情报体现了不同的考量。劳动力供应就像纸张和印墨一样，要尽可能便宜、高效，要能听从指挥，可以通过额外奖励、惩罚和开除来规训。一旦在生产过程中不再必要，就可以被丢弃。

工人和资产家并非像一些研究前工业化时代欧洲的历史学者所想象的那样，共存于一种家庭般的温馨关系之中。他们彼此憎恶的程度很有可能与19、20世纪一样。但两方对彼此间关系有着共同的预设——也就是关于雇佣关系的根本认识：他们都预计雇佣关系会是不稳定、不规律的，还有可能风波四起，很可能不长久，但其中不会有和现代雇佣现象哪怕有一点点相似的情况，什么每周40小时，朝九晚五工作制，1.5倍加班工资，上下班打卡，投入和产出，生产时间表，合同，工

---

① 例如，可见 Nicolas Contat dit Le Brun, *Anecdotes typographiques où l'on voit la description des coutumes*, *moeurs et usages singuliers des compagnons imprimeurs*, ed. Giles Barber (Oxford, 1980), pt. Ⅱ, chap. 2.

会，自动化，通货膨胀，实际工资，退休金，业余生活，工作内容枯燥乏味，异化等都不存在，也不会有那些想要理解这一切的社会学家。

如此就是 18 世纪印刷工和他们的雇主对于工作的态度，但工作本身究竟是什么？其主观现实也许让历史学者难以捉摸，但还是可以通过分析纳沙泰尔印刷公司的工头巴斯泰勒米·斯皮努（Barthélemy Spineux）所记的工资簿来衡量其生产力。每周日晚，斯皮努都会记录过去一周每个工人的工作量，还有为此得到了多少报酬。斯皮努根据排版的书页底部的签名来计算排字工的工作量，根据数以千计的印次来计算印刷工的工作量。通过计算实际文本当中的半身数①，我们可以利用斯皮努的记录来计算每位排字工每周将铅字字符从字盘里拿出、码上排字手托所做的动作次数，还能计算每位印刷工拉动印刷机手柄的次数。可惜的是，这些计算涉及分析文献学当中一些烦琐费力的训练，是一门颇为艰深的学科，似乎法国人认为很深奥，常常在前面加上"盎格鲁－撒克逊"的定语。但这对历史学研究具有重要意义，值得一做，因为对斯皮努工资簿进行文献学研究能得出对前工业化时代工人的工作量与收入的确切记录。

我就不深入文献学的复杂研究了，也不会呈上一整套图

---

① en，（西文铅字）对开，半方，或半身，是全身（em）的一半。全身是印刷计量单位，用以计量排版行长，相当于 1 铅字字符的宽度。——译者注

表，我只想提一下我的数据统计得出的一些主要结论。① 第一，人事变动的速度显然非常快。每六周差不多就有一半的雇工会换人，印刷店整体上每周都会有变化，因为工人们来去匆匆，乱糟糟，这背后既有工作机会不固定的因素，又有像奥弗雷说的那样，工人们自己"朝三暮四"。从这样一种极不稳定的模式当中总结出一般规律往往会有偏差，但工人似乎主要可以分成两大类：一类是短期临时工，往往在纳沙泰尔印刷公司工作少于六个月；另一类是固定员工，会干满一年或更长时间。固定员工一般年纪更大，已婚，不过也有一些年轻人。排字工的情况是，他们和某个工作机会同步。例如，一位老排字工贝尔托（Bertho）用 88 周时间处理了《百科全书》大部分的排字工作，最后一册刚刚印好，他就离开了纳沙泰尔印刷公司。因此，数据统计表明，工人对工作机会很看重——用印刷工的行话来说就是工作（ouvrage）或劳动（labeur），这在工人的书信当中非常突出。

　　第二，通过追踪 1778 年五个月每位工人每印一页所做的排字和印刷工作，我们可以了解到工头是如何应对这种充满变数的劳动力供应状况的。在工作流程当中，印刷工处于排字工的下游，因此，要是几个排字工辞去纳沙泰尔印刷公司的工作，相应数量的印刷工就有可能被辞退。因此，在 10 月 10 日

---

① 这些数据有一些出现在我所写的另一本书中，但部分还未出版。*The Business of Enlightenment: A Publishing History of the "Encyclopédie," 1775 - 1800* (Cambridge, MA, 1979), chapter 5.

那一周，三个排字工离开了纳沙泰尔印刷公司，让排字队伍从13人降到了10人，工头就将印刷队伍从20人砍到了12人，这样一来总的产量就降了一半。一项新的工作任务加上新招募的排字工则有可能扭转这一趋势，正如9月5日~19日，排字工队伍从9人增至12人，印刷工队伍从13人增至18人，相应产量也翻番了。人力资源和生产力的图标起伏很大，每周要么激增要么突降，跌宕起伏，这显示劳动管理是一项需要去平衡的工作，不论是在经济层面还是劳动力层面都会产生高昂的成本。

第三，我们可以考察每位工人的劳动产出和收入，而情况也多种多样，不仅每个工人之间有差异，而且同一批工人每周的表现也不一样。印刷工属于通常所说的"劳动贵族"，他们是技术工人，收入是普通工人的两倍。只要他们坚持工作，每周能给家里带回100纳沙泰尔巴茨或15里弗赫币的收入，这足以支持一个家庭的生活，要比法国的纺织工人、石匠和木匠都赚得多。但他们实际赚到的钱往往比能赚到的要少，不是因为没有工作可做，而是他们自动选择少做。

例如在10月3日这一周，排字工戴夫（Tef）的工作收入下降了一半（从92巴茨降到了46巴茨），而另一位叫马雷（Maley）的则增加了1/2（从70巴茨到105巴茨）。每个人都有很多册的工作需要完成，但大家都喜欢按自己的节奏来，一阵一阵很不稳定。印刷工队伍当中不规律的问题甚至更突出。尚布鲁勒（Chambrault）和他的工友们在6月13日这一周赚了

258 巴茨，完成了 18000 印次；之后的两周他们的产出降到了 12000 印次，之后又降到了 7000 印次，总共的收入降到了 172 巴茨，然后又是 101 巴茨。另一边在三周时间里，尤尼科勒（Yonicle）和他的工友的产量从 12525 印次飙升至 18000 印次，之后又升至 24000 印次，他们的收入从 182 巴茨涨到 258 巴茨，又涨到 344 巴茨。在最高产的时期，他们赚的几乎是效率较低星期的两倍，是手脚慢的工人的三倍多。大多数工人在大多数时间里远远低于自己的工作全力。仅在少数情况下他们的产量下降可以归因于节假日或是工作量减少。工人放慢速度或者干脆停工是去纵情声色（débauche），这是印刷行业的一个老传统了。1564 年 6 月 11 日安特卫普普朗丁出版社（Plantinian Press）的记录就可以说明这一点："提到的那个米歇尔（Michel）去了妓院，周日、周一、周二、周三都待在里面；然后周四早上回来，在他平时住的房间里的行李箱上睡了一觉。"①

尽管纳沙泰尔印刷公司的档案并未提供有关工人如何度过闲暇时光的详细细节，但显示他们有钱有闲来享受。计时工又被称为"良心工"（conscience worker），被认为是店里最可靠的工人，正如他们的这一称呼所示。但即便如此，出勤记录也显示，他们常常没有做满一周六天的工作。例如巴度（Pataud）在 1778 年夏天做了五周的计时工（凭良心工作），

---

①　Leon Voet, *The Golden Compasses* (Amsterdam, 1972), Ⅱ, p. 351.

第一周他工作了五天，第二周五天，第三周六天，第四周六天，第五周则是三天。这样的例子数不胜数，但无论如何来处理工资簿上的数据，我们都能发现劳动的不稳定状态——时长、节奏、组织、生产力和薪酬支付亦是如此。

若将统计数据与书信中表达的态度进行比较，这一情况就显得很重要了。这两种证据互为补充，体现了工人自己对工作基本性质的体验和理解。但在下结论之前，我想说一说第三种证据，在人类学意义上被称作"文化"的证据。我是指关于传统、民俗和印刷技艺的学问的信息。这类信息非常丰富，分布于像印刷工的手记和回忆录这样的资料当中，本杰明·富兰克林（Benjamin Franklin）和尼古拉·雷茨夫·德·拉布雷顿（Nicolas Restif de la Bretonne）的记录就是明显的例子。最丰富的资料当属尼古拉·孔塔（Nicolas Contat）的《印刷轶事》（*Anecdotes typographiques*）。此人是一位巴黎的排字工，记述了自己在 18 世纪三四十年代从一位学徒成长为圣 - 赛维朗街（rue Saint-Séverin）一家印刷店工头的经历。孔塔关于工人如何被雇佣、管理、付薪酬的记录在很多细节上都符合纳沙泰尔印刷公司档案描述的情景。还为后者增加了新的维度，因为其中满含印刷店文化的信息，特别是关于三个主题的：规矩、行话和笑话。

孔塔将自己的经历安在一个名叫杰洛姆（Jerome）的虚构年轻人身上，描写了很多庆典场景，主要是像圣马丁和福音者圣约翰这样的节日；但他着重强调了学徒在印刷店成长过程中的仪式。比如，当杰洛姆刚参加工作时，他经历了一个被称作戴围裙（la prise de tablier）的仪式。他还得给印刷店组织——印刷职工会（chapelle）支付 6 里弗赫（这大概相当于一个优秀的计日工三天的工资）。计日工内部还会收一点儿费用［被称作"认可费"（la reconnaissance）］，然后全体工人就一同前往花篮酒馆（Le Panier Fleury），这是于谢特街（rue de la Huchette）上一家印刷工常常光顾的酒馆。酒馆里计日工围在杰洛姆周围，工头在中央，人人手里都端着斟满了酒的杯子。副工头走过来，手里拿着印刷工穿的围裙，身后跟着两位老资格，二人分别来自印刷店的两个"集团"——排字工组和印刷工组。工头做了一番简短的讲话，然后就给小伙子戴上了围裙，在身后给他系好绑带。随后工人们纷纷鼓掌，为他的健康干杯，而他本人也接过一杯酒加入其中。

作为仪式的结尾，工人们走到房间尽头准备好的丰盛大餐前大快朵颐。他们一边往嘴里塞着肉和面包，一边交谈。《印刷轶事》为我们提供了一些交谈内容："他们有人说，印刷工狂吃海塞难道不是最在行吗？我敢说，要是有人给我们上一只和你一样大块头的烤羊，我们也能吃个干净，只剩下骨头……他们根本不讨论神学或哲学，更不会讨论政治。人人都在讲自己的工作：有人会跟你说排字的事儿，还有人说印刷的事儿，还有印刷机上的衬垫纸，或是墨球皮带。他们都是同时开始讲，也不管别人能不能听清。"终于，在清晨时分他们相互分别——个个酩酊大醉，但坚持到最后一刻都还很有仪式感："晚安，我们的工头先生；晚安，排字工先生们；晚安，印刷工先生们；晚安，杰洛姆。"书中接着解释说，杰洛姆在正式成为一名计日工之前，大家都称呼他的名，而不是姓。①

而这要再等四年才实现，这期间经历了不少欺凌，中间还有两次仪式，一是"入行"（admission à l'ouvrage），二是"入伙"（admission à la Banque）。仪式的形式都是一样的——先收新人一笔费用，然后就去大吃大喝来庆祝——但这次《印刷轶事》提供了给杰洛姆致辞的具体内容："新成员已经受到了教育，他已被告知永远不得背叛他们的工友，不得压低工资水平。一旦有工人不肯接受（某项工作）开出的工资而离职，店里其他工人不得以低于此水平的工资接受工作。这些是工人间的规矩。建议他坚持忠诚和正直的品格。印刷违禁品——被称作'栗子'（marron）——时，任何出卖工友的工人都会名誉扫地，被逐出印刷店。工人们会给全巴黎和外省的所有印刷店写信，将他列入黑名单……除此之外，没有什么禁止之事：爱喝大酒是好品质，风流放荡只是年轻人犯浑而已，欠债是聪明的表现，不信上帝说明为人真诚。这是一个自由、共和的世界，凡事都可行。可随心所欲地生活，但要做个诚实的人，不要玩虚伪。"简言之，杰洛姆被一种清晰明了的文化特质所同化，这种文化看上去与马克思·韦伯的节制苦行主义和现代工厂的劳动纪律简直有天壤之别。这一刻他有了新的称号：杰洛

---

① Contat, *Anecdotes typographiques*, pt. Ⅰ, chap. 3.

姆已经不再用了，换成了"先生"——也就是说，他现在有
了一个新的身份，或者说社会地位。他经历了严格人类学意义
上的成人礼。①

当然，在此期间他掌握了一门行当。《印刷轶事》的内容
大多关于一位学徒是如何学会排字或如何装印版的，甚至还有
一份词汇表帮助读者理解技术用语。但仔细读会发现，工艺用
语其实与技术没太大关系，更多是一种行话，因此不仅体现了
工作是如何完成的，更体现了工作所处的氛围。这些行话集中
于六个主题。

①庆祝活动。除了已经提到的"欢迎会"（bienvenue）、
"入伙会"（banque）和"认可活动"（reconnaissance），工人
们还会庆祝"启程送别会"（la conduite，为送别即将动身在
法国巡回找工作的工友所举办的宴会），还有洞房会（le
chevet，计日工倘若结婚，印刷职工会会付给一笔钱）。

②玩耍作乐。工人们常常会在下班后玩一场戏仿（copie，
对印刷店生活中发生的事情进行滑稽的模仿），或逗笑
（joberie，讲笑话、嬉闹），还有皮奥（pio，荒诞故事会），或
者是闹腾一场（une bonne buée，打趣胡闹）。

③吃吃喝喝。像吃（fripper）、"抓胡子"（prendre la barbe，
喝醉）、"一只袖子"（une manche，半醉半醒），还有"闹个
场子"（une faire la déroute，在卡巴莱表演酒馆闹一闹）。这样

①　Contat, *Anecdotes typographiques*, pt. Ⅱ, chap. Ⅰ.

的词都表明，工人们在印刷店与酒馆之间往来频繁。

④暴力。从行话像"抓山羊"（prendre la chèvre，情绪失控）、"头羊"（chèvre capitale，大发雷霆）、"起摩擦"（se donner la gratte，争吵斗殴）来看，印刷店经常会爆发斗殴事件。

⑤麻烦事。工人有可能会"挣脱枷锁"（promener sa chape，停工），或是"拿走圣-让"（emporter son Saint-Jean，辞职不干，拿着工具跑路，以印刷业保护神的名字来代指），或"做狼"（faire des loups，债台高筑），或"拿符号"（prendre à symbole，赊账消费）；但他似乎总是惹麻烦。要是他去"小门"（la petite porte，老板的耳目），那他就是个马屁精、叛徒，在工友这里会惹麻烦。

⑥工作性质。印刷工们自然会有很多关于疏忽、错误的表达，如"面团"（pâté）、"贝壳"（coquille）、"僧人"（moine）、"大黄蜂"（bourdon）。他们遵循印刷店的主要分工，区别"猴子"（singes，排字工）和熊（ours，印刷工），出版学徒则是"海胆"（oursin）。说到排字组和印刷组时都将其看作两个分立的阶级。他们会使用"劳动"（labeur）或"工作"（ouvrage）来表达被某项工作雇佣的基本概念，这与现代概念中加入一个公司形成对照。①

工人们还形成了一整套特定的举止和幽默逗笑。这些逗笑最淋漓尽致的表达就是戏仿，或讽刺模仿剧，其形式和内容能

---

① Contat, *Anecdotes typographiques*, pt. Ⅰ, chap. 2.

博得满堂大笑，还伴有嘈杂的音乐（嗡嗡声）。杰洛姆在印刷店的日子里最精彩的戏仿是和他同做学徒的勒维耶（Léveillé）上演的，后者有非凡的模仿才能。这些小伙子们被迫早早起床，很晚收工，之后回到阁楼上糟糕的房间里，他们感觉自己得到的是动物的待遇——事实上还不如家里受宠的动物，一只名叫灰灰（la grise）的宠物猫。看起来当时在巴黎的印刷店店主中间开始流行养猫，有一个店主养了 25 只。他给每只猫画了肖像，还喂它们烤熟的禽肉。杰洛姆和勒维耶只能吃上稀薄的粥食，而灰灰却能从店主太太盘子里分得上乘的美食。一天清晨，勒维耶决定不再忍受这种不公正的待遇。他从房间里爬到房顶上靠近店主卧室窗户的地方，开始很大声儿地喵喵叫唤，把他的资产家夫妇给吵醒了。如此忍受了一周之后，店主认为自己被那些巷子里可恶的流浪猫下了蛊，命两个年轻人去收拾它们。二人开开心心地照做，因为"店主们喜欢猫，那么［工人们］就讨厌它们"。

两个学徒欢天喜地地来了一场猫的大屠杀。他们手持店里的工具，找到一只猫就敲打一只，首当其冲的就是灰灰。他们把这些奄奄一息的小东西装成一袋一袋，堆在院子里，然后演了一场行刑的戏。他们安排好卫兵，任命了一位告解神父，进行了宣判，然后向后一步，看着一位假装是刽子手的人将猫挂在一个临时搭起来的绞刑架上，人群爆发出大笑。店主的太太在人群兴致正酣的时候赶到，看到灰灰在绞索上挂着，于是惊声尖叫。店主连忙跑来，但除了责骂工人们消极怠工什么也做不了，因为是他给工人们提供了屠猫的机会在先，最后是以资产家在人群中爆发出新一阵的哄笑前离开收场。这件事后来成了这家印刷店里的一个传说。之后的数月里，勒维耶一次次反复表演全过程，形成了一种逗笑的固定节目，一场对戏仿的戏仿。每当工作乏味难当之时，这个节目都给店里带来了欢乐。当勒维耶完成一个节目之后，工人们都会在铅字盒上敲打排字盘，用锤子敲打版框，像一群山羊一样叫成一片，以此来表达欢乐之情。他们惹恼了店主，让他发了火。工人们不仅喜欢吵闹、逗笑，他们还痛恨雇主：“工人们联合起来反对雇主，只要说他们的坏话就足以在整个印刷工当中赢得尊敬。”①

　　当然，逗笑并不单纯，而这场尤其富有深意。勒维耶的戏仿显示出工人对资产家恨意之切，还有后者与之截然不同的生活方式——这不仅是关乎财富和权力的事情，还关系到感受的不相容。对于工匠而言，逗弄宠物的乐趣非常不适，正如雇主无法接受虐待动物的乐趣一样。虐猫行为当中的仪式元素值得我们关注，因为在旧制度时期的大众文化当中有丰富的仪式，特别是在像狂欢节这样的节日庆典当中，下层阶级在庆典活动中颠倒社会秩序，常常最后以公开处刑来结束戏仿。通过给猫判刑，计日印刷工们以象征的形式审判他们的雇主，糅合了街头表演、狂欢庆祝和混乱的猎巫行动等多种形式，以此来宣泄自己的愤懑与不满。

---

① Contat, *Anecdotes typographiques*, pt. Ⅰ, chap. 6.

从这份资料当中可以得出的结论有主观印象之嫌，但我意识到，首先一点，它很强调具体而实际的东西——工作的开展，对手头工作的谈论，对眼下情况以及日常世界里熟悉的事物之间直接联系的一种普遍关切。工人用庆祝仪式来装点这个世界，用嬉笑幽默为其注入活力，所以工作本身就含有仪式、成人礼和乐趣。工作与娱乐之间并无清晰的界限，劳动与我们今天意义上的"休闲"之间亦无分隔，而18世纪是不存在休闲这一现象的，那时候人们每天在12、14个小时，甚至16个小时的时间里将工作与娱乐混杂在一起。

与此同时，笑话和行话俚语突出了这种工作不稳定和不规律的性质——暴力、酗酒、致贫、逃工、被开除时有发生。工作就是辛苦的劳动，是因某项具体工作任务才有的，因此有一搭没一搭，而不是像被一家公司雇用那样稳定。行业的传说印证了工资簿上人员更替频繁的情况，也印证了雇主通信当中显示的工人对旅费问题的看重。工人从一份工作换到另一份，到处奔走，他们不会认定自己属于某个阶级、某个团体或哪家公司，而是属于这个行业本身。他们的自我定位就是计日聘用的印刷工，而不简单是工人。他们有自己的一套话语，拜自己的守护神（至少在天主教国家如此），还会光顾他们内部常去的酒馆，会按照内部特定的路线在法国巡回找工作。他们甚至在周日出游的时候也会结伴而行，一起去逛乡下的酒馆。有时会根据不同工种团体分拨，排字工一群，印刷工另一群，还会和对立的鞋匠和石匠群体发生争吵、冲突。印刷工将自己与其他工种进行明确的区分——同时也与他们的雇主区别开来。他们的行业有发展极为完善的知识传统和文化特质，这让其无法与更广泛意义上的工人群体团结一致，但更表达出了对资产家的强烈痛恨。印刷店并未能起到类似于温暖幸福大家庭的作用，而是一个关系紧张、危机一触即发的小世界。

为了重建这个世界，我试着对工作进行数据统计测算，想以此来揭示工人和他们的老板对工作的态度，来考察其中体现的行业文化。这三个元素相一致，揭示出 18 世纪法国和瑞士的计日雇佣印刷工这一特定工人群体眼中何为工作的意义。其他行业的工人，还有广大非技术工劳动群体，也许对自己的工作有不同的认识，因为他们的工作经历肯定与印刷工有很大不同。但若说从这一特定的资料中可以总结出什么规律，那就是前工业化时代的工作一般是不规律、不稳定的，是基于具体行业和具体工作任务的，其组织形式是集体化的，但其工作效率因人而异——所有这些特点都让作为一种普遍现象的工作在这一时期与工业化时代的工作截然不同。因此，通过观察一家印刷店的运作，我们可以了解到人类生活的一项根本要素是如何发生转变的，让现在的我们与那些 18 世纪文学被遗忘的作者处于完全不同的状况，而当时正是他们将这些书籍生产了出来。

第六章

阅读、写作与出版

文学史难免会有时代错置的问题。由于每个时代都会用自己的话语来重构之前的文学经历，每位历史学者都会给出不同的经典目录，因此文学在阐释体系里不会是固定不变的。正如瓦尔特·本雅明（Walter Benjamin）的藏书，① 它是一种思想状态，随时会被打开来重新梳理。但把文学史仅仅看作有关什么是经典巨作无尽的重新洗牌，这种观点总有不尽如人意的地方。若我们能存有跨越较长一段时间的大量书籍，是否可能在接触出版作品的经历当中寻到一些普遍规律？这个问题属于文学的社会学或社会史研究，1910 年由达尼埃尔·莫尔奈（Daniel Mornet）提出。他提出了一个很简单的问题，18 世纪的法国人都读些什么？

莫尔奈认为，他能通过数一数私人藏书馆五百份书册目录上有多少书目就能找到答案，这些目录是 1750 ~ 1780 年在巴黎地区印刷，用于书籍拍卖的。卢梭的《社会契约论》他只找到孤零零的一本。他发现 18 世纪私人藏书馆里收藏的其他

---

① Walter Benjamin, "Unpacking My Library: A Talk about Book Collecting," in *Illuminations*, ed. by Hannah Arendt (New York, 1968).

启蒙经典出奇的少，书架上倒是摆满了被历史遗忘的男女作家的作品，像特米瑟尔·德·圣－亚桑特（Thémiseul de Saint-Hyacinthe）、德·格拉菲涅夫人（Mme. de Graffigny）、里克伯尼夫人（Mme. Riccoboni）等的作品。18世纪的书籍爱好者将法国文学划分成克莱芒·马罗（Clément Marot）"前时代"及其"后时代"。他们要读哲学作品，就是伏尔泰的《亨利亚德》（La Henriade）和卢梭的《新爱洛伊丝》（La nouvelle Héloise）。①

　　莫尔奈的研究方法与那种通过探究什么是"经典巨作"来研究文明的方法一致，但讽刺的是，他似乎推倒了启蒙思想的一些重要支柱。他认为《社会契约论》对罗伯斯庇尔影响很小，其追随者都试图扩大这一裂痕。② 另一边，卢梭主义者对莫尔奈的观点和证据进行了反击，修复了一些其所造成的损

---

①　Daniel Mornet, "Les enseignements des bibliothèques privées (1750 – 1780)," *Revue d'Histoire Littéraire de la France*, 17 (1910), pp. 449 –492.

②　尽管莫尔奈在这篇文章当中得出这些结论时都进行了谨慎的条件限定，但在之后的作品当中给出了更为概括性的说法。他错误地暗示他对《社会契约论》的研究适用于1780年之后的时期："这本令人敬畏的书在1789年之前鲜被讨论。" Daniel Mornet, "L'influence de J. -J. Rousseau au XVIIIe, Siècle, " *Annales Jean-Jacques Rousseau*, 8 (1912), p. 44. 另见 Daniel Mornet, *Rousseau, l'homme et l'oeuvre* (Paris, 1950), pp. 102 – 106；Daniel Mornet, *Les Origines intellectuelles de la Révolution Française*, 5th ed. (Paris, 1954), p. 229. 罗伯特·德拉泰认同莫尔奈的看法。Robert Derathé, "Les réfutations du Contrat Social au XVIIIe Siècle," *Annales de la Société Jean-Jacques Rousseau*, 32 (1950 –1952), pp. 7 – 12. 阿尔弗莱德·科班进一步发展了莫尔奈的结论："卢梭的《社会契约论》在大革命前没有证据表明很有影响力，在大革命期间的影响力也存在很大争议。" Alfred Cobban, "The Enlightenment and the French Revolution," reprinted in *Aspects of the French Revolution* (New York,

害。他们问道，一本书能在那些印书册目录的重要私人藏书馆上榜，难道就能说明这本书可以吸引普通无名读者？他们指出，《社会契约论》的理念可以通过卢梭颇受欢迎的《爱弥尔》第五卷的形式传到普通阅读大众那里，或是通过旧制度最后十年这一重要时期的版本传达，而莫尔奈的研究并未涵盖这一时期。[1] 更重要的是，莫尔奈忽略了一点，用于拍卖的书册目录在出版前都要通过审查。[2] 因此，他的观点是对是错都还未能明证。

然而，莫尔奈提出了一些人们刚刚开始面对的根本问题：旧制度下的文学有什么特性？18 世纪是谁生产书籍，又是谁阅读，他们是做什么的？若这些问题得不到解答，我们就无法在任何文化和社会语境当中来定位启蒙运动，而这些问题并不能通过传统的研究方法来解答。

在形成一种新的研究方法方面所做的努力当中，最具影响力的是罗伯尔·埃斯卡皮（Robert Escarpit）所著的《文学社

1968），p. 22. 最全版本见 Joan McDonald, *Rousseau and the French Revolution*, *1762 – 1791*（London, 1965）.

[1] R. A. Leigh, "Jean – Jacques Rousseau," *The Historical Journal*, 12 (1969), pp. 549 – 565.

[2] 尽管卢梭的这本著作太过艰深晦涩，无法像《爱弥尔》和他的其他论述那样在问世之后引发那样大的争议（在瑞士除外），但其影响力和所有思想意识方面的影响力一样难以衡量。如果说它遭受的打压可以反映其重要性的话，那么需要注意，法国政府从未正式谴责《社会契约论》，但的确不允许其自由传播。革命者发现，它与其他煽动性文学同样被锁在巴士底狱的杵臼（pilon）里。"Le pilon de la Bastille," Bibliothèque de l'Arsenal, MS. 10305.

会学》（*Sociologie de la littérature*）。[1] 正如该书书名所示，担任波尔多"文学事实社会学研究中心"（Centre de Sociologie des faits littéraires）主任的埃斯卡皮想要定义一门社会学新分支的研究对象和方法。他把书籍看作一个心理过程当中的能动，是作者与读者之间的交流，同时还是商品通过一套生产、销售、消费体系得以传播。既然作者在心理和经济的双重交流过程中都扮演了关键角色，埃斯卡皮就集中对作者进行了研究。他认为，作者在遵循普遍人口学规律的人群当中构成了一个独特的群体，在此基础上他发展出一套作者的人口史。

为了考察文学群体，埃斯卡皮从《小拉鲁斯词典》（*Petit Larousse*）最后几页入手，然后又去翻看文献目录和传记辞典，得出了一张包含 937 位在 1490～1900 年出生的作家名单。之后他将这些材料编排成两页的图表，有关文学的事实就以 40 岁以下作家人数的增减体现出来了。埃斯卡皮观察到，年轻作家的比重在路易十四、路易十五和拿破仑去世后都有所增长，《南特敕令》（Edict of Nantes）[2] 颁布时也有年轻作家人数增

---

[1] 埃斯卡皮的书属于广为传阅的"我知道什么"（Que Sais-Je）系列，已有四版问世。Louis Trenard, "La sociologie du livre en France（1750–1789），" *Actes du cinquième Congrès national de la Société française de littérature comparée*（Paris, 1965），p. 145.

[2] 法国国王亨利四世于 1598 年 4 月 30 日签署颁布的一条敕令，是世界近代史上第一份有关宗教宽容的敕令。承认法国国内胡格诺教徒的信仰自由，并在法律上享有与公民同等的权利。但亨利四世之孙路易十四在 1685 年颁布《枫丹白露敕令》，宣布基督新教为非法，《南特敕令》亦因此而被废除。——译者注

长的现象，但黎塞留（Richelieu）胜利之后，以及后来投石党垮台，这一增长就停止了。对埃斯卡皮而言，结论一目了然：政治事件决定了文学人口。他又提及英国的状况来印证这一解读，西班牙无敌舰队造成英国作家群体的老龄化，这直到詹姆斯一世去世才有所改变。

这是一个令人振奋的观点，它将文学人口与战争、敕令、革命和君主的诞生联系起来。但它也令人疑惑。我们能认为是一种"知识分子节育"的风气控制了文人共和国吗？难道说作家们出于对他们的好女王伊丽莎白（还有维多利亚）的忠心，而特意限制自己的人数吗？还是说这种老龄化其实是他们对女王的诅咒？英国的年轻人开始写作是为了让查理一世日子难过吗？还是说在法国，年轻人停止写作是为了表达对路易十四的不满？要是任何有意识的动机都不值得考虑的话，那么为何路易十四即位之后青年作家的人数会减少，而在路易十五、路易十六即位之后都有所增加？为什么统治者的生死会有如此重要的人口学意义——或者说，要比 1789 年、1848 年两场革命的意义大？这两场革命都没有使埃斯卡皮的图表形状发生变化，尽管 1830 年似乎是一个大的转折点。

这些问题的答案也许能从埃斯卡皮数据统计的缺陷中找到。他的统计是从 410 年当中提取 937 位作家，这让样本非常单薄——每年平均只有 2.3 位作家。单单增加或减少一个人都能让图表发生 5% 甚至更多的变化，但埃斯卡皮将一些重要的结论建立在这些变化上，例如他把帝国治下一场年轻的浪漫主义运动与呈现中年特点的文学生活看作两样。更重要的是，埃斯卡皮根本不知道有多少作家未被计入在内。他显然觉得少数几十个人（比如对于早期浪漫主义者这个群体来说就是拉马丁和其他 23 位作家）就能够在人口学意义上代表整整一代文学人。少数个体当然可以代表一种新的风格潮流或文化运动，但不能代表可以用人口学来分析的现象，譬如代际冲突、人口资源调试等问题。

　　埃斯卡皮将 18 世纪与 19 世纪写作状况之间的社会学差异归因于另外两个因素——"外省化"和"职业化"。他通过追溯之前选取的作家的出生地，发现其在巴黎与外省之间有规律地切换。但这种地理论与人口学论一样，都受同样的统计学谬误之困，因此埃斯卡皮就没能证明狄德罗时期的巴黎主导了法国文学，巴尔扎克时期的巴黎也一样无法被证明。关于专业化问题，埃斯卡皮的结论显得更合理。他做了两张统计表来说明 19 世纪中产阶级专业作家——或者说完全靠笔杆子吃饭的作家更多。但在 18 世纪作家的数据表中，各百分比的和达166%，这可不能支持他的论点。①

　　这一次，埃斯卡皮是从大卫·波廷格（David Pottinger）所写的《旧制度法国书籍贸易》（*The French Book Trade in the*

---

　　① Robert Escarpit, *Sociologie de la littérature*, 4th ed.（Paris, 1968）, p. 46. 值得注意的是，18 世纪写作发展成为一种职业的过程与社会学意义上的职业化现象并不相符。Talcott Parsons, "Professions," in *International Encyclopedia of the Social Sciences*, XII, pp. 536 – 547.

Acien Régime）当中提取的数据，该书是量化研究作者群体状况的另一个例子。波廷格开展研究的方法是梳理传记辞典，寻找有关生活在 1500～1800 年的 600 位"作家"的信息。他之后将这些人分为五个社会类别——神职人员、佩剑贵族、上层资产阶级、中等资产阶级和小资产阶级——最后显然认为旧制度时期的作家主要属于佩剑贵族和上层资产阶级。同样，数据统计没有结论那么有说服力，因为波廷格将 48.5% 的作家排除在统计数据之外，理由是他无法确认他们的社会背景，这让他的样本代表性受损。对统计数据进行这样的删减，平均每年只有一位作家来支持一项跨越三个多世纪的社会分析。此外，波廷格显然将很多人进行了错误的分类，比如雷茨夫·德·拉布雷顿被分进了第一阶级，理由是他有一个弟兄进了教会。这一类中其他 16 个人要么有亲戚要么是保护人是神职人员。但在旧制度时期，除了农民，谁还没有这种情况？波廷格的其他分类也同样经不起推敲。他将所有在陆军或海军服役过的作家都归为佩剑贵族，将教师、药剂师、建筑师和所有"我们能和国家法律或半法律性质的职务挂上钩"[①] 的人都归于上层资产阶级。这种归类方法会将很多低层作家置于社会顶层，他们的生活状况像"拉摩的侄儿"一样，但自称律师，甚至还在巴黎律师界注册在籍。在任何情况下，都几乎不可能弄清上

---

① David Pottinger, *The French Book Trade in the Ancien Régime*, *1500 – 1791* (Cambridge, MA, 1958).

层、中层和下层资产阶级的界限，因为社会历史学者已经挣扎数年，无奈都无法就"资产阶级"的定义达成一致；而且，16 世纪的社会阶级分层的定义可能并不适用于 18 世纪。

如此一来，我们能从量化史学研究作者群体的尝试当中总结出什么呢？什么都总结不出。无论是埃斯卡皮还是波廷格都未给出证据，来证明他们为代表某一时期全体文学人所挑选的那几个人事实上具有足够的代表性——他们也没有能力证明，因为这首先需要对旧制度时期的全体作家进行人口调查。这样的调查无法设计，因为究竟什么是作家，是曾写过一本书的人，是靠写作谋生的人，是自称为作家的人，还是后人称其为作家的人？概念上的混乱和数据不足让这门社会文化史还未结出第一批成果就开始枯萎了。但我们没必要根据文学社会学研究刚开始实践的尝试来判断其成立与否，而对阅读进行数据统计要比对作家进行统计更有成效——要是能将莫尔奈的研究现代化的话。

莫尔奈的例子表明，我们了解旧制度时期法国文学的主要障碍在于我们无法回答一个根本性的问题：18 世纪的法国人都读些什么书？我们没有弄清答案是因为我们没有现代早期的畅销书单，或是有关书籍"消费"的数据统计。量化历史学者因此在很多资源当中进行探测，希望能探得足够的信息来重构 18 世纪阅读习惯的概貌。他们对数据统计的偏好并非意味着他们认为读者的内心经历可以被简化为一些数字，或是用量化研究的方式来衡量质性，或是建立一套衡量文学影响力的数

字标准（在任何一项粗略的数据调查得出的结果中，即便是
牛顿的《自然哲学的数学原理》表现也没多好）。量化研究者
仅仅是希望对阅读的整体状况和各类文体得到一个大体上的认
识。大量的数据已经在论文和专著中得以收集，包括弗朗索
瓦·弗雷（François Furet）、让·埃拉尔（Jean Ehrard）、雅
克·罗杰（Jacques Roger）、达尼埃尔·罗歇（Daniel Roche）、
弗朗索瓦·布鲁歇［François Bluche，他用了雷金·佩蒂
（Régine Petit）的作品］、让·迈耶（Jean Meyer）等人的作
品。① 他们每人都援引了三类资料：私人藏书馆的书目、书评
和向政府提出的出版授权申请。这样一来就从三个方面有力地
解决了关于阅读的研究问题。若阅读的问题能被步步紧逼、集
中突破，如果那些耗在档案馆里的大量时间和辛苦的计算可以
从数据当中提炼出一种普遍模式的话，那我们就有希望观察到

---

① 后文以作者姓名加以引用的作品包括 François Furet, "La 'librairie' du
royaume de France au 18e Siècle," in *Livre et Société dans la France du XVIIIème
Siècle*, I（Paris and Hague, 1965）; Jean Ehrard and Jacques Roger, "Deux
périodiques français du 18e Siècle: 'le Journal des savants' et 'les Mémoires de
Trévoux.' Essai d'une étude quantitative," ibid.; Daniel Roche, "Un savant et
sa bibliothèques au XVIIIe Siècle: les livres de Jean-Jacques Dortous de Mairan,
secrétaire perpétuel de l'Académie des sciences, membre de l'Académie de
Béziers," *Dix – huitième Siècle*, I（1969）, pp. 47 – 88; François Bluche, *Les
magistrats du Parlement de Paris au XVIIIe Siècle*, *1715 – 1771*（Paris, 1960）,
pp. 291 – 296. 布鲁歇的作品涵盖了雷金·佩蒂一项未出版研究得出的结
果。*Les bibliothèques des hommes du parlement de Paris au XVIIIe Siècle*（1954）;
Jean Meyer, *La noblesse bretone au XVIIIe Siècle*（Paris, 1966）, pp. 1156 –
1177.

18 世纪文学的概貌慢慢变清晰。在考虑是否能够将所有这些专著综合起来看之前，有必要对每一部的特点进行阐述，因为每本都有其优劣。

弗朗索瓦·弗雷调研了法国国家图书馆对书籍出版准许申请的登记记录。申请主要分为两类：一类是公开许可（permissions publiques），既包括特许权（privilèges），也包括盖章许可（permissions de Sceau），针对那些已经正式经过国家审查和行政体系检验的书籍；另一类是默认许可（permissions tacites），对应的是那些审查人员不会公开明示其对道德、宗教或国家无害的书籍。弗雷认为，第一类许可能够显示一种传统的文化模式，而第二类则可以显示一种革新的文化模式，由于马勒泽布对书籍贸易的管理颇为自由，默认许可已然成了类似于法律空子的存在，在 18 世纪后半叶很多启蒙思想的作品都借此面市。但具体是哪些作品，有多少，在那些可以被定位为革新性质的书籍总数当中所占比重有多少，这些弗雷都没说。他承认，有大量未被记录的书籍通过简单许可（permissions simples）、警方许可（permissions de police），或者干脆是被宽容（tolérances）而得以流通传播，这要根据它们在旧制度时期被细致分级的准合法性当中属于哪一级而定。更有甚者，法国人往他们的屁股底下、假箱底里，甚至是巴黎警署警长的马车里偷偷塞了大量完全非法的不良书籍或哲学书籍。因此，默认许可的官方记录单并不能对确认什么是革新性书籍起到太大作用。

这种确认方面的困难在对登记记录上出现的书名进行分类

时就更为严重了。弗雷使用了18世纪书目分类体系，包括五个标准条目——神学、法学、历史学、科学和艺术、文学——还有一大堆分目录，这能给任何一个现代图书馆造成混乱。对于洛可可时期的读者来说，旅行游记归于历史类书籍，经济政治书籍就排在化学医学书籍之后、农业农艺书籍之前，这些都属于科学和艺术一类。但现代读者要是知道早期的政治作品（得到公开许可的一类）"几乎全是技术商业教科书"会非常迷惑。[①] 如果他想了解18世纪法国人的阅读内容是否越来越政治化，经济政治类书籍的统计数据又怎能让他满意？用18世纪的分类框架来解答20世纪的问题会有误导性，对于那些想要让启蒙运动与旧制度时期的阅读全景相协调一致的研究者而言尤其如此。

最后，弗雷还面临数据不完备的问题。出版书籍的申请并不能说明印了多少册，也没说明卷数、日期、地点和涉及销售的社会群体。除了重续特许权申请，从其他申请当中我们得出的畅销书和滞销书的数据价值是一样的——都是1。这些申请甚至都无法说明最后是否真正得以出版，当然也没有说明任何关于购书与读书之间的联系。

为了弥补这些缺陷，弗雷对1723～1789年登记的3万个条目进行了广泛的数据统计。他对数据当中的6个样本进行了充分的分析，足以让他勾勒出18世纪文学的一些总体潮流，

---

① Furet，p. 19.

但无法给出细致的情况。他将自己的研究发现简化成条形图展现出来，按照 18 世纪的类别来划分。图表显示，神学书籍数量有所下降，科学作品数量有所上升，这已足以验证世界的去神圣化趋势，这是弗雷的主要结论。图表还印证了弗雷的观点：18 世纪传统经典文化的影响力超过了启蒙思想元素。但这些元素在整个图表当中的分布太过随机，无法就启蒙运动的状况给出任何量化的结论。

让·埃拉尔和雅克·罗杰对书评进行量化，试图以此来衡量 18 世纪的阅读状况，但这个标准不适用于弗雷的数据。二人想揭示哪些类型的作品最流行，通过得到评论的书籍数量和评论的篇幅长度来反映，评论的来源是两本"优质"严肃的杂志——《学者报》（*Journal des savants*）和《特雷沃备忘》（*Mémoires de Trévoux*）。他们收集了大体相同时期的数据，也分为与弗雷相同的几类，得出的结论与之相辅相成：人们对科学的兴趣有所提升（他们认为是在 18 世纪早期），神学的式微，以及"文学的传统形式极具韧性"。[1] 遗憾的是，他们同样没有将自己的研究结果与莫尔奈的研究进行对照衡量。莫尔奈自己对《法国信使》上的评论文章进行了仔细分析，得出结论称，这些评论与小说的实际受欢迎程度完全没什么关系。[2] 对文献证据进行更多考察也许能够证实莫尔奈的结论，因为 18 世纪

---

① Ehrard and Roger, p. 56.

② Mornet, "Les enseignements des bibliothèques privées," p. 473.

的报纸杂志常常反映的是报人而非其读者的兴趣。旧制度时期的报人得在一个充斥着秘密小集团（cabales）、组织（combines）和后门关系（pistons）的世界里艰难求生存（由于法国文人世界杂乱无章，不得不创造出这些词来），他们的报刊也烙有他们生存之争的印记。因此，《学者报》在18世纪早期主要以医学文章为特色，并不是因为其读者对此有多大兴趣——他们实际上渐渐不再购买"这份疾病文集"——而是因为政府实际上接管了该报，随后将其交给了医生团体，后者用它来宣传自己的医学观点。①

埃拉尔和罗杰试图缓和此类情况对他们的数据统计造成的冲击，因此分析了大量的评论文章——以《学者报》为例，他们分析了上面刊登的对1800种书的评论。但是很难从这些数据中分析出结论，来与其他研究相协调。例如，大体上属科学杂志的《学者报》却在18世纪末将科学评论的内容缩减了近1/3，这个事实说明了什么？《学者报》的评论文章显示，科学与艺术这一类整体减少，而"文学"类显著增加。由此下结论认为大众对科学失去了兴趣未免太过轻率，因为就弗雷的研究来看，默认许可显示的情况恰恰呈相反趋势。此外，让－路易·弗兰德林和玛丽亚·弗兰德林（Jean-Louis and Maria Flandrin）对另外三份报刊的研究得出的结果与弗雷的研

① Raymond Birn, "Le Journal des savants sous l'Ancien Régime," *Journal des savants* (Jan. -March 1965), p. 28; Eugène Hatin, *Histoire politique et littéraire de la presse en France* (Paris, 1859 – 1861), II, p. 192.

究以及埃拉尔和罗杰的研究都相冲突。① 报刊似乎并非发掘阅读大众品味的理想数据来源。

如莫尔奈开始所示，私人藏书馆的目录也许是更好的量化历史研究的资源，但也会有自己的困难。很少有人会读完自己的所有藏书。许多人，尤其是在 18 世纪，会读一些不是他们自己买的书。藏书馆往往是经几代人才建立起来的，自然是老旧的，远远不能代表某一时期的阅读品味。而且 18 世纪的藏书馆都要经过审查，以免将禁书列入被拍卖出售之列。这种审查也许并不完善（莫尔奈就发现了 40 册伏尔泰被禁的《哲学通信》），但还是会有足够的影响力，将启蒙思想的很多作品从拍卖目录当中排除。

尽管存在这些困难，莫尔奈的作品还是此类作品当中最为重要的，因其涵盖了如此之多的（500 所）藏书馆，而且莫尔奈能够追溯到如此多馆主的社会地位。他发现他们来自中等阶级中间段以上的很多不同阶层（包括很多医生、律师，特别是官员，还有神职人员、穿袍贵族和佩剑贵族），而他们的阅读品味与他们的社会地位并不完全匹配。路易·特雷纳尔（Louis

---

① Jean - Louis and Marie Flandrin, "La circulation du livre dans la Société du 18e Siècle: un sondage à travers quelques sources," *Livre et Société*, 2 (Paris and The Jague, 1970), pp. 52 - 91. 二人研究了三份私人——或至少是未经审查的——文学报刊，讨论了那些无法在像《学者报》这样的准官方、经严格审查的报刊上被提及的哲学作品。但二人研究的这三份报刊反映出当时人的态度与埃拉尔和罗杰的研究结论截然相反。他们只讨论那些引起轰动的书籍——成为新闻热点的书籍——因此与《学者报》和《特雷沃备忘》一样，并不能代表他们所研究的读者群体的普遍文学品味。

Trenard）在对里昂的藏书馆所做的量化研究当中也得到了相似的结论。① 但莫尔奈的方法最成功的运用还是对一个单独社会群体所做的研究。达尼埃尔·罗歇对多尔图斯·德·梅亨（Dortous de Mairan）藏书馆的研究实际上仅限于对单独一个人阅读状况的考察，但罗歇将梅亨树为18世纪中期二流学者的典型很有说服力，因此他的研究成果体现了不知名学者这个很有影响力的群体阅读习惯的总体特点。弗朗索瓦·布鲁歇借鉴了雷金·佩蒂的研究，对巴黎议会30位成员的藏书馆进行了研究，这些藏书馆在1734～1795年进行了编目分类。他的研究结果较为可信地体现了议会文化的风貌，但随着时间的推进就不那么可信了。他将1734～1795年的目录与1766～1780年的目录进行比较，没有发现对法律兴趣的减退，也没有发现对文学和科学艺术兴趣的提升。如他所说，因为数据差别很小——仅仅1%而已。尽管如此，布鲁歇的结论与让·迈耶的高度一致，后者研究了布列塔尼议会20位成员的藏书馆。迈耶的数据建立在议员去世后的财产清单（inventaires après décès）之上，作为资料来源往往要比拍卖目录更可靠。他发现，"传统"文献的数量占多数，启蒙思想作品反而只占一小部分。他还发现随着时间的推进，法律、宗教作品的比重有所下降而现代文学有所上升。这么来看，量化历史研究似乎对定义上层穿袍贵族的文化很有用。

但量化研究能成功地衡量法国整体的阅读习惯吗？从各部

---

① Trenard, "La sociologie du livre en France."

专著可互为补充、相辅相成的特点来看，还是有希望的。在某一方面可能这一本不足，但另一本不错。弗雷考察了全貌，但没有轻重取舍，对每一项都给予了相同的关注，而且没能接近18世纪的读者。埃拉尔和罗杰比他更接近，但他们对阅读率的计算似乎有误；莫尔奈、罗歇和布鲁歇直入18世纪的藏书馆，但仅仅考察了其中进入公共拍卖的部分。若说每本专著都涵盖了其他专著未能照顾到的部分，那么整个研究问题可以看作得到了充分的关注。这些研究成果之间是相互印证还是彼此矛盾？这个问题看起来很重要，需要用图来展示（图6-1）。

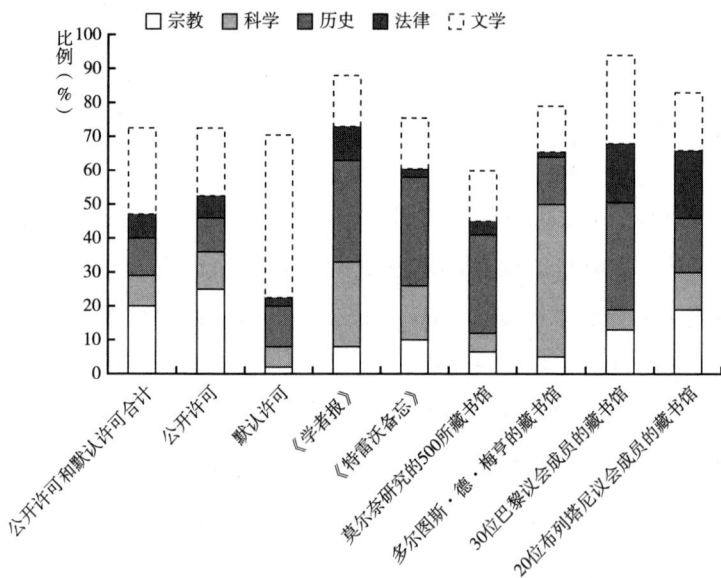

图 6-1　法国 18 世纪中期的阅读模式

说明：建立这样的图表遇到的主要问题是，如何在我们分析的八项研究当中找到比较单位和统计数据。为了让比较可行，我们有必要重新进行一些数学计算并对《书籍与社会》（*Livre et Société*）上发表的两篇文章当中的数据进行还原。所有图表都显示了 18 世纪中叶的情况，但它们所代表的时间段略有不同。图表上没有显示的主题大多是关于各项"技艺"的，归入"科学和艺术"一类。由于这一类别标题太过宽泛，对现代读者而言没什么意义，在这里就被"科学"这个次类标题代替了。"科学"一类包含四个次类：物理、医学、自然历史和数学，其中包括的书籍除了莫尔奈和布鲁歇－佩蒂研究当中的书籍，都可以在所有情况下进行计算了。莫尔奈并未给出有关数学类书籍的数据，但一部分被忽略的内容也许仅占他研究的所有书籍当中的 1%，因此并不会影响整体模式。布鲁歇则压根就没有对"科学"和"科学和艺术"这两个分类进行区分。尽管"科学"这个次类在其他情况下差异很大（在总类别当中的占比为 10%～70%），但我们可以合理地估计它占了布鲁歇的"科学和艺术"一类的一半、总体的 7%，这是一个粗略的估算，由虚线表示，读者一般会忽略不计。莫尔奈在"文学"一类当中的数据仅涵盖了小说和文法，这差不多遗漏了该类书籍的一半还多，这一点可以从弗雷的"公开许可"和"默认许可"的分布情况看出。文学这一类书籍很可能本应占据莫尔奈研究的书籍总量的 10%～20%，在此用虚线表示，占 15%。与其他几位不同，莫尔奈并未按照 18 世纪的通常做法将游记和历史归为一类。要是他也这么做的话，他的研究当中"历史"一类将会再多1.5%。迈耶的"文学"类也只是估算，因此也用虚线表示。

　　将弗雷对"公开许可"和"默认许可"的研究相结合的图表是基于他的原始数据进行的计算得出的，希望能通过将这两类非常不同的数据资源相结合得到文学作品产出的一副全貌。尽管很能说明问题，但这个复合柱状图与其他柱状图相冲突。例如，它与建立在莫尔奈数据统计上的那个柱状图在某种程度上相似，但莫尔奈相较弗雷应该会将法国人阅读的书籍归为宗教类（6%）的比例更少，与科学类（3%）以及特别是历史类（30%）关联来看的话，弗雷研究的柱状图显示宗教类占 20%，科学类占 9%，历史类占 11%。

　　由于八项研究都严格遵循 18 世纪的分类标准，因此对现代读者探究 18 世纪的情况并无太大帮助。要将启蒙思想作品归到哲学一类——"科学和艺术"大类下的八个次类之一吗？要是这样归类的话，那么就得接受另外四个平行的次类别：古代哲学、逻辑学、道德学和形而上学。后两项还算合理（罗歇的数据统计除外，还包含了另两个次类），但数据无法将它们与前两项进行区分。将"哲学"归为一个整体类别进行数据统计的四项研究表明，哲学类仅占 18 世纪阅读作品的一小部分，且比例稳定不变："公开许可"显示其占比固定在 3%（1723～1727），3.7%（1750～1754），4.5%（1784～1788）；"默认许可"显示其占 6%（1750～1759），5%（1770～1774），6%（1784～1788）；《学者报》上的评论文章显示其占 3%（1715～1719），4%（1750～1754），5%（1785～1789）；在多尔图斯·德·梅亨的藏书馆中占7%。没有太多证据表明启蒙思想广为传播的迹象。但这说明启蒙思想无法与18世纪的任何一项分类及其次类相等同。

我们可以将博丁格对200位18世纪作家的研究用一个柱状图表示，因为他做了一张这些作家出版物的数据表，用莫尔奈的研究作为模型。但如上文所说，博丁格挑选作家非常随意，而且他的数据统计非常不全也缺乏代表性，因此这个柱状图并不能说明太多问题。然而为了方便比较，我们应当在此提及他的研究结果（Ehrard Pottinger, *The French Book Trade*, pp. 30 - 31）：宗教类占他所研究的作家作品总量的11%，科学类占20%，历史类占20%，法律类占2%，文学类占10%。

遗憾的是，从这些相互交织的图表当中无法提炼出某个一致的模式来。有些不一致的地方可以解释清楚：法律类书籍自然在议会成员的藏书当中占比突出，科学类在多尔图斯·德·梅亨的藏书中占比很高，神学类书籍在公开许可类中占比高，在默认许可类当中就没那么高。但像文学、历史和科学这样的标准分类差异很大，比例也非常不同。若将每个柱状图都想象成一位享受日光浴的女子，每条条纹是她分体泳衣的一部分，我们会发现，我们要考察的这些专著是多么奇形怪状、五花八门。

看一看这些专著占比在不同时期的分布状况，这种比基尼效果会稍有缓和。其中达成一致的是，法国人读了很多历史书——多到足以让18世纪不关注历史的传言站不住脚，尽管这在之前已经被证伪——而且整个18世纪都一直读得不少。这些专著还表明，随着时间的推移，法国人读宗教文学越来越少。科学阅读可能有所增加，但也有可能是保持在稳定水平。而且总体来说，正如弗雷所讲，一种"去神圣化"的潮流影响了大众阅读。但这一趋势也有可能是早在中世纪就已开始的世俗化倾向的加剧而已。确认这一点不会帮我们对启蒙时代做出更为精确的总结，而且我们从量化研究当中也总结不出什么别的结论了。

也许我们根本无法就 18 世纪法国的整体文学做出什么概括总结，因为它很可能根本不存在。至 1780 年代，法国有大约 960 万人接受过一定的教育，能签自己的名字。① 对于这样一个国家而言，可能会存在多个阅读大众群体和多种文化。在这种情况下，量化历史学者若能避免对阅读进行宏观分析，而是专注于对特定群体的研究，例如布鲁歇和迈耶对议会成员的研究则会有更多收获。若能得到谨慎的运用，加之与其他类证据相结合，且涉及的是定义清晰的人群，那么此类量化历史研究确实是一个有用的工具。但它未能回答莫尔奈提出的宽泛问题，而且我们也没理由认为之后不断增加此类专著就能找到答案。②

---

① 这一数字是从马吉奥罗（Maggiolo）对识字率的研究中得来，参见 Michel Fleury and Pierre Valmary, " Les progrès de l'instruction élémentaire de Louis XIV à Napoléon III d'après l'enquête de Louis Maggiolo（1877 ~ 1879），" *Population*（1957）. 该研究估计当时法国的人口是 2600 万。

② 这篇文章写于 1969 年之后，当时开始兴起对书籍传播的量化研究。重要的研究文章有 Julien Brancolini, Marie - Trérèse Bouyssy, Jean-louis Flandrin, and Maria Flandrin in *Livre et Société*, 2（Paris and The Hague, 1970）; Jean Quéniart, *L'Imprimierie, la librairie et la presse à Avignon au XVIIIe Siècle*（Grenoble, 1974）; Michel Marion, *Recherches sur les bibliothèques privées à Paris au milieu du XVIIIe Siècle*（1750 - 1759）（Paris, 1978）; *Revue française d'histoire du livre* 上定期出现的文章。因此，关于 18 世纪的阅读习惯我们现在有了更充分的认识。但这个认识还是模糊不清的，因为研究专著涵盖了不同类型的数据，常常相互矛盾。柱状图可以无穷尽地不断扩展下去，但最后将指向哪里呢？

但即便是莫尔奈的解读也需要进一步论证，因为他和之后研究者所考察的资料都不可能包含最现代的作品，而且考察这些资料时所分的类别看起来与启蒙时期也不相称。研究旧制度时期的阅读习惯，衡量什么是"保守"、什么是"革新"（用年鉴学派的词来说）所存在的问题最终可以被归结为一个数据上的问题：从政府资料、经审查的报刊或藏书馆书目当中筛得数据会将很多启蒙作品筛掉。这也难怪量化历史学者发现过往的分量如此重，因为正当时的内容大多被筛掉了。这么下结论也许有些残忍，但所有这些辛勤的量化工作并没有让我们在多大程度上超越莫尔奈，事实依然是，我们对18世纪法国人读什么书还是不甚了解。

尽管对文学的历史社会学研究未能发展成一门自成一体的学科，它对量化研究的专注也还未能解答有关过去阅读和写作状况的基本问题，但社会学家和量化研究者证明了超越文学范畴来解读旧制度时期文学的重要性。书籍具有社会生命和经济价值。书籍存在的各个方面——文学、社会、经济，甚至是政治——在18世纪的出版业以最为强劲的势头汇聚在一起。因此，文学的历史、社会学研究可以从出版研究当中收获良多。为了说明一些可能的收获，我将依据出版商的档案资料和其他相关资料做出三个假设：法国人阅读的内容部分取决于书籍出版、销售的方式；18世纪书籍的生产和销售方式基本上分为两类——合法进行与暗中进行；这两种方式之间的区别对旧制度时期的文化和政治而言非常关键。[①]

　　将官方档案文件与秘密出版商的档案文件进行比较的话，差异就明显表现出来了。例如，里昂的书商在《书籍贸易指南》（*Direction de la librairie*）当中放满了能体现他们绝对遵守法律的书信和备忘录，[②] 但与为他们提供非法书籍的国

---

① 以下论述主要基于纳沙泰尔印刷公司的档案。其他重要资料来源包括巴黎警察总监让－夏尔·勒努瓦在 1774~1775 年和 1776~1785 年的书信档案，收录于 Bibliothèque municipale d'Orléans, MSS. 1421 – 1423；the Archives de la Chambre syndicale de la Communauté des libraires et imprimeurs de Paris；the Collection Anisson – Duperron of the Bibliothèque Nationale（特别是法语类，MSS. 21862, 21833, 22046, 22063, 22070, 22075, 22081, 22109, 22116, 22102）；the papers of the Bastille；Bibliothèque de l'Arsenal 中关于于书籍贸易的相关档案（特别是 MSS. 10305, 12446, 12454, 12480, 12481, 12517）；the Ministère des affaires étrangères, Corresondance politique, Angleterre, MSS 541 – 549. 关于从科勒到斯特拉斯堡的地下书籍贸易路线——与纳沙泰尔和蓬塔利耶之间的路线相对，相关档案资料收录于 the Archibes de la ville de Strasbourg（主要是 MSS. AA 2355 – 2362）。本书参考了这些档案资料，但结果发现没有其他资料有用。当前关于旧制度下出版业的研究让 J. -P. Belin, *Le commerce des livres prohibés à Paris de 1750 à 1789*（Paris, 1913）显得有点儿过时。关于最重要的研究作品参见以下几本书的文献参考：Nicole Herrmann-Mascard, *La censure des livres à Paris à la fin de l'Ancien Régime, 1700 – 1789*（Paris, 1968）；Madeleine Ventre, *L'imprimerie et la librarie en Languedoc au dernier Siècle de l'Ancien Régime, 1700 – 1789*（Paris and The Hague, 1958）. 本部分写于马丁（H. -J. Martin）的论文正式出版之前，但借鉴了该文的内容。H. -J. Martin, "L'édition parisienne au XVIIe Siècle: quelques aspects économiques," *Annales: économies, sociétés, civilisations*, 7（July – Sept. 1952）, pp. 303 – 318. 另一篇很有参考价值的文章是 Léon Cahen, "La librairie parisienne et la diffusion du livre français à la fin du XVIIIe Siècle," *Revue de synthèse*, 17（1939）, pp. 159 – 179.

② 最典型的例子是佩里斯·杜鲁克 1783 年 8 月 2 日的回忆录，此人是里昂联合会的理事。Bibliothèque Nationale, MSS. Français 21833, fol. 96.

外出版商写信就变成了这样［里昂的书商 A. J. 雷沃勒（A. J. Revol）辩称自己没有向纳沙泰尔印刷公司收取过高的走私服务费］。

> 我们在拿自由、生命、健康、财富和名誉冒风险。
>
> 说自由有风险，因为要不是朋友出手相救，我们很可能就被一纸敕令关进大牢。
>
> 说生命有风险，因为我们几次遭遇了海关官员，手里拿着武器迫使他们还回被扣押的货物（有一次他们扣了贵公司的 12 箱货，要不是逼他们归还，可能就这么丢了，永远都找不回来了）。
>
> 说健康有风险，多少个夜晚我们都暴露在严酷的天气中，踏着雪、蹚过泛滥的河水，有时甚至是冰！
>
> 说财富有风险，我们花了多少钱，在各种情况下为了打通货运的渠道，避免货物被查禁，安抚情绪？
>
> 说名誉有风险，因为人们都叫我们走私犯。[①]

数百位这样的人物运行着地下系统，为法国读者提供禁书和盗版书，这类书永远不可能获得默认许可。这些人个性多姿多彩，是文学冒险家，包括无名的走私队，拖着装有书的货箱在汝拉山间的曲折小道上行进，就是为了每担能赚 12 里弗赫，

---

① Revol to STN, July 4, 1784.

再喝上一杯烈酒；有边境两边的商人，他们付报酬给车夫，并通过贿赂包税总署的官员来为他们进入法国扫清道路；① 还有车夫，他们将货箱运至外省的交换所储藏，例如里昂外面的红马客栈（Auberge du Cheval Rouge）；有外省的书商，他们通过当地行会清空货箱里的货物（雷沃勒每担收 5 里弗赫），然后转运到巴黎市外的仓库；还有像凡尔赛的拉努太太（Mme. La Noue of Versailles）这样的仓库管理员，在世人看来她是个喋喋不休的热心肠寡妇，在客户眼里则是一位精明的女商人，"讨价还价起来像个阿拉伯人"，② 对自己的职业充满自豪（她在给一位客户的信中用自己仅有的一点儿文化

---

① 例如，纳沙泰尔印刷公司从其在瑞法边境线上瑞士一边的代理人弗朗索瓦·米肖（François Michaut）那里收到一封落款时间为 1783 年 10 月 30 日的信，信上写道："你们所处的情况非常棘手，因为搬运工很担心，一旦被抓，会被控走私攻击宗教或诽谤权威人士的书籍……要是你们只想运送内容无可指摘的书籍，那么搬运工将会要求你们对此予以保证，在我们这个地区有人送货到蓬塔利耶每担要价 12 里弗赫，出于必要有时候会运到更远一点的地方。除此之外，出发前请每位搬运工喝顿酒是必须的。我得告诉你们，先生们，收这个价搬运工竭尽所能撇清自己与货物的责任。"米肖颇为自豪地说："实际上我占据了颇为有利的位置，可以秘密越境。"但他提醒："在这些村子里以及整条线路上都有警探在巡逻，即便是合规的书货也会被拦车接受检查。"他因此强调有必要找个人在边境法国那端骗过或者收买包税总局的警探："我不知道还有谁能比费弗尔先生更适合干这个事儿了。"而费弗尔也毫不迟疑地毛遂自荐。1784 年 10 月 14 日，他告知纳沙泰尔印刷公司："您的几箱货将在下周六过境。我已经准备好了一切，承诺搬运工们，他们的要求都会得到满足而且还能喝上一顿酒，这样就说服他们返回了……我会跟包税局的人达成协议，让他们允许我们在晚上顺利通关，他们还会告诉我从哪条路线越境比较安全。"

② STN to J. -P Brissot, April 29, 1781.

写道："我很满意，人们赞许我为处理这类货物所花的心思。"①）；有像库日奈和他太太这样的书贩，在这一行里被看作"没有道德廉耻的强盗骗子"，② 将书籍从凡尔赛偷运到巴黎；还有像德索热父子这样离经叛道的巴黎销售商，对巴士底狱很熟；③ 还有普瓦索（Poinçot），据 J. F. 博尔南（J. F. Bornand）所言"和警方关系很好"④，但"是我见过脾气最暴躁的人"，⑤ 他是巴黎众多文学密探当中的一员，为国外出版商处理一些杂事，为他们提供文稿和畅销书用来盗版，如此完

① Mme. La Noue to STN, Sept. 8, 1782. 拉努太太很在意别人抱怨她收费太高，不保护自己的客户。1780 年 12 月 9 日，她写信给纳沙泰尔印刷公司，还是用她那半通不通的法语，"你们一点儿都不用担心货物的安全问题。它们一旦到我手上我就会竭尽所能保护它们不受灾。你们可以对我做生意的方式放一百个心"。但到了 1783 年 1 月 13 日，她坦白称纳沙泰尔印刷公司有六箱货在她家门口被扣："车夫被人跟得太紧，当他开始卸货的时候，突然有三个警方的人扣走了六箱货。车夫受到威胁而不敢反抗。现在两周了，他们一直骚扰我，问各种问题，试着让我透露这几箱货归谁，是从哪儿运过来的，但我拒绝回答。"

② Paul de Pourtalès to STN, June 23, 1784.

③ 见 Desauges dossier in the Bibliothèque de l'Arsesnal, MS. 12446. 1775 年 4 月 4 日，老德索热从巴士底狱给他刚刚被释放的儿子写信，颇为消沉阴郁："你得忍受这一连串的打击。但我得跟你承认，我已他妈的受够了这个鬼地方。"从 Desauges dossier in Neuchâtel MS. 1141 中可以看出地下书商在最严酷无情的时候极为敏锐的举动。

④ Mme. J. E. Bertrand to STN, Oct. 7. 1785.

⑤ J. -F. Bornand to STN, Aug. 10, 1785. 普瓦索偶尔会以每担 12 里弗赫的收费为德索热从凡尔赛运货到巴黎，这与拉努太太的收费相比显然更低：她每"大件"收 3 里弗赫，然后由她的侄子运到巴黎市郊的指定藏匿处。Desauges to STN, Nov. 24, 1783；Mme. La Noue to STN, June 22, 1781.

成书籍的流通。[①] 有大量的非法书籍经由这些不老实的人流传，在这个过程中肥了一些人。只有整理出秘密进口的记录，才能计算出它们在与合法及准合法书籍关系中的重要性。但在一开始，一个非量化的结论似乎很重要：地下出版和合法出版分别通过单独的渠道运转，而且地下运作是个复杂的事情，其中涉及从特定环境中吸引来的大量人力。参与书籍秘密出版的人们并非遁入历史深处未被记录，而是能够被钩沉，放置于其所处的社会语境。他们有名有姓，有自己的样貌，看 18 世纪出版商的档案，这些都跃然纸上。他们的经历表明，地下出版业是个自成一体的世界。

合法出版业的世界是多么不同。巴黎 26 位最重要的出版商和约百位重量级书商出席庆典活动的时候都很有排场，前有仪仗官引导，身着华服，丝绒缀着金花；在马图林教堂（Church of the Malthurins）立于其行业守护神——福音传道者圣约翰的银像前，举行庄严的弥撒；在同业公会举办的盛大宴会上享用美食；接纳新成员入会，这需要进行充满仪式感的宣誓和考察；参与每周二和周五对合法进口书籍的审查，这些书籍从海关和城门的"堡垒"运送至行会会馆；处理自己的生意。作为商人，他们的店并不开放。复杂烦琐的规章制度——仅 18 世纪就有至少 3000 条各种各样的法令

---

① 博尔南的任务包括不得不去对付拉努夫人的废话、普瓦索与德索热的伎俩还有作者的穷困潦倒："一旦涉及钱，作者的情况可真是悲惨。"Bornand to STN, Feb. 19, 1785; Bornand to STN, March 9, 1785.

条例①——详细规定了从业条件，将所有与合法出版业相关的商贩人数限制在 120 人，这些衣衫褴褛的小贩在街头分售由官方垄断的政治年鉴和宣言，还要佩戴皮质徽章来证明他们的成员身份。这种团体结社的性质、垄断的局面，还有家族关系使行业完全处于控制之下。实际上，对市场的垄断可追溯至 17 世纪的一场危机。1666 年，科尔贝处理了巴黎书商与外省书商之间的一场贸易战，结果是完全摧毁了外省印刷业，将整个行业置于巴黎书籍贸易商、出版商的控制之下。少数几个重要的出版商及书籍贸易商家族统治着这个行会，因此在整个 18 世纪都掌控着法国的合法出版业。

行会精神清晰地体现在 1686 年、1723 年、1744 年和 1777 年颁布的出版业重要法令。1723 年法令奠定了 18 世纪大多数时间里法律规定的基础，表达出一种可以被称作"重商主义的"或"科尔贝主义的"态度，因其将 1660 年代科尔贝本人对书籍贸易的重组成果制定成了法律条文。该法令批评资本家"过分追求利润"②，强调维持质量标准的重要性，且对标准进行了具体定义。字体中三个 I 的宽度要跟一个 m 的宽度完全一致，m 必须完全符合行会委员和代表给出的范本格式，这些委员代表会每三个月对 36 家印刷店进行一次检查，以确

---

① Giles Barber, "French Royal Decrees Concerning the Book Trade, 1700 – 1789," *Australian Journal of French Studies*, 3 (1966), p. 312.

② A. J. L. Jourdan, O. O. Decrusy, and F. A. Isambert, eds., *Recueil général des anciennes lois françaises* (Paris, 1822 – 1833), XXI, p. 230.

保每一家都能按照规定有至少 4 台印刷机和 9 种铅字字体——包括罗马字体和斜体，而且这些设备都要状况良好。学徒升到熟练工师傅有苛刻的要求，因此人数很有限，而且往往限于家族内部——因为法令处处都偏向那些地位稳固的熟练工师傅的遗孀、儿子和女婿。这些少数特权人士对书籍生产和销售享有严密的垄断。非行会成员甚至连卖旧纸都会被处以 500 里弗赫的罚款，还会被"惩戒"。① 行会组织森严，享有"权利，自由，赦免，特权和优待"。② 行会不仅垄断了自己的贸易，而且作为大学里面的一个学生社团还能享受特定的税收减免。图书本来就是免税的。每本都包括特权或"许可"，由国王"恩赐"，在官署和行会联合会登记在案。行会成员通过购买特许权来获得对某本书的独家销售权，如此一来就将"恩赐"转变为一种商品，分成不同部分出售给其他行会会员。这样，出版业内就存在三个层面上的垄断和特权：图书本身，行会内部以及行会自身在旧制度体制内的特殊地位。

这第三层面应被重视，因为行会的特殊地位不仅发挥经济功能还有治理功能。马勒泽布 1750 年出任图书贸易管理局局长前，法国政府在管理出版物的举措当中通常不会很开明。1535 年，法国政府发现书籍有可能起到煽动作用，其反应是决定处死所有出版煽动性书籍的人。1521 年，法国政府试着

---

① *Recueil général des anciennes lois françaises*，XXI，p. 218.

② *Recueil général des anciennes lois françaises*，XXI，p. 217.

通过大学这一中世纪机构的监督来规训这一新兴产业。1618年，法国政府再次做出尝试，这次是将出版商限于行会之内，这又是另一种古老的组织。此外，法国政府还尝试建立起自己的一套体系来控制图书——起初是在官署及巴黎警察总署内部，之后是书业管理局之下——而且与巴黎议会、神职人员大会以及其他重要机构当中的图书审查势力相互竞争。然而，这种错综复杂的官僚关系并没有钳制住行会的力量；相反，直到法国大革命爆发前，都还是行会在继续揪出不良书籍。1723年和1777年法令重申了行会搜查非法印刷品、审查运入巴黎的书籍的权威。这一政策完全合理：政府造就了一个垄断势力，严格执法符合这一势力的既得利益，这些垄断者就会通过打击法外竞争来维护自己的利益。尽管一些行会成员也会涉足地下出版行业，但他们大多还是想消灭它。地下出版抢走了出版商们的利益，压低了他们的价格，行会的存在就是为了保护他们的特权。特权受到好的保护意味着利润有保障，这比很大风险的非法出版生意看起来更有吸引力，特别是非法生意让他们暴露在双重危险之下：其一是因具体违法行为而遭受惩罚，其二是被从垄断者这一充满魔力的圈子当中踢出来。一个书籍出版—销售主的身份地位是属于其家族的，他可不能轻易拿来冒险。最好是去购得一本祷告书的许可权，获得一定的利润，哪怕有限，也要强过将一切赌注压在伏尔泰作品的地下版本上。这种态度很符合"传统"经济，在这种情况下即便是商业冒险分子也会在赚够投资年金之后从生意中抽身而退——或是以 5% 的利率借钱购买土地，每年能产出相当于其购买价格一到两个百分点的利润。①

　　因此，若低估了旧制度出版立法的经济因素，那就犯了个错误。P. J. 布隆戴尔（P. J. Blondel），一个老派的神父，对启蒙思想家可没什么好感，却强烈谴责 1723 年的法令，尽管该法令对哲学思想作品加强了限制，其中的原因是他将法令看作一个纯粹的经济措施：进一步增强了行会的垄断力量。② 实际上，法令的政治层面与经济层面相辅相成。加强行会的力量似乎不仅符合那些享有特权的出版商的利益，也符合政府的利益。然而，改革运动改变了政府对何为其利益的看法，在杜尔戈（Turgot）攻击巴黎六大商业行会之后迅速颁布了 1777 年出版法，其中就体现出背离旧日的"科尔贝主义"的转向。此时国王不再谴责"过分追求利润"，而是批评任何偏向"垄断"的意图，赞赏"竞争"的成效，放宽了特许权规定，以"促进商业活动"。③ 他并未推翻"特许权"这一概念。事实上，他肯定其是"建立在公正基础之上的恩惠"④，而非一种财产，但他对其进行了修正，使其更偏向于作者的利益，而牺

---

① George V. Taylor, "Noncapitalist Wealth and the Origins of the French Revolution," *American Historical Review*, 72 (1967), pp. 469 – 496.

② George V. Taylor, "Noncapitalist Wealth and the Origins of the French Revolution," *American Historical Review*, 72 (1967), p. 218; P. J. Blondel, *Mémoire sur les vexations qu'exercent les libraires et imprimeurs de Paris*, ed. Lucien Faucou (Paris, 1879), esp. pp. 18 – 25, 45.

③ *Recueil général des anciennes lois françaises*, XXV, pp. 109, 119, 110.

④ *Recueil général des anciennes lois françaises*, XXV, p. 109.

牲了书商的一些利益。行会在此之前很早就开始努力避免这一打击，找了一位作者来表述他们的立场。其成果就是狄德罗的《关于图书贸易之书信》（Lettre sur le commerce de la librairie），老调重弹，重申要通过限制生产来维持水准，这与狄德罗本人的自由原则以及马勒泽布的《图书贸易回忆录》（*Mémoires sur la librairie*）相冲突，后者在一定程度上促成了改革计划。马勒泽布的继任者显然将狄德罗的《关于图书贸易之书信》看作他受雇于他人的代笔之作而弃之，特别是萨尔丁（Sardine）和勒加缪·德·内维尔（Le Camus de Néville）推动了1777年法令的通过，在一定程度上减弱了行会对出版业的钳制。①

但1777年法令当中具有争议的一条是关于行会成员与作者之间的关系："现在特许权显然来源于作者身份而且归作者

---

① 鉴于一些复杂的问题，如确定狄德罗写信的日期，将信件与早先影响了狄德罗论点的档案资料相联系，以及建立起文本的正确版本，有必要阅读将其收入的普鲁斯特（Jacques Proust）所编的批注版（Paris, 1962）。但即便是老版 Diderot, *Oeuvres complètes*, ed. J. Assézat and Maurice Tourneux（Paris, 1876, XVIII, p. 6）也包含了书业管理局的某人（也许是德梅里?）所写的一篇，其中写道，狄德罗写这封信是"应书商的要求，而且是根据勒布雷顿先生提供的资料，此人的思想信条与特权政府本身完全对立"。尽管这封信包括了一些关于自由和作家苦难的肺腑之言，但为了偏向出版商的利益，其逻辑是扭曲的，而且是对行会的一些老观点的复述。因此，布鲁内尔的观点就难以接受，他声称狄德罗写这封信既不是作为勒布雷顿和其他享有特权的出版商的同伙，也不是被他们收买来为之做宣传。Lucien Brunel, "Observations critiques et littéraires sur un opuscule de Diderot," *Revue d'histoire littéraire de la France*, 10（1903）, pp. 1 – 24.

及其后嗣所有，或是在其身故之后失效，除非他将其让渡给书商且书商已经享有至少十年。这一条件将很多作品引入公共领域，引发行会成员的强烈不满和抗议，但这并未真正损害他们的垄断地位。"① 法条加强了他们管理书籍贸易的权力，且用最严厉的措辞重申，任何行会之外的人都不得参与出版业。因此，出版商的王朝继续统治着这一行业，直到大革命降临。其中势力最强的夏尔·约瑟夫·庞库克通过在凡尔赛积极游说建立起法国第一个出版王国。②

当时从来没有像杜尔戈破除六大职业协会那样破除出版行会、建立图书自由贸易的想法。经济问题以另一种形式呈现出巴黎书商与外省书商之间的宿怨。外省印刷业自 17 世纪的那一场斗争之后就再也未能恢复元气，但外省的书商大多在 18

---

① 1777 年的法令赋予作者出售其作品的权利，且每年在巴黎提供两次公共书籍销售的机会，因此削弱了巴黎行会的部分力量。该法令照顾外省出版商的利益，同意他们出版因法令而流入公共领域越来越多的书籍——承认他们是因"缺少进行印刷出版工作的合法渠道"才涉足非法活动的。*Recueil général des anciennes lois françaises*, XXV , p. 109. 因此，1777 年的法令是想要"终结巴黎书商与外省书商之间因竞争而产生的隔阂，推动这项重要商业的整体福祉发展，将全体书商团结成一个大家庭，只有一个共同的利益"。Ibid. , 119 - 120. 但这种竞争根基太深，对外省书商做出这样的小让步是无法将其平息的，在整个 1780 年代，他们会继续抗议巴黎人对他们的剥削。1777 年法令还壮大了外省行会体系的规模，因为"国王陛下认识到，容许单独的出版社继续处于一种独立的状态非常危险，会纵容犯罪"。Ibid. , p. 112. 因此，对各行会进行重组并不一定实际上会削弱其力量或损害其审查功能。

② D. -J. Garat, *Mémoires historiques sur la vie de M. Suard*, *sur ses écrits et sur le XVIIIe Siècle* (Paris, 1820), I , p. 274.

世纪存活了下来，而且他们的货（通常是以互换的形式，以页而非卷计）大多来自法国境外，那里数百家积极进取的印刷出版商生产出价格低廉的盗版法国作品。法国政府在 1770 年代对纸张征税，结果无意间促进了这一非法贸易的繁荣。在 18 世纪印刷出版商的预算中，纸张要比现在昂贵得多。

印刷出版商的白纸历史上也多次被征税，最出名的是在 1680 年和 1748 年，但在外省即便有，其税率也不至于高到损害生意，税额也不多——直到 1771 年 3 月 1 日，戴哈神父想尽办法要削减七年战争积累下来的财政赤字，对每令白纸征收 20 苏的税。1771 年 8 月，戴哈提高了所有税收，每里弗赫加 2 苏，如此一来，纸张税又提高了 10 苏。鉴于法国纸张出口免税，国外出版商与法国外省的同盟就有了极大的优势。据一项统计，奥弗涅地区产的优质白纸在巴黎的价格是每令 11 里弗赫，在瑞士是 8 里弗赫。[1] 为了平衡收支，1771 年 9 月 11 日，戴哈下令向法国的进口货物和拉丁文书籍征收每担 60 里弗赫的税。这一举措却无意中损害了外省书商与国外书商之间的贸易交换。

像纳沙泰尔印刷公司这样的出版商陷入了恐慌，停运了所有去法国的货，急迫地四处找途径来打通这一关税壁垒。与此同时，他们在法国外省的客户，像让-玛丽·布鲁伊塞（Jean-Marie

---

[1] Bibliothèque Nationale, MSS. Français, 21833, foll. 87 – 88. 这一对法国税收、关税立法的介绍来自 MS. 21833 当中的几篇文件，特别是 foll. 89 – 91, 129 – 140.

Bruysset）和里昂的佩里斯·杜鲁克（Périsse Duluc）等人，闹着要废除此项征税。① 他们的鼓动有了回报：1771 年 11 月 24 日，这项税收减至 20 里弗赫；1773 年 10 月 17 日又降至 6 里弗赫 10 苏；1775 年 4 月 23 日，杜尔戈彻底取消了这项税收。但这次政策转变又一次让经济的天平偏向了外国出版商。一份给政府的未署名备忘录称："就是从这时起，瑞士人发现他们可以一半的价格低价出售我们的图书，然后就疯狂地掠夺、破坏我们的图书贸易。实际上，他们以每页 3 立亚德②即 1 苏的价格销售我们的图书；而我们除了要承担纸张税以及法国印刷行业高昂的价格成本之外，还得花钱购买文稿，因此我们往往每页卖 2～3 苏都赚不到同样的利润。"备忘录的作者举例说，庞库克出品的新版《系统百科全书》（*Encyclopédie méthodique*）得卖 11 里弗赫每卷才能刚刚收回生产成本，而瑞士盗版在巴黎的售价可以低至 6 里弗赫每卷，并且可以赚到 40%～50%

---

① 关税立法是纳沙泰尔印刷公司在 1770 年代前半叶的商业通信中常出现的主题。该公司甚至派一位商业伙伴出差穿过法国东部去销售图书，寻找假货运输的新途径，尽可能多地了解关税政策。根据其旅行手册里的指示，此人要寻找"J. M. 布鲁伊塞，一个冷冰冰、诡计多端的人：（1）要让他谈一谈法国书籍贸易的整体状况；从他那里打听一下关税实际上到底有没有征收或者有没有降低"。"Carnet de voyage，1773，J. E. Bertrand，"STN，MS. 1058. 布鲁伊塞家是反对关税最有效的游说者，这从备忘录可以判断出来，Bibliothèque Nationale，MSS. Français 21833，esp. foll. 87－88，129－140. 关税损害了非法贸易，因为盗版作品通常是通过合法渠道运送，至少在边境上如此，贴着假的免税转运单，因此也得付税。

② 15～18 世纪法国和西欧诸国铸造的一种硬币辅币。——译者注

的利润。①

　　1783 年年中之前，外国出版商和法国外省商人似乎都力挫了他们巴黎的竞争对手，生意兴隆；但到 1783 年 6 月 12 日，当时的外交大臣韦尔热纳大笔一挥，破坏了他们的大好局面。韦尔热纳向包税总局发布命令，要求所有进口图书——贴着普通封条、印有铅戳并附着海关免税转运单——都要运至巴黎行会联合会处接受审查，然后才能再运到其目的地。这一举措与之前的法令不同，它没有试着再对税收制度做出更改或通过正式法律渠道来做出改变，而是立竿见影地重振行会对图书贸易的统治力量。这意味着从日内瓦运到里昂的一箱书现在必须经巴黎行会官员的手，这给巴黎人一个机会来清除其中的盗版书，让里昂人来承担运输绕路的费用，这笔费用要比书本身的价格还高。一位鲁昂人绝望地写道，仅仅是多出来的往返鲁昂至巴黎的运程就能毁了他的生意。② 里尔的书商报告称，他们别无选择，只能让进口书堆在潮湿的海关仓库里烂掉。③ 里昂人称，他们已经暂停了所有图书进口———一年 2000 担的业

① Bibliothèque Nationale, MSS. Français 21833, foll. 87‑88. 这份备忘录读起来就像是庞库克的作品。每页 1 苏是纳沙泰尔印刷公司通常的印刷收费标准，该公司在 1770 年代的生意繁荣兴旺，似乎得益于法国优惠的贸易政策和瑞士印刷成本低廉这两方面因素。

② Bibliothèque Nationale, MSS. Français 21833, foll. 111‑115. 这位书商进行了非常详尽的论证，表示一箱 600 磅的货要花费他 61 里弗赫，15 苏的额外收费会因处置不当而造成严重延误和损失，而且会让他无法获得因货物损失而得到的赔偿。

③ Bibliothèque Nationale, MSS. Français 21833, foll. 70.

务量——而且有暂停付款的危险。① 外省商人的抗议涌向图书贸易管理局；与此同时，从法国境外向外省商人供货的出版商之间愤怒的信件满天飞。布鲁塞尔的布伯尔（Boubers），海牙的高斯（Gosse），马斯特里赫特（Maestricht）的杜福（Dufour），洛桑的格拉塞（Grasset），日内瓦的巴桑皮埃尔（Bassompierre），以及其他几十位出版商，都在为他们的生意忧愤不已。

纳沙泰尔印刷公司派出了代理 J. F. 博尔南，去调查公司供应链上遭受的损失。博尔南报告称，韦尔热纳的"灾难性命令"让萨伏依（Savoy）和弗朗什－孔泰（Franche－Comté）地区的图书运输几乎全部停止了。他顺路去了趟格勒诺布尔（Grenoble），发现南边的线路"安插满了警卫，人数非常之多，在莎帕里兰（Chaparillan）的边境哨卡，他们收走了我箱子里所有的书……一边还出示了国王的命令，要求他们不给任何书籍放行"。② 里昂的书商告诉博尔南的故事非常令人沮丧，他得出结论："有必要放弃法国了。"③ 他们认为庞库克是这次打击行动的幕后黑手，因为他想摧毁瑞士的竞争对手，特别是洛桑的霍伊巴赫和西埃（Heubach & Cie），这家出版商的盗版

①　"距离巴黎有一段距离的书商，特别是里昂的书商立刻撤回了本来要发给他们的货物订单，已经上路的货箱则被召回，采购也取消了，还撤销了出版计划，因为他们认为没有充分的市场。简言之，法国与境外书商之间的生意往来已经不再活跃。"Bibliothèque Nationale, MSS. Français 21833, foll. 107.

②　J. F. Bornand to STN, April 12, 1784.

③　J. F. Bornand to STN, April 9, 1784.

业务已经严重侵害了庞库克出版的布冯的《自然史》的销售状况。博尔南在贝桑松也听到了类似的传言。当他抵达巴黎的时候，当地的书商对他展开"攻击行动"，火力全开。其中一人威胁要"极尽其能来伤害他；巴黎的书商已经联合起来攻击国外书商，甚至也攻击法国外省书商"。[1] 至 1785 年年中，纳沙泰尔人还是无法将其出版的书运到阿维尼翁的地下贸易中心，[2] 他们也放弃了通过日内瓦、贝桑松、第戎（Dijon）、索恩河畔的沙隆（Châlons-sur-Saône）、克莱尔沃（Clairvaux）等地的走私商偷运书籍到巴黎的努力。他们之前在法国兴旺繁荣的生意减到了零零星星，而且再也没能恢复元气，因为正如他们给一位巴黎的密友解释的："我们不知道这里、洛桑还有伯尔尼的其他书商都有哪些路子，我们除了靠免税转运单通过巴黎运输，其他一点法子都没有……其他渠道都对我们关闭了，因为我们不想冒险，也不想被扣货或是受罚。"[3] 韦尔热纳切断了连接国外图书生产者与法国外省销售商之间的生命线。

---

① J. F. Bornand to STN, Feb. 19, 1785.

② "对于我们之间的贸易被中断，我们当然同样由衷地感到遗憾，与您在本月 10 日的信中表达的一样，但您非常清楚，最致命的一点完全在于严苛的法令对法国的境外图书进口的限制丝毫没有放松。情况还是如此糟糕，我们一箱书也运不过我们最近的边境站，除非我们能拿出一张到巴黎的免税转运单。这样一来，您的货就得绕上一大圈，不得不接受巴黎行会的检查，这完全不可行。" STN to Garrigan, a bookseller in Avignon, Aug. 23, 1785.

③ STN to Mme. J. E. Bertrand, early Oct. 1785.

据外省出版商抗议，韦尔热纳的命令还会毁了合法的国际图书贸易。新规定让图书进口价格过高，几乎无法维系，结果图书出口额也不可避免地因此下降，特别是大多进出口生意是印刷品互换而非金钱交易。而政府视这些命令为一项新的治理办法，目标是摧毁盗版和禁书出版——而这是地下出版业赖以为生的生意。两边的观点都对，但地下贸易也许是受损最严重的一方。巴黎人的垄断行为迫使外省人转入地下寻求庇护，在此他们与国外出版商结盟，后者以免税转运单为掩护，将非法书籍运给他们，免税转运单可以保护书货从边境到他们在法国境内的目的地的路上免受一切检查，到了目的地再由最近的官方书商来审查。官方书商会在转运单上背书来证明图书合法，然后通过运书货的司机将转运单归还至之前出具的地方。与非法出版商合作的书商要么可以自己卖这些书（而不是扣押它们），要么就继续转运到巴黎并从中收取一笔佣金。由于国内书货在运输途中极少被查，它们可以安全抵达巴黎市外的仓库，通常是在凡尔赛，之后再一点一点地偷运进城。

只要外省书商能开出免税转运单，这个体系就能运转良好。但韦尔热纳将这一功能放到了巴黎行会的手里，这就破坏了整个操作系统。当然，要想抵达市场还有其他途径，但要在内部关税壁垒之中找到出路且躲过四处搜查的包税总局审查官不是容易的事，这些审查官每查处、扣押一批货都能得到一笔奖励和一部分货。司机和地下代理人想要的就是合法的伪装，这样他们就能够将整车整车的货轰隆隆地沿着法国中部发达的公路网运达外省的行会会馆，或者运到国王的宫殿。地下贸易就是要计算风险和利润率的活。太贸然行事或偷运体系太过复杂都不赚钱。因此，当韦尔热纳改变游戏规则时，国外供应商和法国外省书商就面临一场灾难。要说纳沙泰尔印刷公司的档案反映出什么对 1783 年 6 月 12 日命令的大体反应的话，那就是整个地下出版业都陷入低迷，持续了至少两年，也许一直到 1789 年。① 而关于国外出版业，法国政府最终采取的是自由放任政策而非许可通行政策。

令人好奇的是，罗贝尔·埃斯蒂瓦尔（Robert Estivals）和弗朗索瓦·弗雷所绘的图表显示，合法的法国书籍生产在 1783 年也有明显下降，处于 1774 ~ 1786 年的一个低迷期当中的低点。② 这场衰退为何发生难以说清，似乎与拉布鲁斯（Labrousse）提出的大革命前的经济危机或埃斯蒂瓦尔从数据

---

① 斯特拉斯堡是地下贸易的另一个重要中心，这里的档案资料与纳沙泰尔的相辅相成，都体现出法国政府禁止禁书偷运的决心和努力。斯特拉斯堡的皇家行政长官经常从当地官员那里收到关于扣押莱茵河对岸出版商的非法书货报告；还会收到他的上司、掌玺大法官的命令（letter of April 26, 1786, in Archives de la ville de Strasbourg, MS. AA2356）："我们法律所禁止的书籍贸易在你周围把你全面包围；你要是不全面禁止的话，它能通过一切你未禁止的途径渗透进来……因此我告诫你，你要和你的市政官员一道采取恰当的措施。"尽管有如此强有力的措施，科勒的出版商还是拿到了很多书——不仅有博马舍的伏尔泰作品，还有政治小册子和诽谤作品——安全通过了斯特拉斯堡为他们所设的陷阱。这个镇子受 1681 年协议的保障，处于半自治状态，因此较容易渗透。

② 见 Furet, p. 8；Robert Estivals, *La statistique bibliographique de la France sous la monarchie au XVIIIe Siècle* (Paris and The Hague, 1965), p. 296.

当中以某种角度看出来的与拉布鲁斯式的"经济周期"没什么关系。衰退会与1783年6月12日韦尔热纳的命令有关吗？文本中清晰地凸显出该命令的意图：终结"在国外出版、运进法国境内的大量诽谤作品"。[①] 甚至外省书商在请愿书当中也承认："命令的目的是阻止诽谤作品的流传，它们都是从国外运过来的。"[②] 只需看看韦尔热纳与他的大使们的通信就可以明白，诽谤作品多么令他忧心。他于1782～1783年写了大量的信到英国，讨论有必要打击一家由流亡英国的法国诽谤作家开办的淫秽作品工厂，这与他讨论《巴黎条约》的信件一样多。他派了一位又一位密探（这是一个奇怪的组合，里面包括冒充男爵的人，还有一个乔装成雨伞推销员的警官）去买通或劫持诽谤文学作家。关于他们张狂、复杂的勾当，韦尔热纳不放过任何一个细节，因为他担心诽谤作品对法国公共舆论的影响。早在钻石项链事件发生很久之前，韦尔热纳就敦促法国大使馆代办打击政治色情作品："我们这个时代的恶意你是知道的，人们是多么容易接受那些最离奇的传闻啊。"[③] 1783年6月12日的命令一定是这次行动的一部分，而

---

① Bibliothèque Nationale, MS. français 21833, foll. 107.

② Bibliothèque Nationale, MS. français 21833, fol. 108. 另见该档案 foll. 99 - 104.

③ Vergennes to d'Adhémar, May 12, 1783, Ministère des affaires étrangères, Correspondance politique, Angleterre, MS. 542. "这封集手腕、贪婪和欺骗于一体的信"——韦尔热纳如此形容——的详细内容（Vergennes to Lenoir, May 24, 1783, ibid.）可以在 MS. 541 - 549 系列中找到，我准备在下一部作品中予以复述。

且一定非常成功，这从地下出版业因此遭受的冲击可以看出来。此外，1789 年之后，革命者在巴士底狱里开心地列出大量像《夏尔洛和托瓦奈特之爱》（*Les amours de charlot et Toinette*）和《玛丽－安托瓦奈特生活史文集》（*Essais historiques sur la vie de Marie-Antoinette*）这样的作品也说明这一点。①

我们没缘由将打击诽谤作品的运动与合法图书生产的衰退联系起来。但看起来很可能的是，韦尔热纳阻断诽谤作品从法国境外流入的决心如此坚定，以至于把合法进口的渠道也给截流了。正如外省书商所认为的，他的举措可能给出版业合法体系带来影响，会迫使那些甚至是最为诚实的外省书商削减费用，因为这一举措会大大抬高他们的成本，毁掉他们的交换贸易，还会毁掉他们在欧洲南北部之间充当中间商的角色（这在里昂是一项重要的生意）。一如既往，巴黎人能从外省人的损失中获益。但外省书商用来进行境外交换的货物一部分也是从巴黎来的。因此，韦尔热纳的命令也有可能损害一部分巴黎人的市场。该命令显然在全国范围内减少了书籍进口，鉴于书籍贸易当中以货易货的重要地位，这可能也造成了出口的相应

---

① Bibliothèque de l'Arsenal, MS. 10305. 书单上还包括 *Le gazetier cuirassé*, *L'espion dévalisé*, *Vie privée de Louis XV*, *Le diable dans un bénitier*, 以及伦敦派诽谤作家的其他经典之作。它具体提到这些书籍被运到纳沙泰尔的一些客户手中，特别是普瓦索、布莱佐（Blaizot）和拉努夫人这里。这份清单是普瓦索本人所列。

减少。总体而言，法国的图书生产因此受损，犹如1771年之后连征一连串税和关税造成的打击。

若这些假设正确，那么表明地下出版与合法出版之间并非相互分隔、对立，而是会受到共同的打击带来的伤害。两种流通路线之间似乎发展出一种共生的关系。二者都非常依赖国外进口的书籍，因此要想更准确地了解旧制度时期思想的传播，我们就需要衡量这一境外因素。然而，在那个数据统计还未流行的时代，我们有理由坚持一点：与通常的观点不同的是，法国出版业并未因实际上的出版自由而迎来繁荣发展，而是在大革命前夕经历了一次严重的危机，这场危机被历史学者忽略了，因为它与有关书籍贸易的法令一样，并未在正式档案当中体现出来。①

出版业的这场危机特别值得关注，因为其经济与智识层面相互关联，可以反映出大革命前危机的一些方面。经济上，合法出版和地下出版是两种互为对偶的经营方式。巴黎书商和出版商界恪守传统"科尔贝主义"的方法，按照官方的具体要求生产数量有限但优质的图书。他们是为一个传统市场提供传统书籍，而且这个市场处于他们类似于官方垄断的控制之下。除了像《百科全书》的出版商安德烈·弗朗索瓦·勒布雷顿

---

① 有观点认为法国政府的政策在理论上看似严格但在实际操作中开绿灯，参见 J. -P. Belin, *Le commerce des livres prohibés à Paris de 1750 à 1789* (Pairs, 1913). 贝林的解读另见于 Nicole Herrmann – Mascard, *La censure des livres à Paris à la fin de l'ancien régime, 1750 – 1789* (Paris, 1968). 两本书都用两句话否定了1783年6月12日法令的实际效应——令人诧异的是，两本书里的两句话一模一样，一字不差。Belin, p. 45；Herrmann – Mascard, p. 102.

（André François Le Breton）这样明显的例外，成员们都会尽量规避风险，因为他们的利润全靠他们享有的特权；而他们的特权是家族财富，在父子间、夫妻间传承。此外，行会还和政府同样有打压非法出版的权力，这也进一步巩固了他们的垄断地位。出版业与其他行业的情况一样，旧制度被特权侵蚀——不仅是将贵族与平民区别开的司法特权，还有既得利益的特权像癌症一样吞噬着政府。在最后几年间，法国政府试着重整旗鼓、推行改革，结果却反而重新激起了外省与巴黎两地书商之间长达一个世纪之久的冲突，1771～1775年的图书税以及之后1783年6月12日韦尔热纳颁布的命令都代表了巴黎出版王朝的最终胜利。

但这种胜利受限于生产体系老旧的问题。尽管默认许可的应用以及少数行会成员大胆的政策的确带来了一些灵活性，但特许出版还是未能满足读者群体扩大及文学品味改变带来的需求。如莫尔奈和弗雷的统计数据所示，传统出版业深受过去阅读模式的影响。传统出版商大多不愿偏离这些模式，这完全能理解。他们为何要放弃特权，冒险失去其特殊地位，让自己的家族营生受到威胁，就为了出版合法性不确定的新文学？革新是通过地下出版实现的。在那儿，没有什么法律责任方面的问题限制其生产力，图书生产以一种无拘无束的资本主义形式展开。政府财政政策的失误让在法国境外出版新作的成本更加低廉，不仅如此，国外出版商还盗版旧作，生意一片乱象。一旦他们的代理报告说哪本书在巴黎好卖，他们就准备印盗版。他们当中一些人还出版禁书，彻头彻尾的不良读物。他们是无所顾忌的生意人，愿意生产任何卖得好的东西。他们愿意冒险，打破传统，通过量产而非保质将利润最大化。他们并不想圈出一部分市场为自己合法垄断，而是想让政府不要干涉自己，为此甚至愿意通过行贿来收买政府。他们是将启蒙思想做成一门生意的企业家。

他们生产的图书颇具启蒙精神的主题——个人主义，自由，法律面前人人平等，反对结社主义、特权及重商主义的限制——与他们经营生意的方式相符。或许，生产方式决定产品。如此过分推演，这一论断将沦为一种粗陋的马克思主义化约论，但从中可以看出，出版史可以发展到何种地步来补充传统的思想史研究。[①] 书籍是文化作品，也是经济商品；而且，作为思想的传播媒介，书籍得在市场上销售。18 世纪法国的文学市场需要我们对其进行更为细致的研究，因为里面的书籍——无论是特许出版的还是哲学思想的，无论是传统的还是革新的——都典型体现了旧制度的特征。

---

① 这也可以作为对马克思主义倾向的纠正，后者认为启蒙思想是一种资产阶级意识形态。这种认识的一个版本认为，像社会契约、个人主义、自由和法律面前人人平等这样的观念来源于资本主义的交换方式，其中涉及法律上自由平等的个体之间的契约义务。Lucien Goldman，"La pensée des 'Lumières,'"*Annales: économies, société, civilisations*, 22 (1967), pp. 752 - 770. 考虑到在资本主义发展起来之前，就已经有很多作家表达过这些观点，这种论证的说服力似乎没有与之相对的另一种论证强，后者将启蒙思想与一种贵族自由主义传统相联系。Denis Richet, "Autour des origines idéologiques lointaines de la Révolution française: élites et despotisme," *Annales: économies, société, civilisations*, 24 (1969), pp. 1 - 23.

鉴于旧制度不仅是一个社会经济体系，还是一个政治体系，对其间出版业的社会经济学解读也需要考虑政治因素。韦尔热纳拼命想要清出法国的究竟是什么书？它们被列于题为"哲学书籍"的手写目录上，这些目录秘密流通，上面有诸如此类的"美味的禁果"。

《修道院的维纳斯》，又名《穿睡衣的修女》，插图版；

《自然的体系》，8 开本，2 卷，1775 年精装版；

《社会的体系》，8 开本，3 卷，1775 年版；

《奇迹的谬误》（*Fausseté des miracles*）；

《娼妓》8 开本，插图版；

让-雅克·卢梭著《社会契约论》，12 开本；

莫普先生著《法国革命历史报》（*Journal historique révolutions opérées en France*），3 卷，8 开本；

《杜巴里伯爵夫人纪实回忆录》（*Mémoires authentiques de Mme. La comtesse Du Barry*），1775 年版；

《军妓玛戈》，12 开本，插图版；

《戴哈神父与杜尔戈先生通信集》（*Lettres de l'abb Terray à M. Turgot*）；

《人权及其侵犯》（*les droits des hommes et leurs usurpations*）。[1]

---

① STN, MS. 1108.

同一家地下出版商还发行了一本正式的印刷版目录，上面公开宣传其名字、地址和图书条目如下：

> 马蒙泰尔著《贝利萨留》（*Bélisaire*），新版扩充版，8 开本，插图版，洛桑，1784 年，1 里弗赫。
>
> 《圣经》（圣徒），8 开本，2 卷，纳沙泰尔，1771年，6 里弗赫。
>
> 《英国文库》（*Bibliothèque anglaise*），又名《英国小说集》（*recueil des romans anglais*），15 卷，12 开本，日内瓦，1781 年，15 里弗赫。
>
> 《博内（夏尔先生）的物理学和自然历史全集》［*Bonnet（M. Charles），ses oeuvres complètes de physique et d'histoire naturelle*］，4 开本，8 卷，插图版，纳沙泰尔，1782 年，81里弗赫。①

第二份目录里的书籍可能是合法出版的也可能是盗版，不过并未冒犯宗教、道德规范或法国政府。但第一份目录当中的书则三者全冒犯，因此得名"哲学书籍"——一个令人心领

---

① STN, MS. 1108. 与之截然不同的是，文稿目录将以下作品归为字母"B"类之下：《美丽的阿列曼达舞曲，又名特蕾莎艳歌》（*La belle Allemande, ou les galanteriesde Thérèse*），1774；《八卦珠宝》（*Bijoux indiscrets*），狄德罗著，8 开本，插图版；《幸福》（*Le bonheur*），爱尔维修所作诗歌；《常识，又名自然观念，与超自然观念相对》（*Le bon sens, ou idées naturelles, opposée aux idées surnaturelles*）。

神会的贸易用语，常常出现在地下出版商的商业通信里。

这一"哲学书籍"究竟有多无礼？位列韦尔热纳诽谤作品单前列的《夏尔洛和托瓦奈特之爱》开篇描写了王后自慰，进而描述她与阿尔图瓦伯爵（comete d'Artois）之间的纵情享乐，这都是虚构出来的，其中如此轻蔑国王：

> 众所周知那可怜的陛下，
>
> 三番五次地
>
> 被那［药］强身健体的功能折磨，
>
> 他彻底不举，
>
> 无法满足安托瓦奈特。
>
> 他是多么不幸，
>
> 想想他那火柴棍儿，
>
> 细若稻草，
>
> 还总软弱蜷曲，
>
> 他没有 p……，除了在口袋里；
>
> 他不能 f……而是被 f……，
>
> 就像之前安条克死去的教士一样。①

---

① 重印于 A. Van Bever, *Contes et conteurs gaillards au XVIIIe Siècle*（Paris, 1906），pp. 280 – 281. 前警察总监勒努瓦在他的回忆录中所做的注脚将这本书与 1780 年代诽谤作品的广泛流行联系起来（Bibliothèque municipale d'Oléans, MS. 1423）："路易十五的继任者道德作风令人发指，这位新国王在登基头几年里还对来自这一方的诽谤中伤刀枪不入。但到了 1778 年，对他的攻击开始直击他的弱点，对他个人的诽谤中伤第一次出现在对王后

　　这内容很粗俗，但与其拙劣的韵律一样有效。另一部相似的作品，表面上是在捍卫王后还有各位廷臣官员，驳斥针对王后的诽谤中伤，涉及详细、淫秽的细节。该作品解释说，诽谤作品通过多个社会阶层进行传播："一位恶毒的廷臣将这些丑事写进押韵的诗句，中间通过仆人一直传到市场上去。在市场上又传到工匠手里，然后又传回起先写诗的贵族那里，这些贵族忙不迭地跑到凡尔赛的王宫里，一个接一个悄悄传闲话，口气虚伪十足，'你读过吗？就是这个。这就是巴黎老百姓中流传的东西'。"①

　　无疑，在巴黎历史上任何一个时期都能从"阴沟"里捡拾起淫秽作品，但在路易十六统治时期，"阴沟"简直泛滥成

的攻击之后不久。德·莫勒帕先生——直到当时他都还对中伤他［莫勒帕］的短诗和歌曲一无所知，还读读所有的诽谤作品，所有那些编造出来的、逃脱惩罚得以出版的私人生活的丑闻逸事以作娱乐——德·莫勒帕先生得知有些作家相互之间建立起某种投机生意，组织起一个通信体系，当中一些人以此将最新的丑闻附着背景资料发送给别人，这些人将其写成故事在海牙和伦敦出版。然后又由外国旅客小量地从这里偷运进法国。英国大使馆的一位秘书告诉他［莫勒帕］，一本题为《夏洛特和托瓦奈特之爱》的极为糟糕的诽谤作品将被偷运进巴黎。"

①　*Le portefeuille d'un talon rouge contenant des anecdotes galantes et secrètes de la cour de France.* 再版题为 *Le coffret du bibilophile*（Paris, n. d.），p. 22. 勒努瓦的手稿证实了这一论述："可以比较确定，正是德·蒙特斯奎（MM. de Montesquiou）、德·克雷基（de Créqui）、德·尚塞内（de Champcenets）以及其他廷臣，联合博马舍、尚福和其他如今还健在的作家共同编写诽谤作品攻击朝廷、大臣甚至是雇佣他们的官员。极有可能的是，博马舍写了一部印有插画的诽谤作品，题为《夏洛特和托瓦奈特之爱》，他将其带到伦敦出版。"Bibliothèque municipale d'Oléans, MS. 1422.

灾；这让他的警察总监勒努瓦颇为担忧，因为据勒努瓦所写：
"比起政府命令或准许印刷出版的事实来说，巴黎人更愿意相
信地下非法流传的恶劣流言和诽谤作品。"① 勒努瓦后来报告
称，他试图禁止诽谤作品的传播，但他的努力"遭到了那些
找人出版丑闻作品、保护出版商的廷臣的破坏。巴黎警方只能
找到贩售、传播这些作品的书商和小贩。这些书贩被关进巴士
底狱，但这种惩罚根本不能遏制这类人的所作所为，这些可怜
鬼为了赚钱被关了进去，常常并不知道真正的作者和出版商的
姓名……大革命前几年，当局在抑止针对政府的诽谤作品方面
特别无力"。②

　　警方极为认真地对待诽谤作品的问题，因其对公共舆论影响
重大，而在旧制度日渐式微的那些年，公共舆论是一支重要的力
量。尽管君主依然自认为享有绝对权力，但也会雇用像布里索和
米拉波这样的代笔作家来为其打造一个好名声。君主甚至会试着
操纵流言，因为在 18 世纪，"公共领域的不和谐音"（bruits
publics）有可能造成群情暴动（émotions populaires）。例如，
1750 年就爆发了一场骚乱，因有传言说警方正绑架工人阶级

① Bibliothèque municipale d'Oléans, MS. 1422.
② Bibliothèque municipale d'Oléans, MS. 1422. 勒努瓦所言也许与上述对地下
　 出版业的打击行动的解读相冲突，但他所说主要是指诽谤作品在巴黎市内
　 的流传，而不是从法国境外到首都巴黎的走私活动。法国国内似乎有很多
　 诽谤作品出产，躲过了警方对其进行扣押的尝试，这多亏了影响力很大的
　 "保护"势力，以及像王宫这样的特权地方，这些地方警方是无法插手的。
　 参见 Bibliothèque municipale d'Oléans, MS. 1421.

的儿童为某位王公提供真正的血浴。①　正是这种"情绪"的无知愚昧与公共舆论的力量让政权极易受到诽谤作品的不良影响。

我们难以确定诽谤作品在多大程度上损害了公众对旧制度政权合法性的信心，因为并没有关于 18 世纪法国公共舆论的任何指数可以参考。尽管像韦尔热纳和勒努瓦这样的专业观察者的证词都在讲其危险性，②　但也许可以认为，公众觉得这些低俗下流的书籍很有趣，仅此而已。诽谤文人经年累月地堆砌出一些乌七八糟的东西，但也没见能毁掉任何人。不过也有可能形成积累效应，最终造成了路易十五之后的大灾难。路易的私生活给《路易十五的私人生活》一书提供了原材料，这本书又为有关朝廷人物"私人生活"的全系列奠定了基调。这些粗俗污秽的作品集中打击相同的点，其力道如此凶猛，也许真的让人们接受了部分内容，至少是在一些主题上情况如此：杜巴里靠陪睡上位的成功故事（从妓院到王位）；莫普的专制跋扈（他寻人来建造一架能一次绞死十个无辜受害者的机器）；还有朝廷的腐化堕落（不仅仅是奢靡和淫乱的问题，还有不举的问题——在诽谤作品当中，上层贵族既没能力作战又

---

①　勒努瓦之后试图调查流言以及骚乱，但没有成功。Bibliothèque municipale d'Oléans, MS. 1422.

②　勒努瓦的观点在这篇文章当中得到了最充分的表达。"De l'administration de l'ancienne police concernant les libelles, les mauvaises satires et chansons, leurs auteurs coupables, délinquants, complices ou adhérents," Bibliothèque municipale d'Oléans, MS. 1422.

没能力做爱，其香火只能靠婚外与更为精壮的下层阶级混杂来延续）。① 路易十六结婚多年都无法行房是出了名的，极好地象征了衰败到最后阶段的君主制度。几十本像《王太子的诞生》这样的政治小册子（也在韦尔热纳的单子之列），揭秘所谓王位继承人的"真正"血脉，有几十个版本。还有钻石项链事件，也提供了无穷无尽的丑闻可供挖掘。一个国王被一个主教戴了绿帽子：对于一个终结的政权而言，还有什么比这个更适合做结尾——甚至要比1688年革命前夕在英国引发公共舆论沸腾的有关暖床器②的传言还要适合。

我们很容易低估对个人的诽谤在18世纪法国政治当中的重要性，因为我们很难充分意识到当时的政治发生场所是在宫

<hr />

① ［Charles Théveneau de Morande］, *Le gazetier cuirassé: ou anecdotes scandaleuses de la cour de France* （"imprimé à cent lieues de la Bastille à l'enseigne de la liberté," 1771）, p. 92："法国这个民族如今如此羸弱不堪，强壮人尤为珍贵。据说，一个刚做男仆的新手服侍他的女主人得到的报酬就跟英国一匹种马的价格一样高。要是这种模式能流传开来，那么只消一到两代人，法国整体上就足以恢复其体能了。" *Le libertin de qualité*. 此书再版于 *L'Oeuvre du Comte de Mirabeau*, ed. Guillaume Apollinaire （Paris, 1910）. 米拉多颇为详细地描述了贵族的道德败坏。他在讲述了一位堕落的公爵夫人抛弃她的情人的故事之后评论道（p. 132）："她换了一位王公来代替他，就人品道德而言，这两人可真是很般配。在生理需求方面，她有一帮男仆：他们可是公爵夫人的日常享受。"

② Warming pan, 一种很宽、平底的器皿，里面装满烧热的煤炭用来暖床，在17、18世纪以及19世纪早期的英国很流行。这里指英国历史上的暖床器丑闻。1688年夏天，玛丽王后为詹姆斯二世诞下一子，是王位继承人。国王的天主教王朝的反对者散布传言，称这个孩子是冒牌太子，王后也是假产，是有人将婴孩放入暖床器偷偷送入王后的寝宫。——译者注

廷，在那里人物是比政策更重要的考量因素。廷臣各团体之间的常规武器就是诽谤中伤。那时候与现在一样，各种名人的传言能成为新闻，虽然当时新闻还不是以报纸的形式出现。诽谤内容被严格排除在合法杂志之外，但它通过政治小册子、手写新闻以及口口相传散播——口头传播是法国政治新闻的真正源头。在这种非常原始而粗陋的媒体上，政治报道也是粗制滥造的——政治就是一场国王、廷臣、官员和情妇的游戏。在宫廷之外、上流社会沙龙之下，"普通大众"靠流言生活，"普通读者"视政治为一场自己未参与其中的运动，里面有恶棍和英雄，但没有政治议题——除了简单的善恶之争或法国与奥地利之争。他读诽谤作品差不多相当于现代普通读者读杂志或漫画书，但他可不是一笑了之，因为那些恶棍和英雄对他而言是真实存在的，而且在争夺对法国的控制权。政治是鲜活而具体的民间传说。因此，当时的读者在读完《黑色实事报》（*La gazette noire*）里关于法国上层社会性病、鸡奸、外遇、私生子、男性不举等很是刺激的描述之后，就会相信其对杜巴里夫人的描述，并为之愤怒，"从妓院直上王位"。①

　　这是比《社会契约论》还要危险的政治宣传，它割断了维系着大众与统治者之间关系的那种体面感。它隐含的道德说

---

① ［Charles Théveneau de Morande］, *La gazette noire par un homme qui n'est par blanc: ou oeuvres posthumes du gazetier cuirassé* （"imprimé à cent lieues de la Bastille, à trois cent lieues des Présides, à cinq cent lieues des Cordons, à mille lieues de la Sibérie,"1784）, p. 194.

教将小人物的道德伦理与上层大人物的相对立，尽管其内容下流淫秽，但诽谤作品有强烈的道德说教意味。也许，它们甚至在宣传一种即将在大革命时期发展成熟的资产阶级道德观。"资产阶级"也许并非一个合适的名词，但在大革命第二年奋起反抗"大人物"的"小人物"是在回应早在 1789 年之前就已充分发展起来的一种法国清教主义。他们很容易相信所谓恐怖统治的阴谋和肃清行动，[1] 也很容易从之前读到的诽谤作品当中吸收传说。就有一个大革命前贵族绑架资产阶级妇女的阴谋论是这样说的："你有一个漂亮太太吗？她是不是引起了某人的注意，比如某位有权有势的新贵，某个得到权力的纨绔子弟，某个贵族廷臣？她立刻就被押走。你想理论一番，他们就会把你抓去做船工。"[2]

当然，我们只能推测这些朴实天真的读者的思想活动，但很可能是一种"去神圣化"，这在精英阶层之下的各阶层发生。没有这种去神圣化过程的发生，就很难理解《杜歇老爹》何以如此受欢迎，为何从小到大都对王室气质怀有信念的人民在读到"那个爱否决的女人（女王）的头从那该死的脖子上

---

① 参见 Richard Cobb, "Quelques aspects de la mentalité révolutionnaire," *Revue d'histoire moderne et contemporaine*, 6 (1959), pp. 81 – 120; "The Revolutionary Mentality in France," *History*, 42 (1957), pp. 181 – 196.

② *La gazette noire*, p. 7. 此类关于上层人士滥用警力的流言的例子还可见于 M. de Lescure, ed., *Correspondance secrète inédite sur Louis XVI, Marie - Antoinette, la Cour et la ville de 1777 à 1792* (Paris, 1866), II, pp. 157 – 158.

掉下来"[①] 时并未迸发出"民众的情绪"。早在埃贝尔痛斥"奥地利婊子"和她"戴绿帽的肥头丈夫"之前，国王在人民那里就已经失去了一些神秘感。这个损失有多大，没人能确定，但像《重生的法国国王们》（*Les rois de France régénérés*）这类作品让波旁王朝的国王看起来确实像不合法的私生子。法国政府很害怕这些作品，因为充分认识到这些作品嘲弄君主制的能力。对路易十六的嘲讽想必造成了极大的伤害，当时贵族地位仍然靠"精子"[②] 决定，《萨立法典》[③] 还规定王"族"要通过一条神奇的、连续不断的男性脉络传承。到路易十六这里，波旁王族已经失去了这一魔力。据勒努瓦的报告，随着大革命的临近，他已经无法靠支付费用来让人群为王后鼓掌，但之前他们会自发地为之欢呼。[④] 1789 年，德穆兰描写一个四岁的孩子骑在一名街头搬运工的肩上围着王宫转，大喊："波利尼亚克（Polignac）将上百个团体逐出巴黎！孔德（Condé）也一样！孔蒂（Conti）也一样！王后……！这内容我都不敢复述。"[⑤] 诽谤作品的效果实在是太好了。

在行会封闭的圈子之外，很容易迈出从出版到诽谤这一

---

① 描述女王上断头台的副标题，可见于 *Le Père Duchesne*, undated（Oct. 1793）.

② Goubert, *L'Ancien Régime*, p. 152.

③ Salic Law，6 世纪由法兰克国王克洛维对萨利克人习惯法的汇编，是查理曼帝国法律的基础。——译者注

④ Bibliothèque municipale d'Oléans, MS. 1423.

⑤ 引自 Frantz Funck – Brentano and Paul d'Estrée, *Les nouvellistes*（Paris, 1905），p. 304.

步，因为非行会内的出版商只有在法外之地才能存活，而旧制度时期的法律意味着特权（私法）。① 但合法与非法的细微差别涵盖了一个很宽的范围，让不享有什么特权的书商也能做相当合法的生意。地下出版界包含多个层次。靠近顶层的人也许从未染手诽谤作品出版，但那些处于底层的人除了污秽之作没有什么可以经营。纳沙泰尔印刷公司基本上只盗版内容良好、干净的书籍，例如里克伯尼夫人的作品，但隔壁塞缪尔·富歇（Samuel Fauche）和他奢侈浮夸的儿子经营的公司则会出版韦尔热纳想在伦敦禁止的书籍。富歇还出版了米拉波的政治色情作品：《密探遭劫》，《我的转变或一个优秀的浪荡子》（*Ma conversion ou le libertin de qualité*），《色情书卷》和《敕令》（*Lettres de Cachet*）。② 当《百科全书》最后十卷于 1750 年问世时，上面把纳沙泰尔误印成"塞缪尔·富歇的纳夫夏斯泰勒（Neufchastel）"。

地下出版的不同类型很容易相互混淆，地下书商也常常在不同阶层间流动。生计艰难的时候他们不得不探入非法世界的低层。因为随着债务越来越重，他们就会冒越来越大的风险，希望获取更多的利润。1780 年代的危机也许恰恰造成了这种

---

① Goubert, *L'Ancien Régime*, p. 152. 特权与垄断之间的联系在"特权"一词的第一条定义当中清晰可见。*Dictionnaire de l'Académie française*（Paris, 1778）.

② 参见 Charly Guyot, *De Rousseau à Mirabeau: pélerins de Môtiers et prophètes de 89*（Neuchâtel and Paris, 1936）, chap. 4.

结果。讽刺的是，韦尔热纳也许促使一些无伤大雅的盗版商转而成为诽谤作品的经营者，减少了相对来说比较公开的盗版作品运输，因此实际上增加了"哲学书籍"的传播。纳沙泰尔印刷公司在1783年后的诽谤作品生意似乎要比韦尔热纳的打击行动之前更多了。① 随着大革命的临近，之前也就只是开几张假免税转运单的外省书商，此时可能就会对《夏尔洛和托瓦奈特之爱》这样的书货投入更多，还会散播更多"哲学书籍"的书目。或者，也许他们的客户因像钻石项链事件这样的事情换了阅读口味。在这里无法判断是供应紧跟需求走还是需求受可供应产品的影响。阅读习惯可能因决定文学产出的特殊情况而演变，其自身也有可能就是决定因素；或者，每个元素都互为补充。无论是怎样的原因在共同起作用，旧制度将《夏洛特和托瓦奈特之爱》《修道院的维纳斯》，还有奥尔巴克和卢梭的作品都归在同一批货箱里，用相同的代码名称进行运输。哲学书籍之于书商，淫秽书籍之于警方，没有什么差别。

---

① 尽管对书籍贸易的监管越发严厉，大大削减了法国境内的生意，但纳沙泰尔印刷公司还是尽其所能提供了像以下所列的书籍，这些都是该公司在1784年6月16日收到来自特鲁瓦的穆维兰的订单之后，加到委托出版书单上的（STN MS. 1021, foll. 173－175）："6本《布永旅馆的小夜宵》，6本《圣水盂里的魔鬼》，6本《密探遭劫》，1本《莫普通信集》，1本《对法王路易十五的谏诫集》，2本《蓬巴杜夫人回忆录》，2本《路易十五的私人生活》，12本《路易十五的奢华》，6套《历史哲学》8开、10卷本，6本《色情书卷》、8开本；1本《拉美特利作品集》，1本《布朗格全集：古代，基督教和专制》，1本《爱尔维修全集》，6本《盖勒兹的尤里通信：又名巴黎放纵图景》，1本《让－雅克的最后一次讲话》、12开本；6本《丑闻录》，6本《韦尔热纳伯爵的小夜宵》，6本《安托瓦奈特的消遣》。"

重要的是二者同是秘密出版的书籍，其非法的性质相当；夏洛特和卢梭在僭越社会规范方面是兄弟。

　　恰恰是这些作品的生产方式导致它们被归纳为亵渎宗教、违背道德和不文明这样的共同特征。出版这些书籍的外国出版商对法国、波旁王朝，通常还有天主教会毫无忠诚之心。销售这些书籍的书商是在"毫无道德、寡廉鲜耻的恶棍"组成的地下世界做生意。创作这些作品的作者常常沦落至格拉布街，在犯罪的边缘生活。诽谤作家中的极品特维努·德·莫兰德在妓院中长大，在监狱里受的教育，这些环境为他的写作提供了素材。[①] 也许是地下世界的不洁传染了经过其中的书籍：内容显然与媒介很契合。但这是一种怎样的情形！一个将其最标新立异的哲学思想作品与其最低俗下流的色情作品归为一类的政权是一个自损元气的政权，一个亲自造就其地下社会的政权，它促使哲学思想堕落为诽谤作品。当哲学走到地下就会丧失自持力，也就丢弃了对上流阶层文化的责任。当哲学把矛头指向廷臣、教士和国王时，它就决意将这个世界搅个天翻地覆。这些哲学书籍用自己的话语体系，号召破坏和颠覆行为。反正统文化呼唤着一场文化革命——并且准备好回应1789年的召唤。

————————

① 参见 Paul Robiquet, *Théveneau de Morande：étude sur le XVIIIe Siècle*（Paris, 1882）.

译后记

　　罗伯特·达恩顿的这本《法国旧制度时期的地下文学》是一部关于启蒙运动的思想史研究。但与"思想史"这个词通常给人的印象不同，这本书并未对那些伟大的概念、主张、作品着墨太多，而是讲述了那个时代几个人物的故事，情节跌宕起伏，戏剧感十足，读罢就像是看了一场启蒙运动的沉浸式大戏。主人公的选择也是别出心裁，像伏尔泰、达朗贝尔、马蒙泰尔这样功成名就的大家都只是后台陪衬，而站在前台聚光灯下的尽是一些不太成功的小人物，甚至还有以往在历史的大戏中根本轮不到露脸的无名之辈，在这里却统统成了大主角。正如作者在开篇的自白，这部作品就是要一改思想史研究通常从高处俯瞰的视角，转而潜入启蒙运动的底部，搅起沉淀在历史深处的"文学的渣滓"，通过他们获得一种自下而上的观察视角。

　　这本书正是如此开启了达恩顿标志性的研究风格：他考察法国启蒙运动，不是陷入对思想理论的抽象沉思，而是看思想知识如何生产、传播的动态过程；他不看那些流传千古的名家名作，而是专选一些当时上不了台面的禁书、盗版书。他潜入文学的地下暗界，以禁书为线索，将启蒙作家、出版商、印刷行业各个环节的工人、书籍二道贩子、边境上的走私贩子、警方、文化沙龙贵族、法国王室等多方人物联系起来，如柯南·道尔或是福尔摩斯破案一般，对档案史料抽丝剥茧，发现新信息、新方向，以还原思想所处的生动历史场景，这让他的研究读起来就像是一部充满了神秘紧张气氛的侦探小说。在这之后创作的《屠猫记》《法国大革命前的畅销禁书》《圣水中的魔鬼》等诸多作品都是在这本书的基础上对此种风格的进一步发展，形成了强烈的达恩顿个人特色。

这种别出心裁的研究思路颠覆了我们对启蒙运动的惯常认识，促使我们开始反思"运动"一词的恰当性，因为"运动"往往给人的印象是有组织、有目标的一致行动，而达恩顿则让我们看到了启蒙运动内部等级的高低之分——"High Enlightenment"与"Low Enlightenment"。那些获得了政治、经济、社会地位的启蒙思想家，与那些处于社会底层甚至游走在法律边缘，依靠创作、出版、兜售非法作品艰难求生的贫穷文人群体，可谓一个天上、一个地下，但都是启蒙运动的重要组成部分。他们相互依存的同时又处于激烈的冲突之中，那些在格拉布街的阁楼上忍饥挨饿的"阴沟里的卢梭"对伏尔泰这样功成名就的沙龙座上宾怀着一种复杂的情感。他们既想攀附以期有朝一日能够享受同样的待遇，又在实现抱负遥遥无期时感到愤懑不平，对后者进行辛辣甚至粗鄙的讽刺抨击。达恩顿认为，这些底层文人身上承载着关于启蒙的重要信息。他通过纳沙泰尔印刷公司的档案，将他们鸡零狗碎的日常片段慢慢拼接起来，寻到一条解读启蒙的关键线索。从当时书籍贸易的数据信息以及出版商、书商、警方、从业工人的记述可以看出，最终促成启蒙发展为一股摧枯拉朽的力量、以一场政治大革命爆发出来的，并不是那几位已经被当权阶级招安的大思想家，而是那些心怀不满、不择手段的小人物。具备强大杀伤力的武器不是那些伟大深邃的哲学作品，而是像莫兰德的《装甲录》这样内容下流粗鄙的政治色情诽谤文学，无论其内容真实与否，没有什么比往当权者身上泼脏水更有效的革命宣传了，直到今天这都还是一条百试不爽的方法。

除却学术领域的价值之外，达恩顿这本书的价值还在于为普通读者提供了极佳的阅读体验。他对底层世界的发掘增强了"启蒙"这个抽象、带有神圣光环的概念与普通读者之间的亲近感，启蒙不再只是难懂的思想理念，而是有很多可以在现实中找到对应的人物和场景。例如那些从外省涌向巴黎的年轻人蜗居在阁楼，上顿不接下顿，却执着地追求成为大文豪的梦，这些"巴黎漂"很容易让人联想到当今的"沪漂""北漂""深漂"等，他们的艰难境遇与表现出的韧性让读者感受到一种生活的悲怆力量。"可怜鬼"勒塞纳为了梦寐以求的事业放手一搏，连连欠债，结果时运不济，屡屡受挫，还因为得罪权威而不得不逃亡。他穷到连路费都出不起，病重体衰却还得徒步穿越山路。他多次哀求出版商容他一条活路而不得，字里行间透出的无奈与绝望读起来令人动容。而那位同样欠债经营的书商穆维兰，则凭借巧舌如簧的本事，虚张声势外加适时卖惨，甚至撒泼耍赖，把出版商耍得团团转，读时不禁莞尔。

　　着手翻译此书恰逢 2020 年初新冠肺炎疫情汹涌而来，我不巧赶上换工作的当口，新工作的入职手续一延再延，这种陷入未知的失控感很是令人焦虑。正因为如此，书中几位主角的故事显得特别动人，这些启蒙时代底层小人物的命运悲欢多了几分现实感，更容易让我产生共情，时而为他们前途未卜的人生揪心，时而为他们绝望的境地扼腕，看到他们暂时渡过难关又如释重负，整个翻译的过程也因此妙趣横生，相信经历了新冠肺炎疫情艰难时刻的人们都能从这本书的阅读中获得相似的共鸣。

熊颖哲

2021 年 3 月于沪上

图书在版编目（CIP）数据

法国旧制度时期的地下文学／（美）罗伯特·达恩顿
（Robert Darnton）著；熊颖哲译. －－北京：社会科学
文献出版社，2021.7
　　书名原文：The Literary Underground of the Old
Regime
　　ISBN 978－7－5201－8074－0

　　Ⅰ.①法…　Ⅱ.①罗…②熊…　Ⅲ.①文学史－研究
－法国－近代　Ⅳ.①I565.094
　　中国版本图书馆 CIP 数据核字（2021）第 083787 号

法国旧制度时期的地下文学

著　　者／〔美〕罗伯特·达恩顿（Robert Darnton）
译　　者／熊颖哲

出 版 人／王利民
责任编辑／李期耀

出　　版／社会科学文献出版社·历史学分社（010）59367256
　　　　　　地址：北京市北三环中路甲29号院华龙大厦　邮编：100029
　　　　　　网址：www.ssap.com.cn
发　　行／市场营销中心（010）59367081　59367083
印　　装／三河市东方印刷有限公司

规　　格／开本：889mm×1194mm　1/32
　　　　　　印张：8.875　字数：184千字
版　　次／2021年7月第1版　2021年7月第1次印刷
书　　号／ISBN 978－7－5201－8074－0
著作权合同
登 记 号／图字01－2021－2846号
定　　价／79.00元